NF文庫
ノンフィクション

新装版

通信隊長のニューギニア戦線

ニューギニア戦記

「丸」編集部編

潮書房光人新社

兵員、兵器を満載してニューギニア島サンサポール岬に向かう米軍の攻略部隊。物量にものをいわせて上陸してくる米軍に対し、日本軍は死力をつくして戦いぬいた。

日本の輸送船を攻撃する米機。土井正祐少佐が便乗する「磯波」がダンピール海峡にさしかかるとB17が殺到し、周囲に無数の水柱が立ちのぼり爆音がとどろいた。

陸続と上陸してくる米兵士。土井少佐は敵の正面にひろく兵力を配置し、ニセの陣地もつくって、あたかも大兵力を擁しているように見せかけ、進撃をくいとめた。

空襲によって破壊されたラエ飛行場の零戦。会議のため、ラエ第51師団司令部に向かった土井少佐は、すでに兵力のほとんどが壊滅しているのを目のあたりにした。

第16防空隊員の梅岡大祐兵曹。隊には14センチ高射砲６門が支給され、その訓練のため荒崎砲台に通った。訓練が終わると外出がゆるされ、家族と再会して語り明かした。おとろえた母親を気づかいつつ別れを告げ、戦地へと向かった。

低空で攻撃中の米軍の軽爆撃機が日本軍の高射砲火をあびて白煙をあげている。空襲警報が鳴ると、われさきに梅岡兵曹は砲台陣地に駆け込み、大声で号令を発して高射砲の引き金をひき、つづけざまに撃ちまくり迎撃したという。

夜間の来襲機にそなえる高射砲部隊。空襲警報が発せられると探照灯が一斉に暗闇へ光芒を放ち、敵機をとらえるとすぐに高射砲が火をふいた。梅岡兵曹が暗闇に何発もすいこまれていく砲弾を見つめていると、敵機が発火し、火炎がしだいに大きくなり、火の玉となって落下していった。

第２軍司令部があるマノクワリの沿岸で米機の猛攻をうけて炎上する輸送船。爆撃が頻繁になると、軍司令部の蓬生孝兵長たちはイドレへ転進するよう命令をうけた。

昭和19年７月、壮烈な戦闘をおこない玉砕したヌンフォル島の日本機の残骸と遺棄物資。その砲声はマノクワリの軍司令部にいた蓬生兵長の耳にもとどいたという。

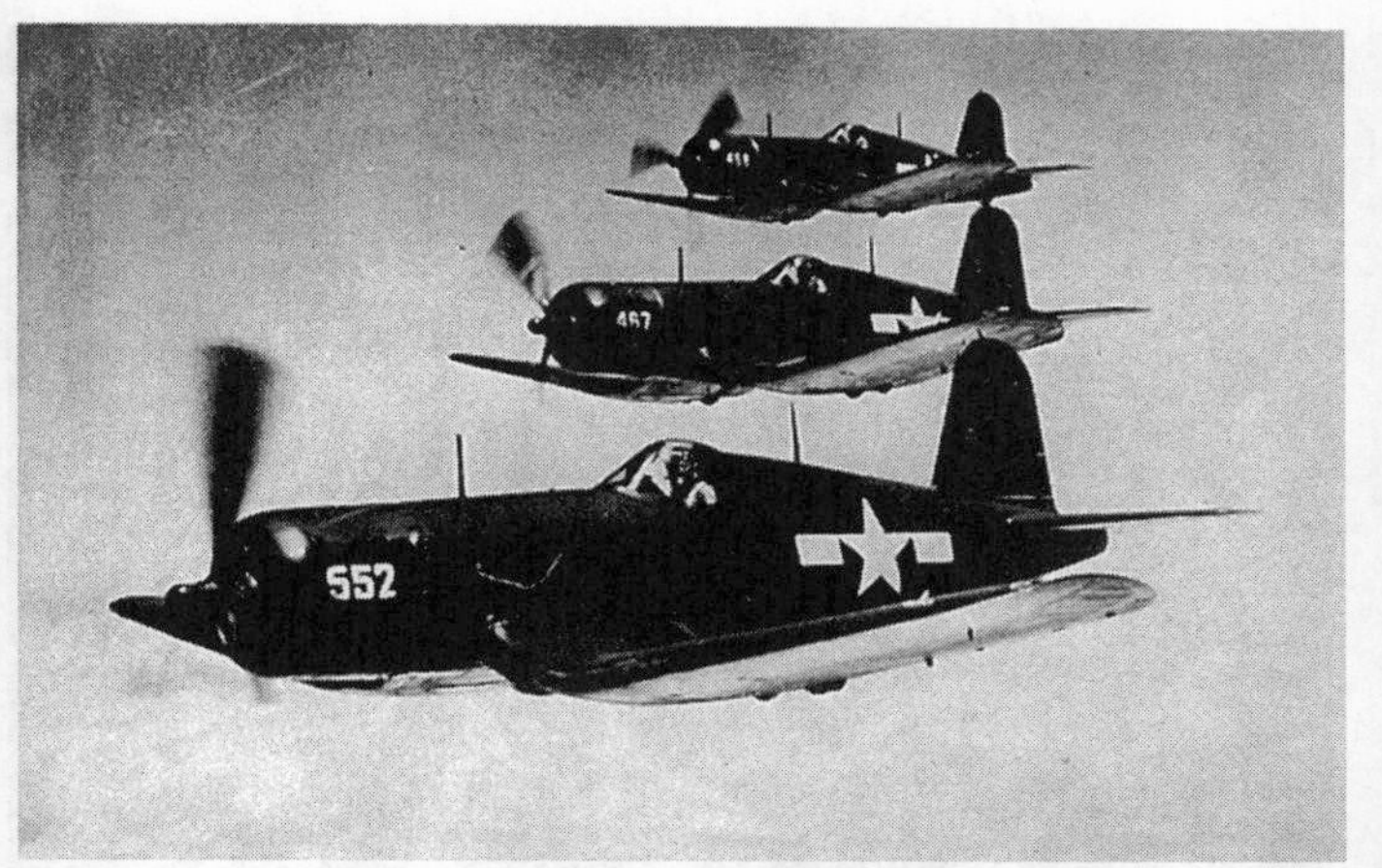

Ｆ４Ｕコルセア戦闘機。野戦重砲兵第４連隊小隊長の横林弥門少尉が陣地を移動するとすぐにコルセアが来襲し、猛烈な銃爆撃によって、多数の器材が破壊された。

タロキナ岬。昭和20年５月２日、上陸してきた米豪軍にたいし、横林少尉の部隊に15センチ榴弾砲の射撃命令が下り、ただちに発射地点に向かって準備をととのえた。

タロキナに遺棄されている15センチ榴弾砲。撤退にさきだち、火砲を破壊するよう命令をうけた横林少尉は、いままで共に戦いぬいた砲とともに自爆しようと思った。

ガゼレ湾のマワレカ海岸。火砲のない砲兵となった横林少尉は原隊に復帰すべくジャングル内に身を隠して進み、最後の日まで歩兵として戦いぬく決意をかためた。

膨大な兵力を駆使して、米軍はジャングルの奥地へと進行していった。迫り来る米軍にたいし、第１遊撃隊の宇多田正純伍長は、果敢にもゲリラ戦をくりかえした。

イモを掘る日本兵。米軍と悪疫のほかに、飢餓という敵とも戦わなければならなかった。手持ちの食糧は皆無にひとしく、食糧は自給自足でまかなった。背たけほどにのびた雑草をぬき、土をたがやして苗を植え、３、４ヵ月もすると大きなイモがとれた。ときには、漁や狩がおこなわれたが、それ以外は各自で動物性タンパク質の補給につとめ、トカゲや野ネズミやヘビ、果てはバッタやセミなど、あらゆるものを口に入れたという。

復員につかわれた米軍のリバティ型輸送船。昭和21年5月、引き揚げがきまった宇多田伍長はいそいで身辺を整理した。携行品はきびしく制限され、軍衣袴と襦袢、袴下が各1着、つまり、いま着ているものだけということだった。いよいよ乗船することになり、おとろえた力をふりしぼって縄梯子をよじ登ったという。

祖国の土をふんだ復員兵たち。宇多田伍長は最後の敬礼でみなに別れを告げ、故郷へといそいだ。途中、列車の窓に映るものは荒廃した町なみばかりだったという。

＊写真提供／筆者・雑誌「丸」編集部

『通信隊長のニューギニア戦線』 目次

通信隊長のニューギニア戦線

通信隊長のニューギニア戦線

硬骨、真摯なる部隊長が告白する〝最前線レポート〟――土井正祐

1　思い出の南京を発す

　昭和十七年四月二十三日、第十五師団通信隊長として中国大陸・浙贛（せっかん）作戦に参加していた私は、玉山（ぎょくざん）の攻撃をまぢかにしながら突如、北部仏印（フランス領インドシナ）派遣軍独立混成第二十一旅団通信隊長として転補の命令をうけた。

　すでに前年十月の異動で第十三軍副官として転補の内命をうけた私であったが、副官という職務が性に合わないといって辞退を申し出て、おしかりをうけたことがあった。さいわいに陸軍省でこの異動が全面的に発令中止となり、実現にはいたらなかった。

　めずらしいことだと思っていたところ、その年の十二月八日に太平洋戦争が勃発してしまった。そこで私も早晩、いずれかに転補されるものと予期していたのだが、すでに四年間におよぶ戦地勤務をすごした私の心のなかには、ひそかに内地部隊への転補を期待するものがあったことはいなめない。

　かつて昭和十三年四月に、名古屋の歩兵第六連隊で部隊編成があっていらい、半分以上におよぶ人員の交代帰還はあったが、そのいずれも私自身が教育し、そして訓練した兵たちであり、また同年八月の名古屋出発いらい、ともに戦ってきたものたちであったが、指揮官としてこれほどの仕合わせはなかろう。

さらに、私の第十五師団が現役兵部隊であり、師団長酒井直次中将は、私が将校学生として陸軍通信学校在校当時の校長として、また、歩兵団長の赤鹿理少将は陸軍士官学校で、その薫陶をうけた私の恩師であったことを思えば、私にはすぎたる幸運であったといえよう。

その夜、露営地で私は師団長に別辞をのべ、兵たちと最後のなごりをおしみ、その翌朝、浙江の戦場をはなれた。そしてクリークを大発で寧波に下り、杭州をへて、空路南京(ナンキン)に到着したときはすでに夜になっていた。

かつて南京が陥落したころ、私はこの南京に駐留し、ここを基地として作戦に従事していたので、南京での思い出は多い。しかしながら、戦時中の赴任には出発期日にきびしい規定があったので、そのなつかしい思い出を追憶するいとまもなく、準備は多忙をきわめた。

その私がようやく上海(シャンハイ)行きの列車に乗ったのは、まさにその規定ぎりぎりの日であった。駅頭には作戦中とあって、師団からの見送り人もすくなく、同期生や同郷の人たちにかぎられ、そのなかに数人の中国人がまじっていた。

これらの中国人はいずれも、捕虜だったのを釈放された人々で、私の転任をだれから聞き知ったのか、私にはきわめてふしぎに思われた。

列車が発車して一人になると、さすがにさびしさにおそわれ、しだいに遠ざかる山々をながめ感慨無量であった。

軍が作戦中のためか乗車する人もすくなく、列車内はきわめて閑散としていた。私の周囲にはほとんど人影がない。相手になって話し合う人もないまま、私は窓の外をながめつつ、この中国での四年間の思い出を追っていた。

私自身、思えばこの四年間に殊勲と評価されたものもすくなくないが、それらはまったくの僥倖であった。

武勲といえば、殊勲甲だとか乙だとか評価の基準があるが、そんなものを意識して戦う人はありえないと思う。私自身もそんなことを一度も考えたことがない。しかしながら、卑怯者と思われたくないという意識のつよい人が多いのは否定できない。人から卑怯者とそしりをうけることを恐れるからである。

私は剣術を学んで高段をえた。しかし、敵兵を刺殺したことがない。深水作戦や浙東作戦において敵に包囲され、脱出するために突撃を反復した場合でも、あくまで私は愛刀での峰打ちを厳守した。私は〝殺させない、殺さない〟ことをひそかに心にちかっていた。

とはいっても、戦況の変化ははげしい。この一瞬をあらそうときに、理性とか、道徳などをいちいちたしかめることはむずかしい。私も軍人である以上、敵が降伏するまで戦うであろう。

だが、そのころ〝百人斬り競争〟などとさわがれた新聞記事を読んだことがあるが、それらは負けおしみではなく、私にいわせれば、自己満足をあおり立てること以外の何物でもなかったろう。

このとき私は、南京駅で見送ってくれたうちの一人、王明祥(おうみんしょう)が目に涙をいっぱいたたえていたのを思いだす。

彼は中国軍の中尉であった。無線機と暗号書をかくし持っていて捕らえられ、さっそく敵の通信を傍受させる目的で私の部隊へ送られてきたのであるが、彼はガンとしてそれに応じなかった。そこでやむなく関係機関に送られることになったのであったが、彼は中国兵にはめずらしく泰然として動ずる色もなかった。

私は宿舎に彼をともない、風呂たきをさせながら幾日も話し合ったものであった。その間にも逃亡の気配はいちどもみせたことはなかった。

その後、私は関係機関や司令部をかけまわって釈放の許可をとり、南京電電公司に就職を斡旋(あっせん)したあと、さらに結婚の費用まで出したものである。

上海(シャンハイ)についた私は、ここで師団長戦死の悲報を知った。玉山の攻撃において地雷にふれて戦死したということである。

私はその足で兵站(へいたん)司令部におもむいて不要品の送還と旅行の手続きを終えると、ホテルに投宿して南方への航空便をまった。抗日テロが多いので、外出をなるべく遠慮してくれとのことであった。

それから一週間をへた五月四日、ようやく広東(カントン)行きの航空便に便乗することができたが、すでに夏服に着がえていた私は、機上でアワつぶを生じるほどの肌寒さをおぼえつつ、浙江省の上空を通過していった。

やがて、乗機は福建省をすぎて海上に出ると、まもなく台北に到着していた。ひにくにも、ここではもう真夏を思わせるほどの暑さで、いちどに汗がふき出てきた。ここを進発した機は、さらに広東に向かって飛び、汕頭(すわとう)をすぎるころから険悪となった大空を、機はまるで木の葉のようにはげしく動揺し、ついに汕頭にひきかえさざるをえなくなった。

汕頭は広東省東部の都市として、韓江の河口にある商都であるが、すでに日本軍に占領されて商都としての機能をうしない、その面影もなかった。

わずかに六階建ての汕頭ホテルだけが、物資集散地として繁栄をきわめたころの面影をのこしているにすぎなかった。

天候が回復した翌日、こんどはぶじに広東にたどり着いた。この珠江流域に東西北江を合流して形成されたデルタ地帯、省内人口の八十パーセントをしめるというこの中国最南端の街は、みるからに活気にみちていた。

五月七日――広東を離陸した私の乗機は途中、燃料補給のため海南島の海口にたちよったが、ここで着地をあやまって脚を切損し、不運にも海南島ホテルでまたも思いがけない一夜を明かすことになった。

そして、ようやく八日の朝、修理を終わって機上の人となり、真っ黒な色をした滑走路をけって離陸したのだったが、ハノイ上空に達するまで私はすっかり眠りつづけた。

2　名も知らぬ部下たち

　私が部隊に着任したとき、すでに前任部隊長の清水中佐は、新しい任地に赴任したあとであった。

　ふつう旅団通信隊といえば、その編成、装備ともに師団通信隊とほぼおなじであり、その指揮・運用には私も確信をもって着任したのであるが、私の予想に反していささかその出鼻をくじかれてしまった。

　まず第一に、部隊は将校以下全員が電信兵だったことである。また、部隊は電信第二連隊において編成され、日本軍の仏印進駐にさいして仏印派遣軍通信隊として誕生し、その後は仏印派遣軍の改編にともなって独立混成第二十一旅団に編入されたのであった。

　したがって、その編成も野戦師団通信隊とまったくその内容を異にし、本部と有線一中隊、無線一中隊、それに固定無線小隊を保有し、その装備は対空無線機や固定無線機など歩兵の私がかつて一度もお目にかかったことのないような重装備であった。

　そのころの部隊の任務は、南方軍総司令部、台湾軍および南支派遣軍との無線連絡にあたり、中国大陸との国境ぞいのハイフォン、ランソン、ハノイなどに展開し、その骨幹通信網を形成していた。

いかに戦時中とはいいながら、畑ちがいの歩兵科将校である私を工兵科であるこの部隊の隊長として転補したことについて私は、どうしても不可解であった。

そして、その異兵科の部隊をこれから統率し、運用するためには、器材の性能などを一日もはやくマスターしなければならず、それにはよほどの努力が必要であることを痛感した。

さいわいにして、部隊の配備がほとんど固定化しているので、私はじっくりと腰をおちつけ、まずは展開中の部下を掌握してその団結をはかり、私自身の方針にもとづいて錬成教育しようときめた。

師団長と旅団長、それに関係部隊へのあいさつまわりやら先任からの事務ひきつぎやらを終わり、つぎに展開する各隊を巡視して現状を把握するため、まず私はハイフォンにおもむいた。

ハイフォンはトンキン湾にのぞむ主要な港であるとともに、工業の中心都市でもあった。さらにその北方ドウソンには仏印〜台湾間の海底電線の陸上引き揚げ地点があったので、もちろんのこと視察したが、それは完成してまもなく不通のままになっていた。

さらに私は各地の施設を視察してまわったが、いわゆる日本軍の〝平和進駐〟に当たって、不幸にもフランス軍とのあいだに紛争をまきおこした小さな街ドンダンが、この沿線にあった。そのドンダン北方の町はずれにあるフランス軍兵営の周辺には、いまも当時の生なましい傷跡がのこっていた。

最後に私は、西北端、雲南省との国境にちかいラオカイに駐屯する私の部隊を視察した。

このラオカイはいわゆる〝援蔣ルート〟の基地として知られ、中国への兵器・資材・物資援助の有力なルートであったが、日本軍の進駐とともに閉鎖されていた。

ところが、意外にもその押収した物資の多くが日本製であったという。愛国と金儲けはべつものと割り切った商人の根性には、私もいささか恐れいったしだいだ。

私はソンコイ河の鉄橋まで足をのばしたが、わが軍の爆撃によって破壊された鉄橋は、無残にも河にくずれおち、その河をへだてて中国兵歩哨の姿がのぞめるほど、雲南省はすぐ目前にある。

ハノイはクリーム色の近代的な建物の立ちならんだ美しい市街地である。白人、黒人、そして黄色の現地人と、その人種は雑多であり、その風俗習慣もそれぞれに特色をもっている。長いあいだ中国人だけのなかにすごしてきた私にとっては、まるで別世界にきたような気分だ。ここでは私の得意とする中国語もつかう必要がない。

物資が豊富で、物価もはるかに安価である。ビール一本十三銭、大きなビフテキが一皿三十銭であった。

こうして私が部隊の現況をつかんで教育訓練に着手したころ、ガダルカナル島方面の戦況もようやく戦機が熟し、ビルマ方面もまたあわただしい動きを見せはじめてきた。

そして、これらの戦況にともなって、部隊の移動がいちだんと活況を呈するようになった。

わが部隊にも、担当する通信網と電信網を後任の電信第六連隊にひきついだあと、ただちにサイゴンに集結せよ、という命令をうけたのであった。

しかも、現に北部仏印に展開中の兵員、および器材の多くはそのまま残置したうえ、電信第六連隊に転属させ、その交代補充要員をサイゴンにおいて電信第六連隊より転属をうけたものとす、という内容の命令であった。

ようするに兵員・器材ひっくるめての交換である。

このような、まるで物品でも交換するように、兵員の数だけをいれかえるというこの処置はきわめて便宜主義で、私はつよい抵抗をおぼえたのであった。

ことに、これから新しい戦場に転用されることがきまっているいま、部隊にもっとも必要な団結を根底からくつがえすようなこの処置には、私もはげしく抗議したが、ここにいたっては、いかんともなしがたかった。

この転属によって有線中隊長の前野中尉以下を、また固定無線隊長の恒岡中尉以下を残さざるをえなくなり、さらには宮田中尉が南方軍通信教育付に、福田中尉が電信第六連隊に転任するにいたって、副官皆川中尉をのこして将校の総入れ替えという結果になってしまった。

それでも私はサイゴン・カチナ通りの学校に宿営し、つぎつぎと転配属によって到着する将校たちに職務を命じると同時に、再編成に着手した。

しかし、まるで動員における編成のような、氏名さえも記憶するひまもない状況のもとに、次期作戦の準備をすすめていったのであった。

わが旅団の新任務については明らかではないが、旅団が兵一個連隊、重砲兵連隊、船舶工兵中隊、衛生隊、野戦病院、それに通信隊ときわめて変則的であり、いずれも重装備で機動力を欠き、かつ旅団が大量のセメントや鉄線など、陣地構築材料を集積しているところをみれば、重要なる基地確保を企図していることが推察できた。

このとき私は旅団参謀にたいし、部隊長として作戦準備をすすめることからも、このたびの任務の概要について説明をもとめたが、〝X地点〟通過までは防諜のため、部隊長といえども明示することができない、という解答であった。

こんな状況のもと、とにもかくにも形のうえでは、部隊の編成装備を完了したのであった。それにしても部隊長である私でさえ、新戦場を知らないのである。すぎし日、自分で教育した兵とともに戦った華中では、私の一投足が文字どおり以心伝心で兵につたわっていた。しかし、こんどは名前さえも知らない兵をつれて戦わねばならないのだ。はたしてどこまで戦えるか気になるが、こうなっては私もみずからの部下を信じざるをえない。上下が相信ずることこそ、部隊団結の秘訣だからである。

3　差別待遇への怒り

だが、「防諜、防諜」と一枚看板のように標榜（ひょうぼう）しながら、意外なところに抜け穴が生じるものである。

その抜け穴からもれた情報から、下士官兵ははやくも旅団がグアム島に前進するということを、すでに知っていた。

そこで私は、旅団司令部に青柳参謀をたずねて前進地をあらためて聞きただした。ところが、例のとおり〝X地点〟をもちだされてイナされてしまった。

そこで、他の部隊長にはグアム島に前進することをすでに話してある事実を知っていた私は、その不当をつよく抗議した。

すると参謀は、「貴官は着任早々だったので」とか、「電信兵出身で、通信隊に必要なことは〝準備完了〟のみだから、いずれにせよそんなことは心配するな」とかいって言を左右にした。

この一言で、私はすっかり頭にきてしまった。着任早々でまだ気ごころも知らないから話さなかった、というのであったら、これ以上の侮辱はない。

私は大命によって部隊長に着任したのである。『士は己れを知る者のために死す』ということばがあるが、私に信がおけないのであれば、ただちに罷免すべきではないか。私はいささかいいすぎだとは思ったが、参謀にその憤懣をぶちまけた。

そのあと参謀からは、「そんな考えではない」となだめられ、ようやく宿舎にかえったものの、どうしてもすっきりしない。自分でも、短気で一本気の欠点はもとより知っていたが、ときどきこの虫が起きてくる。やはり修行がたりないのであろうか。

やがて、旅団の先陣をうけたまわった鈴木少佐の大隊が、駆逐艦に乗船してウエーキ島に前進し、旅団主力は、ぼすとん丸、伏見丸など四隻の輸送船に分乗してサイゴン港を出帆、サンジャックにおいて護衛駆逐艦と合同し、いよいよグアム島に向かってつきすすんでいった。

沈没などによる部隊の戦力低下をさけるため、特科部隊だけはそれぞれ四隻に分乗させられた。そのため転配属のもっともはげしかったわが部隊を、船内において掌握、かつ教育することに望みをかけていた私の胸算用は、みごと水泡に帰してしまった。

私の乗船していた伏見丸には司令部と歩兵、通信隊、野戦病院が混乗していたが、いずれも全編成の一部であった。

また、私は伏見丸の警備司令を命ぜられていたので、つねに船橋操舵室に位置して、対空、対潜警備部隊の指揮に任じていた。だから、私のおもわくは完全にはずれてしまったのだ。

船団は針路をやや東南に向け、ミンダナオ群島とボルネオのほぼ中間に向かって一路、航行をつづけていた。

船内には、対空用機関砲および機関銃が備えつけてあったので、その性能を点検するため、陸地がほとんど見えなくなったころをみはからって、私は試射をかねた防空演習を行なったりした。

敵の航空機にたいする対空監視哨にくらべて、敵潜水艦にたいする警戒は困難の度合いもおびただしいものがあった。多くの海上浮遊物のなかから、なるべく遠く、かつ迅速に潜望鏡を発見するためには、不断の努力と根気が必要であり、それこそ神経をすりへらすような難作業であった。

かくして三日目の夜、海上に浮揚した敵潜水艦発見の報が、僚船から発せられた。護衛艦の指示にしたがって緊急避難にうつった各船は算をみだして単独航行にうつり、全速力をあげてマニラ湾に逃げこんだ。

やがて、はるか右舷前方にマニラ市街の灯りをながめながら湾内にすすみ、バターン半島ちかくに錨をおろした船団は、その夜はやむなく停泊して、朝をまつよりしかたなかった。そのころ、潜水艦だと思ったしろものがじつは鯨であった、といううわさが流れたが、私はその真疑のほどは知らない。

翌日は、朝からすっかり晴れわたり、紺青の空が海にうつってマニラ湾は美しく明けはなたれた。沈没した船の檣頭がいくつとなく海面に突きでてはいるが、バターン半島はまるで眠っているように静かである。わずか五ヵ月前、この半島で血戦が行なわれ、轟々たる爆音と、殷々たる砲声が半島を圧したことも忘れ去ったように、美しい紺青の空は自然の美しさだけを描き出して、過去を語ってはくれなかった。

私は船橋にたつと望遠鏡を目にあて、バターンの山々をながめわたした。指呼の間にあるナチブ山とマリベレス山頂がマニラ湾をふさぐように、世界戦史に新しい一ページをくわえたコレヒドール島が浮かんでいた。

船団は、ここマニラに三日間停泊したのち、いよいよ太平洋への船出をまえにして、潜水艦攻撃にたいする遭難訓練が行なわれた。

やがて三日目の日没後まもなく、抜錨してマニラ湾を出港した。われわれの対空、対潜警戒がふたたびはじめられ、前回にもましていっそうの厳重さがくわえられた。舷側に光る美しい夜光虫も、そして南十字星も、おそらくは警戒兵の目には映じないであろう。

その夜はなにごともなく明けた。東天をそめて深紅の太陽が水平線上に顔をだし、みるみる昇っていく。この雄大な大自然の美しさを、私は永久に忘れることはないだろう。

「夜が明けましたねえ」

といいながら、一等航海士が船橋に現われた。そして航海士は、

「本船は不死身丸（伏見丸）ですから、絶対に安全です」

といってみんなを笑わせる。

これより先、米軍の反攻は八月に開始され、はやくもソロモン群島のガダルカナル島を占領していた。同島には飛行場建設のため、設営隊と若干の警備隊を有する海軍部隊がいたが、たちまちにして占領されてしまったという。

そして、これを奪回するため兵力をつぎつぎに投入し、いよいよ日米決戦の様相を呈してきたとか。一方、ニューギニア方面においては南海支隊がスタンレー山系をこえ、モレスビー攻撃のため進撃をつづけていたが、米軍は九月になってニューギニア東端のブナへ攻撃を開始し、日本軍も寡兵ながら奮闘したものの、しだいにその圧迫をうけて強大なる敵のまえに、ついには海岸線に包囲されるにいたったのであった。

4　うらみは深しパラオ

このころ、ようやくにして到着したグアム島ではあったが、ガダルカナル島やニューギニア方面の戦況が急変したため、急遽、ラバウルに転進するよう命ぜられたわが旅団は、ただちにグアムを出港してソロモン方面に急行するため、飲料水や生野菜、生鮮糧食などの補給が夜を徹して行なわれた。

そして翌々日の午後、船団ははやくもパラオに着いていた。パラオ島はカロリン諸島中でも大きい方だ。第一次大戦いらい日本の統治領であるが、大小無数の島々がまるで浮島のようである。

このパラオ島こそ、日本軍にとっては、補給の中継基地として欠くことのできない要地であった。

十一月二十四日の午後三時十二分——船団はパラオ南方八十カイリの地点を、さらに南に向かって航行していた。

このころには警備司令を交代していた私は、船倉におりてのんびりと休息をとっていた。このときである、船体をゆるがすような二つの爆発音を全身に感じたのは——敵潜水艦の魚雷攻撃!　そう直感した私は一瞬ののち、甲板に駆け上がっていた。

二本の魚雷をその船腹にうけた僚船ぼすとん丸は、すでに船尾を海中に突っ込み、船首は大きく空にはね上がり、アッという間に船体を海中に没してしまった。護衛の駆逐艦二隻は敵潜水艦を捕捉したのか、けんめいになって爆雷攻撃をはじめた。

船団は戦列をみだして、ぼすとん丸の沈没現場を中心にして、大きく弧をえがいて航行しつつ、護衛艦の救助作業の終了を待っていた。

だが、その救助作業が思うようにはかどらないまま、陽は西に沈んで無情にも海面は夕闇のなかにつつまれていった。ぼすとん丸には歩兵連隊の本部と一個大隊、それにわが特科部隊の一部が分乗している。私の部隊も将校以下、多数が乗船していたことはもちろんである。

この間にも護衛艦による救助作業が続行されていたが、一刻もはやく危険海面をぬけ出るべく、船団はイロイロ島に先行して護衛艦の追及を待つことになり、うしろ髪をひかれるようにして南進をはじめた。私は、ぼすとん丸に乗っている部下の身を案じて甲板に出ていたが、いまや暗闇の彼方へ遠ざかってゆく遭難海域をながめつつ、ただ黙禱をおくるよりすべがなかった。

そして、戦場を目前にしながら雄図もむなしく、悲しい最後をとげた戦友の無念さを思い、一人でも多くの生存者が護衛艦によって救助されることにのみ希望をたくして、その海域を去ったのだった。

まもなく追いついてきた護衛艦から、生存者の移乗が行なわれた。私の部隊では渡辺軍曹以下が、みなのあたたかいまなざしのなかに迎えられたが、しかし、多くの者はふたたびかえらなかった。

聞くところによると、風下方向に飛び込んだ兵たちは比較的たすかったようだが、風上に飛び込んだものは泳げど泳げど、船から離脱することができず、つぎつぎと船の渦中にまきこまれていったという。

歩兵第百八十連隊長の渡辺大佐も幸運にも救助されたひとりだったが、軍旗をみずからの腹にまいた連隊旗手だけが、必死の捜査にもかかわらず行方不明となり、明朝さらに軍旗を捜索する手はずだという。軍旗をうしなった渡辺連隊長の胸中は察するにあまりあるものがあった。

危機を脱した船団は十一月二十七日、ようやくラバウルの港外にたどりつくことができた。潜水艦の脅威もいまはなく、私の任務もようやく終わりに近づいたようだ。兵たちのほとんどが甲板に出て、うつりゆく南洋の景色をながめている。

そうこうするうち、船はまるで袋の中へでもはいってゆくように、シンプソン湾の奥深くすすんでいった。見れば、あちらこちらの島陰をたくみに利用して、いくつかの艦船が停泊していた。

すでにこのラバウルには幾たびとなくきていた一等航海士が、白煙を噴き出している活火山が日本名で花吹山、休火山の方が西吹山、それから母山、姉山などと教えてくれる。

潜水艦にたいする脅威は去ったが、いつ敵機の空襲があるかもしれないので停泊と同時に、ただちに上陸が開始された。

人員の上陸のあとに行なわれた兵器資材の揚陸は、夜になっても継続され、ようやく陸地に集積されたのは午後八時すぎだった。われわれはその真っ暗闇のなかで露営の準備にとりかかり、ヤシ林の幕舎のなかでおそい夕食をとったが、兵たちはいったいどこへ行くのであろうかと、それぞれに意見をのべ合っていた。

私は、ぼすとん丸の遭難者の氏名を調べたいと思い、さらには彼らの家庭状況なども頭に入れて整理しようと、いざとりかかろうとしたそのとき、「各部隊長はいそぎ旅団司令部に集合するように」という伝令をうけた。

各部隊長とはサイゴンいらい一ヵ月ぶりの再会である。私はもっとも多くの犠牲者を出したうえ、軍旗までうしなった渡辺大佐には心から弔意を表したが、下唇をかみしめて黙ったまま、ただ頭をさげる渡辺大佐の面もちは悲痛そのものだった。

5　待っていた新戦場

長かった輸送路、任務の変転、それに輸送船の沈没などがかさなって、さすが旅団長の表情にも心労の色はかくせなかった。

やがて旅団長は、「長途の輸送により、将兵の疲労しあるは、情においてまことにしのびがたきものがある」と、まえおきして、新たなる作戦命令をわれわれにしめした。

それによると、ニューギニア方面の戦況はまことに急を要するものがあり、旅団はブナ付近の部隊を急援する目的をもって本夜半、先遣隊を派遣し、明夜半には主力をもってニューギニアのブナ付近に向かい急進する、とのことであった。

これより先、わが旅団は十月二十八日には第十七軍の隷下に、さらに十一月十六日には第十八軍の直属部隊となり、このたび第八方面軍の戦闘序列にはいるなど、まるで猫の目のようにその指揮系統が変更されていた。

もともとガダルカナルやニューギニアの両面作戦は第十七軍が担当するところであったが、十一月十六日に第十八軍が創設され、この両軍は第八方面軍の創設とともにその隷下に入れられ、第十七軍はガ島方面に、第十八軍はニューギニア方面の作戦に専念することになった。

また、南海支隊がポートモレスビー攻撃を中止したあと、優勢なる敵の圧迫をうけ、文字どおり〝南海の孤児〟となった理由も、ガダルカナル島における戦況が逼迫し、ニューギニアへ増派する予定の部隊を急遽、ガ島に転用したため、ニューギニアの兵力はすいとられたような結果になったのであった。

これをみても、いかにガ島やニューギニアの戦況が急迫しているかを知ることができる。すでに戦勢を挽回することも不可能であり、さらに兵力を投入することの不利を承知しながらも、あえて急援部隊を送らざるをえなかったことは、戦術の原則を超越した〝皇軍の道義〟にもとづいて行なわれたのであろう。

したがって、このニューギニア救援については、はじめからきわめつきの困難が予想されていたのであった。

なお、旅団参謀の青柳中佐から、細部についての指示があって、私が命令受領を終わって露営地に帰ったのは、夜半すぎのことであった。

命令にある午前四時の出発といえば、あと三時間をのこすのみである。見れば兵たちは一ヵ月ぶりの陸地で安堵の眠りについていた。思えばこれも、一時のことであろう。指揮官ともなれば、けっして状況を悲観視してはいけない。しかしながら、数かずの情報から判断して、このたびの任務はきわめてむずかしく、困難というよりもおそらくは、生きてふたたびこのラバウルに帰りくることはないであろうと思われた。もしニューギニアに骨をうめるとしたら、とりもなおさず今回の出撃は死出の旅路だ。

なるほど、兵たちはめされて国家の干城となり、国民の与望をになって祖国をはなれ、いかなる急変にも応じうる準備と、覚悟とを堅持しているものと思われた。しかし、そのほとんどが戦闘の経験ももたない文字どおりの初陣であった。しかもその初陣は、戦闘の初動から苛烈をきわめるばかりでなく、必然的な死へのつながりを約束しているのだ。そう思うと私は、せめて祖国の肉親へ最後の便りだけでも書かせてやりたいと考えたが、それも今となってはあまりにも余裕がなさすぎた。

やがて私は、皆川中尉に先遣隊長として指揮を命じ、各隊にすみやかなる人選と、準備を命じた。こうして静かな眠りからさめた露営地は、一瞬にしてどよめきたった。

なにぶんにも揚陸したばかりの兵器資材のなかから、しかも暗闇のなかで装備をととのえることは並み大抵のことではなかった。それでも先遣されるもの、後発するものとが渾然一体となって、午前四時には夜波の静かにうちよせる浜辺に集結を終わっていた。

回送されてきた舟艇に、私も先遣隊の兵たちといっしょに乗り込んで、移乗をまつ沖合の駆逐艦まで見送った。その帰途、私はラバウル停船場司令官の田中丸大佐との奇遇をえた。歩兵二十連隊付の中佐から大佐に進級し、大阪に転任されていらいのことであった。私が明朝はやくニューギニアへ出発することをきいた大佐は、「死にいそぎはするなよ」という一言をおくってくれた。

露営地にもどると、すでに指示した編成にもとづいて兵器、資材、装備、糧秣の分配などで兵たちはあわただしくはたらいていた。

なにぶんにも補給のめどがないので、できるだけ多くの糧秣をもたせたかったが、車両も馬もないニューギニアの戦場では、各人それぞれの背負袋（せおいぶくろ）におさめてなお重い器材を運ばなければならないと思い、やむをえず規定内にとどめざるをえなかった。

そのころ先遣隊からは、はやくも敵機の編隊と接触し、交戦中との情報がつたえられたが、つづいて駆逐艦が損傷をこうむったためラバウルに反転する、との連絡をうけた。

こうして期待された先遣隊の企図も、ついに挫折するにいたり、私は制空権の重要性についてあらためて思いしらされたのであった。

一方、第二陣としての主力は編成装備を終わって、午後一時から海辺で軍装検査を行ない、さらに私は戦場にのぞむにさいしてのこまかい注意をあたえたのであったが、優勢な航空兵力をもつ敵との戦いは、正直なところ私にとっても、はじめてのことであった。

そのあと兵たちは、残留者にあずける私物の整理をするもの、ふるさとに手紙を書くものなど、それぞれに時をすごしていた。私もふと留守宅に手紙でも書きたいと思って鉛筆をとり、いろいろと思いをめぐらせるうち、とうとうやめてしまった。

6 ダンピールの海空戦

主力の出陣とはいえ、駆逐艦による輸送だけに、人員にいちじるしい制限をうけたため、部隊本部のほとんどを残した私は、残留隊長に後事をたくすと、先遣隊とおなじ浜辺から舟艇に乗り込んだ。

ときはまさに午前四時、花吹山ちかくに停泊している駆逐艦「磯波」に移乗してみると、そこには旅団司令部が混乗していた。私はさっそく輸送指揮官として艦長の西郷少佐にあいさつをのべ、われわれに準備された士官食堂にうつった。ただでさえせまい艦内に二百名以上の陸軍兵を収容したので、空間という空間はすべて押し込められた兵でみちあふれそうであった。

ラバウルを出港した艦隊は、やがてニューブリテン島の西方をまわってダンピール海峡を通過し、その針路をブナに向けて直進しはじめた。

上空を見れば、海軍の戦闘機が一機、二機と旋回して兵員を満載した艦隊の上空を警戒していたが、陸地を遠くへだてるにしたがって、しだいにその影をひそめてしまった。二列にならんだ駆逐艦四隻の艦隊はすでに、そうとうの速力で航行しているのであろう、もはやわれわれ陸兵が手ばなしで甲板を歩行することは困難となっていた。

海軍の士官の話によると、敵の哨戒機がすでに午前七時すぎから艦隊に接触しているということである。

午前七時四十分――「配置につけ！」という指令がつたえられ、海兵が甲板を右左にかけめぐったかと思うと、はやくも全員が部署につく。艦内は一瞬、シーンとしずまりかえった。見ると、機関砲も高射機関銃も装塡を終わって、十二・七センチの備砲が大きく動いて射角があたえられ、砲口が天空へ向けられている。

と、まもなく爆音がごうごうと近づいてくる。しかし、海兵たちはその方角をにらんだまま、しずかに待機しているようだ。爆音を追って目を天空に向けた私の目に、おりから敵機が上空を大きく旋回しはじめた一瞬がうつった。七、八機ずつ一群となって殺到するかまえであるが、その後にもいくつもの群れがつづいているのが見える。数十機か、あるいはもっと多いかも知れない。

その敵機は、B17重爆撃機であった。米軍がほこるいわゆる〝空の要塞〟である。私がはじめてお目にかかるこの空の要塞は、にくらしいほどゆうゆうと円をえがいて旋回している。それはまさに獲物をもとめて空を飛ぶ怪鳥のように思えた。

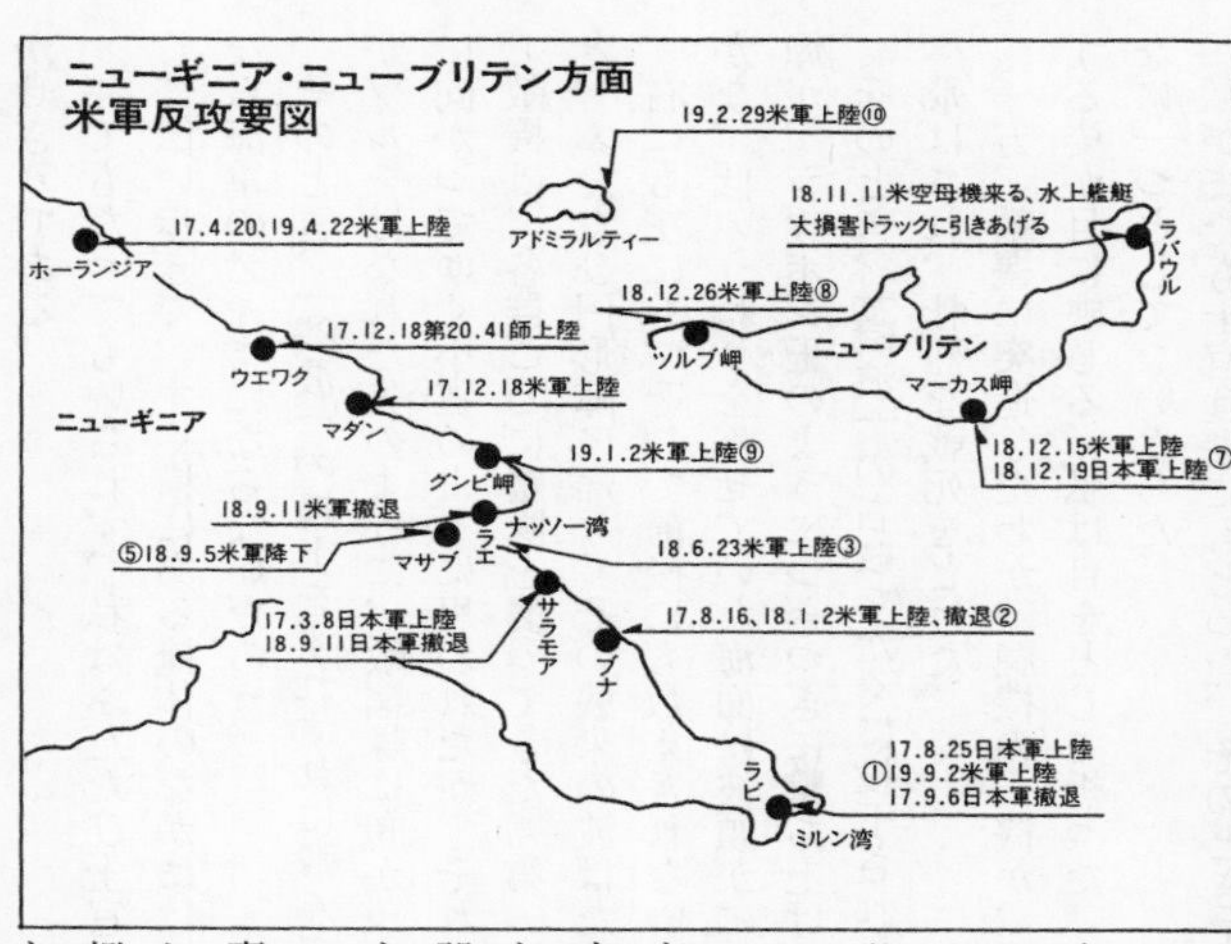

「陸軍、艦内へ！」

という、するどい声に、私はふたたび士官食堂に駆けもどった。

このころから艦は、急激なジグザグ航行をはじめたのか、すさまじく右左にゆれだした。私は全神経を甲板上の気配に集中して、戦況の推移にきき耳をたてていた。

と、その一瞬後、機関砲と高射機関銃が一斉に射撃を開始したのか、けたたましい発射音があたりにつんざいた。しかし、機関砲はともかく、わが機関銃の弾丸が、とくに防弾設備がほどこされているというB17に効力があるのかどうか。

そんな私の懸念などおかまいなく、上では轟々たる爆音と射撃音が交錯して修羅場と化しているらしい。その音だけを聞きながら、艦内にじっとしている陸軍のわれわれは、もちろん戦うすべもなく、いっさいを海軍にまかせきりである。

いてもたってもいられず、私はふたたび士官食堂を出ると、階段を上って甲板に出た。そして伝い歩きで、すぐ横にある掩体のなかにはいりこんだ。煙突にちかい部分なので、ここなら海軍のじゃまにならないだろう。

そのとき、「磯波」の艦上をすれすれに飛んで、わずか三機であるが、わが海軍の戦闘機がツルをはなれた矢のように、敵編隊に向かって急上昇していった。私にはまるで鷲の大群に向かってゆく小雀のように思われたが、それでもかぎりない頼もしさがあった。

敵機は、各群ごとに艦隊を襲ってきた。第一波、第二波、そして第三波と爆弾を投下すると、ふたたび円形陣に帰り、その襲来の波はたえまなくつづいた。

右にも左にも、そして前後にも数えきれないほどの水柱が上がって、ついさきほどまで静かな、低いうねりをみせていた海面に波頭がにわかに高まった。敵機の周辺にも真っ黒い砲煙が、シャボン玉のようにつぎつぎに撃ち上げられるが、いっこうに命中しなかった。

そのとき、「磯波」の右舷ちかくに投下された爆弾の爆風で、海兵が左舷のボートのなかへ飛ばされ、壮烈な戦死をとげた。

一方、敵機に突進したわが戦闘機の一機が、黒煙の尾をひきながら、はるかの海面へ墜落する姿が目に映じる。私は目をとじて祈った。ただ祈るよりほかにわれわれにできることはなに一つとしてないからだ。

私がまたも士官食堂にもどった、そのときであった。「ガーン!」という音響がしたかと思うと、近くにかかった額が音をたてて落下し、テーブルの花びんなどが一斉にとび散った。瞬間、私の頭に〝爆弾命中！〟そんな考えがひらめいた。だがこれは、「磯波」の主砲が一斉に火ぶたをきった衝撃だったことを、私はあとになって知った。

やがて、「敵機撃墜！」の声が艦内につたえられて、私も大いそぎで甲板に駆け上がった。見ると撃墜された敵機が水しぶきをあげて海に突っ込んでゆくところだった。上空には、撃墜機から脱出した搭乗員の落下傘が、蓮の花がさいたように、砲煙のまにまをただよっている。

こうして、爆音と金属音と砲声とがいりまじる、砲煙と水柱のなかでの壮烈な海空戦が一時間ちかく行なわれたあと、海面はふたたび静けさをとりもどしたものの、敵機の来襲は二時間ほどの間隔をおいて日没まで反復された。そして、そのつど幾人かの負傷者を出したのだが、全艦ともどうやらぶじで、ようやく暮れて暗闇にちかい海上を一路、ブナに向かって航行をつづけた。

そして艦隊が、バサブア沖の予定泊地に進入したのは午後十一時であった。しかし、この間もずっと接触してははなれなかった敵哨戒機に誘導されてやってきたのか、敵編隊の攻撃をうけ、ここからの上陸はついに不可能になってしまった。そのため北方のクムシ河口沖に、のがれるように接近していった。

ところが、敵はてっきりわれわれが攻撃のさなかに上陸を開始したものと誤認したのであろう。ブナ、ギルワ、バサブア、ゴナ一帯の海岸線にそって一大照明弾地帯をつくりあげた。

それは、まるで提灯行列を見るような壮観さであった。

まもなくクムシ沖において、ふたたび上陸準備がすすめられた。だれの目にもこんどこそは成功する、という予感があった。わが艦隊を見失ったのか、敵機の爆音がいぜんブナ付近の海上を旋回しつづけていたからである。

上陸用の小舟艇が一斉に海面におろされ、まず旅団司令部が移乗を終わって発進をはじめたが、兵たちは多くの重器材をおろさねばならないため、銃のみ肩にかけ、背負袋を甲板にのこして作業に従事していた。

だが、そのころになって、ようやくわが艦隊の所在を知った敵機が、上空を旋回しはじめ、それを見た駆逐艦は、その頭上へ若干の背負袋を投げ込んだあと、そのほとんどを残したまま闇のなかへ消え去ってしまった。あと一分間、いや三十秒もあれば、作業は終わっていたかも知れないのに……。

この戦局重大なとき、数すくない艦艇を陸軍部隊の輸送のために使用し、もしも艦艇に損傷でも生じるようなことでもあったら、これ以上の痛手はなかろう。したがって、その移乗が文字どおり寸秒を争ったことは、充分に理解できる。

しかしながら、敵機の攻撃はまだ開始されていない現在、糧秣と、そして弾薬を収納した背負袋が、陸軍にとっての戦力源と知るならば、もうすこし配慮の余地があってしかるべきではなかろうか。

まさか、上陸が成功しようとしまいと、「わが任務終われり」などというそんな無情な考えは、みじんもなかったことを信じたい。

真っ暗ななかで、まるで〝捨て小舟〟と化したわれわれの近くに、爆弾が雨とふりそそぎ、水柱が無数に上がった。そのたびに艇は、左右に大きくゆれ動いた。

7　兵糧なき援軍きたる

「艇長！　方角はわかっているのか？」

「わかりません！」

「なぜ、方角を聞かなかったのだ！」

「あの星の方向と聞きましたが、その星がわからないのであります！」

艦隊はすでに去って、爆撃であがる水柱のただなかに浮いている舟艇には、天空の星のなかからその一つをつかみとることは、まったく不可能にちかい。やむなく私は、この被爆地帯を脱出するため艇を発進させ、もう一隻にもついてくるように命じた。

こうして、しゃにむに被爆地帯だけは脱出できたものの、私の手にする磁針には残念ながら夜光塗料がほどこしてないので、やむをえず南十字星によって方向をたしかめると、やや西南方向にむけて艇をすすめていった。時計はすでに午前二時をすぎている。南方の夜明けは早い、三時すぎには明けるだろう。

やがて、東天がわずかに白くなったころ、私は双眼鏡をとり出して目にあてた。その視界に陸地が横に長くひろがっていた。

「艇長、もうすぐ陸地だよ！」

私はふりかえると、艇長を激励した。

私はさらに前後左右を見まわしたが、後続しているもう一隻の艇以外に、ほかの舟艇の影さえ見ることができなかった。

そうこうするうち、はやくもヤシ林がはっきりと見えはじめ、そのすぐ南側に格好の入江がみつかった。とっさに私は、その入江に接岸しようと考えていた。

そのとき、偵察機か戦闘機かわからないが、敵らしき二機が海岸にそって、低空を飛んでくるのを発見した。とたんに、はげしい機銃掃射音がおこった。

「艇長、全速で海岸へ直角に突っ込め！　珊瑚礁だけは注意しろよ！」

とどなった。

その直後、艇はもうすこしのところで珊瑚礁に乗り上げてしまった。艇をおしながら、陸地に向かってけんめいに泳いだ。

もう一隻はと見れば、すでに浜辺にへさきを乗り上げ、ヤシ林のなかに退避していたが、これまたはげしい掃射をうけている。

われわれは海中に身体を没して、首をまわしながら、この傍若無人の跳梁をながめているよりほか方法がなかった。ようやく敵機が去って、浜辺にたどりついたとき、われわれは精も根もつきはててしまっていた。

一息いれる間もなく、大きな器材を総がかりで砂浜に引き揚げることを命じた私は、さらにジャングル地帯への運搬を命じたあと、みずから舟艇の隠匿場所をもとめて、入江をさぐりに向かったところ、ふたたび敵戦闘機が襲ってきた。

艇長と私はとっさに入江に飛び込んだが、入江の泥はふかく、一足ごとに泥のなかへ喰い込み、なかなか抜けなかった。このとき、もう一人の艇長が大腿部に銃撃をうけてたおれてしまった。

「しっかりしろ！」

といいながら、私と艇長の二人で彼をひきずり、岸にたどりついて茂みに身をひそめたのだが、それもかろうじて頭を草のなかにかくしたにすぎなかった。

この二回におよぶ銃撃で、通信器材には多くの損害が生じていた。そのほとんどが掃射をうけていたが、ことに重量のある固定無線機にはハチの巣のように穴があいて、波打ちぎわに無残な残骸をさらしていた。

身ひとつでさえも、上陸の困難が予想された状況において、人力では運搬の不可能なこの重資材の携行を計画、指示するという認識不足に、私はいささか抵抗を感ぜずにはいられなかった。

そして、あげくのはて、器材と糧秣弾薬のいずれをも得られなかったのであるから、これ以上の無念さはない。

とにかく、わずかに揚陸された弁当と糧秣を再配分して朝飯をとったが、糧秣は三日分にもたりなかった。このわずかな糧秣をこれからさき、いかにして喰いのばすか――それを考えると頭が痛い。そんななかに、出発のときくばられた二合入りの酒びんが一括して無きずのまま揚陸されていたのが、いかにも皮肉であり、こっけいにさえ思われた。

つぎに、配布されていた地図をひらいて現在地をさがしもとめたが、その地図自体がオソマツで、これではまったく手がかりもつかめない。そこでとりあえず連絡斥候を派遣し、死傷者の収容と、破壊された器材のなかから使える部品をさがしだし、一機だけでも完全なものをつくり上げる作業を開始した。

だが、派遣した斥候はなかなか帰らなかった。そこでわれわれは五十メートルばかりジャングルのなかへ移動し、斥候の帰着を待つことにした。

それにしても、このジャングルは上陸したその日から、われわれと切りはなすことのできないものになった。すなわち、敵機にたいしては最良の遮蔽物であり、大木は上空からの掃射にたいして防弾具の役目をはたし、また豪雨のさいの雨宿りにも、はては宿営材料から障害物材料まで、このジャングルが供給してくれたのである。

そして糧秣がつきたとき、無限の木の葉はいっときの生命の糧となったことを思えば、このようなオアシスのような存在でもあった。

まもなくもたらされた斥候の報告によって、ようやく旅団司令部の位置を確認することができたが、西方にはまったく部隊をみとめなかったという。とにかく日没をまって、われわれは旅団司令部と合体するために海岸ぞいに移動を開始した。

　こうしてたどりついた司令部は、丈余の草原地帯にあって、露営をしていた。私はさっそく報告する。

「通信隊、ただいま到着——上陸人員百十一名、戦死五名、破壊喪失器材、固定無線機一、二号無線機二、有線器材若干、暗号書異状なし！」

　さっそく、このような報告をした私に、ひとこと「ご苦労」という言葉がかえってきた。いぜんとして歩兵部隊との連絡は未完了ということだ。したがって、旅団としても上陸の成否さえも不明のまま、夜をむかえたということであった。現在地点もクムシとマンバレーの中間付近とだけで、いずれも私とおなじく推定にすぎなかったようだ。

　こうしてわれわれは、上陸第一夜を草いきれのなかにすごしたのであるが、東方からは夜を徹して断続的に銃声が起こっていた。おそらくは上陸した歩兵大隊がはやくも敵と接触して、小戦闘をまじえているものと私には判断された。

　翌十二月三日の朝、草原を出発したわれわれは海岸にそって、クムシ河に向かって前進した。

　このさいの旅団司令部の直接警戒は通信隊が担任することとなり、二、三号無線機各一、電話機五、被覆線十六は、あらかじめ隠匿してあった大発によって日没後、クムシ河口に前進するように命じていたので、いまはまるで歩兵に早変わりしたようで、じつに軽快な行軍であった。

途中、小さな河を二つばかり渡って、ようやくクムシ河に到着したが、密林の河はさすがに難関で、とてもかんたんには渡れなかったので、ジャングルや浜辺の倒木などを集めて筏をつくり、その右岸に進出したときは、すでに暮れ方ちかくになっていた。

その地点にはさいわいにも空小屋があったので、旅団はここに露営することに決したが、くしくもこのクシムにおいて、南海支隊の一部と遭遇し、さらに歩兵連隊から派遣された将校ともめぐり合うことができ、ようやく全般的な情報をえることに成功したのであった。

8 密林に消えた大隊

このとき、岩崎大隊の連絡将校からの報告によると、大隊はゴナ河の西方一キロ付近に集結し、その兵力は二百五十名くらいであること。ゴナ以東の地区には上陸した気配のないこと。さらに昨夜の銃声は敵の小部隊とわが大隊とが衝突したものであり、その他の兵力についての上陸の成否はまったく不明ということであった。

また、南海支隊の大隊長宮本少佐からは、モスレビー攻撃を中止した南海支隊の主力は、クムシ河を筏で後退したのだが、敵の降下部隊と爆撃とにより壊滅的な打撃をうけてしまい、宮本大隊だけはかろうじて河谷ぞいに陸路を後退していたため、ようやく一部の生存者をえたが、その兵力も四十三名にすぎない、という状況を知った。

なお、ブナ、ギルワおよびバサブア付近の状況にかんしては、旅団が軍司令部よりえたもののほか、まったく新しい情報はえられなかった。

翌四日――ゴナ河の西方地区に集結していた歩兵第百八十連隊の岩崎大隊と合し、ここに十二月一日の夜、わが駆逐艦によって上陸した総兵力の全容が判明したのであったが、その数はわずか四百二十五名にすぎなかったのである。

あるいは暗夜のため、その方向をうしなって払暁以後、沖合で航空機もしくは艦艇などにより撃沈されたのか、また、移乗するいとまもなくラバウルに反転したか、それらは知るべもない。

とにかく半数にちかいこの兵力のすべてが歩兵であるだけに、その戦力はいちじるしく弱体化しており、岩崎大隊の兵力も一中隊半にすぎなかった。

しかしながら、ブナ方面の危急を思うとき、兵力がすくないからといってこれを放置することはできず、さっそくゴナ河を渡河して前進を開始し、その右岸のジャングル地帯においてオーストラリア軍と衝突したさいには終日、激戦をまじえたものの、やがて戦線は膠着状態となり、あまつさえ夜になってシノつくような豪雨となった。

やむなく将兵はそれぞれに大木の下で雨宿りをしたが、豪雨はいっこうにやむ気配もなく、そこでひとまずゴナ河の左岸に後退して、一晩じゅう雨のなかですごしたのであった。

ふりつづいた雨は、朝になってようやくやんだが、みなは腹の底までずぶぬれとなっていた。そのころクムシ河口へ回送した無線機がようやく、ラバウルとの無線連絡を確保し、十二月八日の開戦記念日には兵力を追送するという軍命令を受領したので、部隊はようやく前進を中止したのである。

あの駆逐艦上の海空戦いらい、わが軍の飛行機はもはや一機も飛ぶことはなかった。したがって爆音のすべてが敵機である。そのため、いちいちそれをたしかめて退避命令を出すわずらわしさがなくなったのもひにくな現象であった。

それに、敵機が基地に帰ったたそがれのひとときが、われわれにあたえられた唯一のいこいの時間となった。

あるとき、私は砂浜に腰をおろしていた。私の近くにも多くの兵たちが腰をおろしている。しかし、そのだれもが黙然として海をながめているだけである。だれひとりとして戦友と語ろうともしなかった。

思えばこの一週間、じつにあわただしい明け暮れであった。兵たちはなにを思い、なにを考えているのか、それを聞いても、おそらく答えてくれないであろう。みんな人の子であり、人の親である。ふるさとの父母や、そして妻子のうえに思いをはせぬものはなかろう。それをなぜ、戦友と語り合わないのか。

この海は、なつかしい祖国へ通じているし、あの空へつらなっている。語りかけてみたら、それをふるさとにとどけてくれるかも知れない。なぜ、それをためらうのか。

もし、それを卑怯未練なやつだと笑われはしないかと考えているとしたら、あまりにも心がせまい。かえって、そんな心が卑怯ではないのか。

私がとりとめなくそんなことを考えていると、夕食の知らせがきた。

上陸してからまだ一週間にすぎないのに、はやくも糧秣が底をついたので、草の葉のなかに数えるほどの米つぶが入っただけの雑炊であった。この一杯の雑炊が、いまやわれわれの生命の糧であり、戦力の原動力なのだ。

大きな倒木のそばに草をしいて横になる。しかし、おびただしい蚊に襲われて眠れそうもない。上陸からきょうまでに戦死した部下の一人ひとりについて、頭のなかで整理をしてみるのもこんなときだ。

なかでも、クムシ河において深みのなかへずるずるとひき込まれた小林上等兵の死因については、多くの疑問がのこった。ワニにひき込まれたのではないか、とは目撃者すべての言であったが、ニューギニアにワニが棲息している事実を私は知らない。

まえもって予告された八日に行なわれる増援部隊の追送は、またも失敗に終わったという。こうなっては、ブナの危急をすくうため、もはや前進をひきのばすことはゆるされなくなった。

そこで岩崎大隊がまず日没後、ゴナ河右岸に進出して陣地を占領し、敵情と、地形の捜索に任じることになった。

ついで私の部隊も岩崎大隊とともに行動をおこし、電話線の架設を終了し、ここに連絡線が確保された。同時に、またも司令部の直接警戒を私の部隊で担任することになったが、兵たちもすっかりそれが板についたようである。

青柳参謀が陣地の構築を指導するため、電話線づたいに右岸地区へ伝令をともなって前進していったのは午後八時すぎであった。

と、しばらくたった午前一時ごろ、岩崎大隊の陣地方向にはげしい銃声が起こった。私はとっさにどなっていた。

「岩崎部隊に状況を聞け！」

「はいッ！」

「どうしたのか！」

「途中で切れています！」

ゴナ河に待機していた保線班が、ただちに出発したが、その銃声はまもなくやんで、しだいに断続的になっていった。ところが、午前二時すぎになって保線班から、高橋上等兵が息せき切ってかけもどった。

「部隊長どの、岩崎大隊が変です！」

「なにがヘンなのか、くわしく話してみろ！」

高橋上等兵の報告によると、ゴナ河右岸地区には敵兵が充満し、岸づたいに右の方へ移動しつつ、ようやく陣地に到着したものの友軍の戦死した遺体が多くて、部隊を発見することができず、聞こえてくる話し声はどこへいっても英語らしい、という意外な報告であった。

私のすぐ近くにいた旅団長もおどろいたとみえて、すっくと起き上がって、

「そんなバカなことがあるもんか！」

と一喝する。旅団長も、その敵は、潜入してきた少数の敵兵——という判断であった。銃声から判断しても、いかに一中隊余の小兵力だったとはいえ、岩崎大隊が一気に壊滅したとはとうてい信じられなかったにちがいない。

しかし、その真疑をたしかめるため、さっそく予備隊の小隊から斥候が派遣された。

そして、払暁までに帰着した各斥候からの報告を総合すると、どうやら岩崎大隊の全滅はさけられない事実と思われた。

「ゴナ河の右岸にはオーストラリア軍の姿が散見され、なかには水浴びを楽しむ情景さえ見られた」という左岸のヤシ林を占領する私の部隊からの報告にも、それを裏書きするものがあった。

それでも旅団長も、私の心の底にも岩崎大隊の存在を信じたい気持が残っていた。しかしながら、かろうじて脱出してきた将校以下七名の生存者によって、この悲しむべき大隊玉砕の真相が報告されたのであった。

岩崎大隊をうしなったわが旅団は、完全にその戦闘力をうばわれたことになる。ここにいたった旅団長の心中はいかばかりか、それは私にも充分に察することができた。

すでに高級副官をうしない、いままた青柳参謀を大隊とともにうしない、下級副官と軍医部長の鈴木中佐だけとなった幕僚をしたがえるのみで、しかも予備隊（歩兵三個分隊）、通信隊の一部、伝令および電報班など、全員を合わせてわずか百七十五名の兵力にしかすぎないのだ。

べつに南海支隊の宮本大隊四十名がいたが、彼らもそのほとんどが疲労と病気でたおれており、戦力にならなかった。これらの弱小兵力をもっては、ブナを救援するどころか、ゴナ河をはさんで相対する当面の敵オーストラリア軍一万五千の兵力に圧倒されるのは、もはや時間の問題でしかないであろう。

9　苦しまぎれの楠戦法

苦境に立った旅団長は、これらの戦況について、ただちに軍司令官に報告したところ、午後になって軍司令官からつぎのような電報を受領した。

『貴兵団の労を多とす。軍は十二月十四日、貴兵団への後続部隊の決死的輸送を断行する』

ここにおいてわが旅団は、後続部隊の来着するのを待って、その後の行動をとることになった。そのため、現在位置を死守するか、またはクムシ河左岸地区に後退して、後続部隊の来着を待つか、そのいずれの方策をとるかについて、私は旅団長から意見をもとめられた。

すでにゴナ河をはさんで敵と相対し、断続的ではあるが小競り合いをくりかえしているいま、敵からの離脱はきわめてむずかしかった。そこで私は旅団長にたいして、「残存の兵力をもって後続部隊が到着するまで現在位置を占領し、その上陸を掩護すべきである」との意見をのべた。

その理由として、ゴナ河は二日間の豪雨により水量をいちじるしくましており、渡河はとうてい不可能と思われ、さらに上流二百メートル付近にあった丸木橋も流失しており、それが敵の渡河作戦を封ずることにもなると考えられた。

また、オーストラリア軍は、ようやくバサブアの戦闘を終わったばかりで、ブナおよびギルワの戦闘が結着をみない現状において、すぐにもゴナ河左岸地区に進出するとは考えられない。

それにわが右翼方面は、ジャングルと湿地帯とにおおわれており、旅団の正面はせいぜい約二百メートルほどであるから、この地形を利用して正面をひろく確保し、敵にはあたかも大兵力を擁しているように見せかければ、すくなくとも四、五日は陣地の確保は可能である。

以上のようなことを具申し、なお戦況の推移によっては、一挙にクムシ河左岸に後退するというふくみをもって、戦傷病者をあらかじめ後退させることをつけくわえたのであった。

「苦しまぎれの楠（南北朝時代の奇略家・楠正成をさす）戦法をやってみるか！」

旅団長はこの私の案にたいし、こういって承諾をあたえた。

そこで私は、さっそく岩崎大隊所属の予備隊半個小隊に司令部伝令の一部をくわえて右地区隊とし、通信隊の田口隊は左地区隊として現在位置にとどめ、その中間地区の後方に宮本大隊の下士官以下を配置した。

そして、それぞれの各陣地のあいだやその後方にニセの陣地をもうけて昼間だけ少数の兵をおき、その他の兵力をもって敵小部隊の潜入にたいして、いつでも出撃できるよう待機させたのであった。

こうして最小限度の通信手と、数名の伝令だけが旅団長のそばに残ることとなった。

このように、広い正面に縦深もなく兵力を配置したにすぎなかったが、敵の斥候をときおり見かけるていどで一日、二日とすぎ、敵が攻撃にうつる気配はみられなかった。このとき、もし敵が攻撃をしかけてきたならば、わが陣地はすぐにも崩壊してしまったであろう。

さらに敵情にかんしては、わが兵力を温存するため斥候を出すこともせず、ただ河をへだててようすを見ることのみに専念したのであった。

しかし、この間にもわが陣地にたいする敵の迫撃砲による砲撃はしだいに活発となり、とくに後方のニセ陣地にたいしては、かなりの砲弾をあびせてきた。どうやらニセ陣地の着想は成功したようである。

そうこうするうち、いよいよ後続部隊の出発する日をむかえたものの、たとえ上陸が成功したとしても、戦場に到着するまでには、なお一日や二日の時日を要するであろう。いずれにせよ、私は上陸掩護の成否はこの二日間にあると判断していた。

軍司令部からは、予定どおり後続部隊の追送を決行するむね連絡があった。もしこれが予定どおりすすめば、本夜半にはクムシ河口、またはそれ以北の泊地に入ってくるものと予想されたので、私は一睡もせずその後の情報をまったが、むなしく時はすぎるばかりであった。夜はしだいに明け方ちかくなってしまったが、皮肉にも到着をつげる敵機の動きはまったくみることはできず、どうやら泊地には到達していないものと判断された。あるいは損害をうけ、ラバウルに反転したのではないだろうか、そんな不吉な予感がチラリと私の脳裏をよぎる。

もし反転したとすれば、わが旅団としては最悪の事態をまねくことになる。すでに弾薬はつきかけて、糧秣もほとんど残っていない。それにマラリア患者がぼつぼつ発生するしまつで、これによる指揮官の動揺は以心伝心、兵たちにも微妙な反応がみられるようになった。このような状況になっては、なおさらのこと悲観的に考えてはいけないと思いつつ、私は後続部隊はかならずくるという信念を、みずからの心によみがえらせることにつとめた。

後続部隊の来援にかんしては、なんら新しい報をうることなく、ついに朝をむかえてしまった。

私は旅団長とともに、いつものように雑炊をすすっていた。そのときである、にわかに爆音がおこり、敵の爆撃編隊がかなりはなれた海上を北方に飛んでゆくのを目撃した。数十機くらいはいるだろう。さらにべつの戦闘機が、わが陣地の上空をこえて北方に急行してゆく。その数も心なしか機数がいつもより多く見えた。

それにいつもとちがい、今日はわれわれの陣地には目もくれなかった。さては後続部隊への攻撃ではないか、私の脳裏には稲妻のようなものがはしった。

旅団長と私は、思わず立ち上がって浜辺に出た。そして眼鏡でクムシ方向を凝視したが、その編隊はさらに北方に消えていった。

それからいくばくもなく、われわれはかすかに機銃掃射と爆撃の連続音を聞いた。こうなっては、もはや後続部隊への攻撃をうたがう余地はない。旅団長がまず口火をきった。

「マンバレー付近かも知れんな」

それには私がさっそく答える。

「斥候を出してみます！」

「将校斥候のほうがいいよ」

旅団長の指示にしたがって、私はただ一人の生き残りである岩崎大隊の将校をクムシおよびマンバレー方向に派遣し、後続隊についての情報収集にあたらせることにした。

〝困ったときの神だのみ〟という言葉があるが、私は思わず、後続部隊がわれわれとおなじ轍をふまないようにとぶじを祈った。

一方、後続部隊が到着する以前に、これを各個に撃破することは戦術上の原則である。もし、この原則にしたがってオーストラリア軍が攻撃をかけてくるとしたら、いまの瞬間こそ絶好のチャンスである。そこで私は、各陣地にいっそうの警戒を命じた。

旅団の幕僚も、そして岩崎大隊長も戦死したいまとなっては、指揮系統などにこだわる必要はない。この百数十名が一丸となって戦うことこそ、危機を突破しうる条件である。

このころ私は、参謀副官の業務から炊事の役目まで果たさなければならなくなっていた。それに、ときがときだけに旅団長は、私が歩兵科将校だったことをことのほかよろこんでいた。

このとき、わが左地区隊の陣地が迫撃砲の集中射撃をうけ、兵のひとり高橋上等兵が負傷して戦友に背負われて退いてきた。

見れば首の肉をえぐりとられ、首がいまにも前にのめりそうである。一目でそれが瀕死の重傷だと思われたが、私はあえて一喝をくわえた。

「それくらいの傷で兵器をすててくるヤツがあるか！　はってでも兵器をとってこい！」

もしこのとき、私がやさしい言葉をかけたなら、いまにもがっくりと死んでいったであろう。

私はちかくの高山上等兵に、彼の看護のほか、兵器のこともひそかに命じていたが、私の出方で彼の生命をとりとめることができるならば、あえて鬼部隊長と思われてもムダではないと思った。

10　神経だけが生きている

夜になってようやく、マンバレーに派遣した斥候の報告がとどいた。それによると、来援の砲兵連隊は、輸送船が鈍足のためダンピール海峡で爆撃により撃沈され、ほとんど生存の見込みなし、歩兵第百八十連隊の野辺大隊および岩崎大隊の残部隊は、野辺少佐の指揮により上陸したものの支離滅裂となり、いまだに集結することができず、その兵力は千名と予想された。

一方、旅団通信隊は兵力約百名をかぞえたが、乗りこんだ舟艇を爆破され、皆川中尉が重傷をおったという。なお、舟艇機動によって野戦病院はマンバレーに進出、部隊の集結ならびに戦死傷者の収容をまって、部隊をゴナ方面に誘導しつつあるが、それも明十六日の夜になる見込みという、きわめて具体的な報告をうることができた。

この報はそうそうに第一線陣地までつたわり、兵たちの士気を大いにふるい立たせることになった。

翌十六日、われわれは跳梁する敵機の目をぬすんで、わが〝虎の子〟を小部隊に区分し、クムシ河口に隠匿していた大発によって河をわたり、午後十時ごろまでには、ゴナ陣地後方に集結を完了した。

私の部隊でも、背部に重傷をうけた皆川中尉のほか、多くの戦死者を生じていた。敵に一矢さえもむくいえず散ってしまった部下の心中は、察するにあまりあるものがあったが、それでも戦闘任務の遂行に必要な陣容をたてなおすことができたのであった。

さきに将校斥候にでた藤崎少尉の報告によると、船団の泊地への進入が予定よりおくれたために、上陸開始が夜明け以後になってしまい、不幸にも敵機に捕捉されて、つぎつぎと舟艇を爆破されることとなり、大なる損害をうけたということであった。

なお敵機は、落下傘爆弾を使用したとの新情報をえたが、榴霰弾方式か、あるいは落下時間をおくらせる目的をもって使用したのか、この重大な資料を確認できなかったことは、将校としていささか適切をかいたきらいがあり、また死傷者がたずさえていた暗号書の処理に

ついても、

「たぶん銃にしばりつけて海底に沈めたと思います」

というきわめてあいまいな報告であったが、このようなことは将校として厳にいましめなければならないことであった。

万一、海上に浮遊し、敵手にわたりでもしたら、全軍におよぼす影響が甚大である。そこで私は将校全員にたいし、あらためて暗号書の重要性を再認識させ、いやしくも将校はいついかなる事態が発生しても沈着冷静に、みずから暗号書の処理を命令、または確認する心がまえがなければならないむねを徹底させた。

これは戦場に到着そうそう、いささか酷ではあったが、このような重要なことを見のがすことはできなかったのである。

このころ、青柳参謀の戦死にともなって、後任が到着するまでのあいだ軍参謀の田中少佐が配属されることになり、旅団長の明るい笑顔にひさしぶりに接することができた。

わが旅団は、こうして第一回の追送部隊の来援をうけて勇気百倍、いよいよギルワに急進することになり、クムシおよびマンバレー付近に散在する舟艇をクムシ河の上流に集結し、ギルワへの海上輸送を準備することになった。

十二月十九日の午後八時、旅団はつぎつぎとゴナ河の陣地を撤退し、クムシ河上流に集結をはじめた。さいわいこの撤退はまったく敵に察知されることもなく、離脱は完全に成功をおさめたが、もとよりわが旅団がもっともおそれていたのは、この移動を敵に感づかれて敵機の出撃をまねくことであった。したがって、隠密裏に移動できたは大きな成功だったのである。

この舟艇部隊には、さきに野戦病院とともに沿岸づたいに前進していた旅団工兵がくわわったので、ギルワへの輸送は一回ですむことになったのは幸運だった。そして、旅団はクムシ河支流において三梯団にわかれると、午後十時を期してつぎつぎと前進を開始した。私は第三梯団長を命じられて最後尾を航行したが、追尾する敵はまったくみとめられなかった。

このころ敵は、夜間における沿岸警備のため、多くの快速艇を配置していた。したがって、敵機の出動をまぬがれることができても、この快速艇との衝突はさけられないだろう。そのため、みずからの手で排除しなければならないと思われたが、さいわいにも沿岸づたいに移動した工兵は、速射砲または機関銃を艇のへさきに装備していたので、その戦力は充分であった。

しかし、いたずらに交戦を長びかしては、敵機出動の機会をあたえるので、なにはともあれ、ギルワに達することのみに専念するよう注意があった。

私の第三梯団がようやくクムシ河口を出たころ、第一梯団も第二梯団も暗闇のなかに消えて、その機関音だけがかすかにひびいてくるだけだった。

そして、第三梯団が沿岸ちかくのジャングルの黒い影を望見しつつ前進をつづけ、バサブア沖付近に達したかと思われるころ、第一梯団と快速艇とのあいだにはげしい交戦がはじまったとみえ、ついで第二梯団も射撃を開始したらしい。

快速艇は二、三隻のようであったが、ややおくれて進行していたわが第三梯団には気づいていないようだ。われわれは珊瑚礁と陸上からの射撃を警戒するため、はるか沖合に出て第一、第二梯団のあとを追った。

前の方には青と赤の曳光弾がとびかい、闇のなかに美しい光芒を交錯して、まるで仕掛花火のように壮観をきわめている。そして、いぜんとして交戦は終わりそうになかった。付近には砂浜に船体を突入したもの、海中に逆立ちをしているもの、舳先を空中にあげたもの、大きく傾いたものなど多数の輸送船が沈没し、その残骸をさらしているのが夜目にもはっきりと見える。それらはまた、南海支隊の上陸がいかに困難をきわめたかをはっきりと物語っていた。

それでも第一梯団はすでに接岸したのであろうか、こんどは海岸線一帯に砲弾が炸裂しはじめ、敵快速艇の攻撃目標がいよいよわれわれ第三梯団にうつってきた。私は各艇に射撃開始を命じたが、間もなく艇はつぎつぎと接岸の態勢についていった。

こうてギルワへの上陸は砲弾の弾幕下であわただしく行なわれ、その砲声は夜のジャングルにとどろきわたった。見れば敵の快速艇は、はやくも闇のなかをふたたびマンバレーに向かって反転していった。

やがて、われわれは真っ暗なジャングルのなかを一列になってすすみ、南海支隊からさしむけられた連絡者に誘導されて、ようやくその陣地の後方に集結したのであった。

十一月二十八日にブナ地区への急援命令をうけていらい、じつに二十余日、ここにようやく所期の任務を達成したのであった。しかし、この前進において、旅団が砲兵連隊をはじめとして、すでに千七百余名にのぼる死傷者をだしたことを忘れてはならない。

そして、すでに九月五日いらい補給がとだえて、いまは餓兵となった南海支隊にたいし、いままた餓兵のつみ積ねになるかも知れないこの強行作戦は、いかにも前途の暗いものであったといえよう。

事実、ギルワ地区における糧秣の欠乏状況は言語に絶するものがあった。ガダルカナルでの成功にならってドラム缶方式による〝ねずみ輸送〟もこころみられたが、そのドラム缶につめられた米もほとんどが撃沈されてしまった。

この現状をみるとき、兵力の急援よりもむしろ、糧秣や弾薬の補充こそ先決ではなかったか、南海支隊の将兵もそれを待ち望んでいたようである。このようなありさまを知りながら、戦況に合致しない重無線機などの携行を指示し、一つぶの米さえも救援の処置がとられなかったことは、まことに不可解であった。兵たちはみな草と木の葉と、精神力だけで生きている、そんな形容しか、いまの私にはできなかった。

11　猫のいる餓兵部隊

南海支隊長の堀井富太郎少将が戦死したのち、横山與助工兵大佐が代理として指揮をとっていたが、このころには後任として、豊橋予備士官学校長だった小田健作少将が着任していた。

そして、わが旅団がギルワに到着のときをもって、全部隊の指揮権はわが旅団長にうつった。旅団長はまず、野辺大隊を南海支隊の既設陣地に配置し、その一部および宮本大隊を予備隊とした。

そして、私の部隊はふたたび通信隊本来の任務にかえされ、旅団司令部と小田部隊司令部および野辺、岩崎両大隊間の電話連絡に任ずるとともに、ラバウル軍司令部との無線連絡につくことになったのである。

いぜんとして敵砲兵による砲撃は激烈をきわめ、わが頭上に炸裂し、殷々たるその砲声はジャングルをゆるがせ、地ひびきを立て地鳴りをよんだ。しかし、この連日にわたるはげしい砲撃も、われわれには日一日と食傷ぎみとなっていった。

まるで時計のように反復されるこの砲撃は、一定の地域に着弾し、炸裂し、ほとんどその射程を変換することがなかった。したがって、たくみに退避することによって、その損害は極端に減少することができた。

しかしながら、低空を飛んで風のように接近し、ジャングルすれすれに反復する敵機の機銃掃射には、手のつけようもなかった。

かつては飛行機の墓場として敵を震撼させた淵山（ふちやま）高射砲隊も、すでに弾薬つきて、その砲までも破壊されるにいたっては、この執拗かつ不敵の跳梁にも手をこまねいているほかすべがなかった。

上陸いらい、雑草や木の葉の雑炊ばかりを喰っていたわれわれだったが、それでもいちおうの満腹感をえられていた。

しかし、その雑草や木の葉もしだいに取りつくされていった。

それにくわえて、この連日のはげしい砲爆撃は、ジャングルをすっかり裸にしてしまい、およそ腹をみたすにたる資源を根こそぎうばい去っていった。

そのうち砲爆撃のあいまを利用して、口に入れるべき何物かをもとめて陣地内を徘徊する兵たちの足どりは、さらに重くなり、目はくぼんで眼光だけは異様なまでにギラギラと光ってきた。

やむをえず、ほろにがいタコヤシの芽を喰い、海岸のつる草を食べるようになって、みなはげしい下痢になやまされるようになり、さらにはその下痢がいく日もつづいて、やがて、体力のおとろえに一層の拍車をくわえてゆく。連鎖的にマラリアの患者がいちだんと増加する。

しかしながら、こうなっても医薬品はなかった。たとえ医薬品があったとしても、これだけ体力が低下すると、病をいやすことはさらにむずかしい。

こうして、水ばかり飲む日がつづいた。それでもふしぎなことに、糧秣の欠乏をうったえるものはいなかった。

そして夜ともなると、だれからともなくふるさとの話がでる。そのふるさとの話もいつか、食べ物が中心になってしまう。下関のふぐ料理、広島のかき料理、鯛の浜焼、そして刺身、神戸のすき焼、それらを思いきり食べ歩きたいといっては笑っている。

肉が落ちて、やせおとろえてはいるが、まだ笑い声がもれるようであれば心づよい——こんな場面を見るにつけ、私はそんなことを思い、みずからを力づけた。

われわれの陣地にはそのころ、一匹の猫がいた。その猫はおそらく輸送艦のなかで飼われていたものであろう。それが沈没して陸に泳ぎついて、すみついたのかも知れない。人なつこくて、逃げようともしなかった。いかに食糧が欠乏していても、さすがにその猫だけは捕えて喰うものはいないとみえて、いつまでも生きていた。

そんなある日、大林上等兵が五十メートルくらいはなれた防空壕のなかから、油のはいった〝一斗缶〟をみつけて帰ってきたが、スピンドル油だといってそのまま退避壕の片すみに放置してあった。ところがその翌日、糧秣係の三浦曹長がこれを見つけて判定した結果、どうやらこれは白絞油（なたね油）だということになり、その日の夕食からは水ばかりの雑炊のなかに、この白絞油を浮かべて飲ませてくれた。

航空兵力をもって、この地区への補給を遮断し、砲弾の弾幕で陣地をつつんでしまえば、いかに精強で降伏することを知らない日本軍でも、やがては飢えと弾薬の欠乏とによって自滅すると計算した連合軍の戦術は、いまや完全なる制空権の獲得と浪費とも思われるほどの物量攻撃とによって、残念ながらその功をおさめつつあった。

人間は水だけ飲んでも、二十日間くらいは生きられるという。しかし、戦闘をしながら生きることは、さらに体力の消耗を加速度的にする。われわれは頬の肉が落ちたと思っていたが、そのうちに身体中の肉がけずりとられたことを意識するようになった。骨と皮ばかりになってゆくと、もう餓兵などという生やさしいものではなく、餓死寸前の〝死体然〟となって、残されたものといえば、ただ精神力だけとなっていた。

12　死臭ただよう正月

そして、いよいよ昭和十八年の元旦をむかえた。旅団長から各部隊ごとに皇居遙拝と万歳三唱を命ぜられて、私が将校下士官をあつめてそれをつたえると、

「今日は元旦でありますか?」

と、ふしぎそうな顔をして聞きかえすものもある。これまでにも、われわれは過去いくたびか戦場で正月を迎えていた。そのたびに、新年にたいする自分の抱負や覚悟をあらたにして、その第一歩をふみ出して行ったものだ。

しかしながら、このときばかりは将校も下士官もなんの感興さえ起こらなかったようである。そして、私自身もそれを感じなかったのか、かくべつの抱負もなく、あえてそれをもとめるならば、一粒の米を補給されることのみに希望をたくしていたのが現実であった。

もとめて得られないものをもとめることは、愚痴ともなって見苦しいから、以後はなるべく考えないことにした。

皇居遙拝のためにそれぞれの壕からはい出し、三々五々とあつまってくる兵たちの足どりは、じつに重そうだ。栄養失調とマラリアのため、もう骨と皮ばかりになって、だれの顔もその容貌はすっかり変わっていた。

この兵たちの痛々しさにひきずられ、思わず隊長という自分自身を見失いそうである。なんのための遙拝だ、なんのための万歳三唱だ、といささか心中に抵抗を感じたが、兵たちの士気を昂揚するためにも滅入ってはいけないと、ひたすら反省をするのだった。

砲弾と爆撃によって、さんざんに痛めつけられたジャングルの木々は、いまは幹だけになって、かがやかしい太陽がすみずみにまでさし込んできて、遙拝するにはこのうえなくべんりだ。

万歳の声は思ったよりも高だかとひびき、ジャングルの奥までとどくように流れていった。あるいは兵たちはこの声によって、口には出しえない満たされないものをはき出したのかもしれない。

私は昭和十八年の元旦をむかえて、恒例の訓辞をあたえたが、兵たちがどんな気持でそれを聞いているか、手にとるようにわかった。

私自身でさえ現在の状況において、後続兵団の到着はありえないものと考えていたにもかかわらず、あえて後続兵団の到着まで陣地を死守するようのべたことについて、私とともに死にゆくであろう兵に偽ったことは、たとえそれが士気を鼓舞するためであっても、私はこのうえなく心苦しく思えた。

ただいえることは、一歩また一歩、必然的な死への階段をのぼっていることを思い、いつでも死ねる準備と覚悟を堅持しておくことこそ、新年の課題であったのかも知れない。

敵も元日の一日だけはさすがに砲撃もなく、敵機の飛来もなかった。

そして静かな戦場は暮れていったが、二日をむかえるとまたも砲撃が開始され、いちだんとはげしさをくわえてきた。

昨夜、将校斥候がもたらした報告によると、深ぶかと砲列をしいた敵の砲兵陣地には、三百門に達するかと思われるほどの砲がならんでいる、ということであった。

そこで旅団では、この砲兵陣地にたいして斬り込み隊を突入させることになり、さっそく予備隊において数組の〝特攻隊〟を編成し、敵陣地に潜入させた。その斬り込み隊は長方形の爆薬をたずさえて、砲口にその爆薬を投入して砲を破壊し、あわせて敵軍の攪乱をはかろうとするものであった。

しかし、出発した彼らは、朝になっても帰ってくるものは一組もなく、その成果もまた知るすべがなかった、というのが真相であった。

そうこうするうち、斬り込み隊の編成、それに斥候などによって予備隊の兵力も底をついたのか、私の部隊から一個小隊を編成し、ふたたび旅団司令部後方の警戒配備につくこととなった。

13　ブナ陣地からの悲報

一月二日――ブナ陣地では、朝から敵の総攻撃をうけた。

それは三日の朝、このブナ陣地から奇蹟の脱出に成功した海兵たちによって、ついにブナ陣地が玉砕した、という報告がもたらされたことで判明した。

その海兵たちはほとんどが裸で、なかには三角巾で前後をおおい、その頂点を股間でむすんでいるものもあった。いずれも長泳のたくみな海兵たちで、陸地から遠くはなれた海上をただ精神力だけで泳ぎぬき、全員ともに極度に疲労していた。

その海兵たち六人から、玉砕の状況がつぎのように旅団長に報告された。

ブナ陣地はとくに湿地帯が多く、壕を掘るとまもなく水がわきだし、陣地構築作業はほとんど不可能であったという。そのため防空壕、掩壕、斬壕などのすべてが盛り土をおこない、地上に突出していた。

二日は朝から砲爆撃がことにはげしく、そこへ敵の地上部隊も一斉に攻撃をくわえてきた。ブナ地区ではこの日はじめて敵の戦車が第一線にくわわり、対戦車砲も爆薬ももたないわが陣地は、これを攻撃する方法もなく、突出した各陣地はこの戦車のために、まるで押しつぶされるように蹂躪されていった。

剣持部隊、それに海軍の安田部隊はしだいに海岸線におし寄せられ、つぎつぎにその陣地をうばわれると同時に、戦死者が続出した。なかでも、山本重省大佐は最後の掩壕にこもって戦いを続行し、敵軍に包囲されての執拗な投降勧告にも応じなかった。

しかし万策つきて、やがて静かに壕内を出た山本大佐は、敵の目前において、みごと割腹して果てたという。それを七十メートルくらいの近くにかくれて見たあと、海兵たちはつぎつぎと海中に飛びこんだのであった。

ブナ陣地が陥落すると、戦局はいっそう緊迫の度をくわえてきた。さきにバサブアの陣地が玉砕し、ここにまたブナ陣地が玉砕し、最後に残されたギルワ陣地にたいする敵の攻撃は火力の集中、兵力の転用によってさらに圧力が増大していったのは当然である。

すでに南海支隊において陣地の構築にあたっては、綿密なる地形偵察を行なっていたであろうが、さらにその後における変化の有無、なかでもギルワおよびブナ間における密林や湿地帯が障害物としても価値があるかどうか調査することになり、私がその任に命ぜられた。

そこで私は、下士官以下六名をひきい、海岸線にそってギルワ河に達したが、ほとんどの地点は部隊の通過さえ困難と思われた。

さらにギルワ河は支流が多く、両岸が繁茂していたので本流を確認することができなかった私は、さらに河にそって上流に向かおうとしたが、もう身動きさえもできなかった。

こうして、支流の分岐点ふきんから上流への進出が不可能にちかいと判断した私は、外郭調査をうちきり、つぎに進路を河と直角方向にえらんで内郭の調査をはじめたが、南海支隊の陣地東方にのびる湿地帯は水深が一メートルもあって、北に点在するマングローブ地帯は水深三十センチ内外であるが、あたかも根が上り松のごとく縦横に張り、根から根への渡り歩きもきわめて困難だった。

この三時間半にわたる偵察の結果、敵部隊の行動は不能——という結論をうることができたのであった。

一方、北ギルワ陣地背後の砂浜は、珊瑚礁にかこまれているという安易感から、わが軍は兵力を配置することなくこれを開放していたが、小型舟艇ならばいたるところ接岸が容易であり、むしろギルワ陣地最大の弱点ではないか、と私には思われた。

この海岸線の調査のさい、小さな入江に群棲する〝なまこ〟に似た生物を大量に収集したが、なまこは深海に棲息するものと考えていたので、私はこれを〝にせなまこ〟と名づけ、陣地に持ち帰った。これは腹を開いて陣地の日陰に乾し、貴重な兵たちの何食分かのカテとなった。

やがて一月七日——空襲で明け、砲撃に暮れる単調なくり返しではあるが、生命がけで戦っているからかも知れない、日のたつのがじつにはやく感じられる。

ある日のこと、定期便のような敵機が去ってゆくころになって、私は新たな爆音を耳にした。またも敵機のお出ましかくらいに思っていたところ、「友軍だ！」と叫ぶ声がつぎからつぎへと起こった。

それは、奇蹟にちかい現象であった。わが日の丸の戦闘機の数機編隊が、ギルワ陣地に弾薬を投下していったのだ。それは瞬間的であったが、日の丸を見ただけで兵たちの士気は一瞬、歓喜のルツボと化した。

その投下されたつつみのなかに、菓子がまじっていた。その菓子はさっそく各陣地に分配されたが、親指大の一個がさらに二つに割られて配給された。すなわち、一人あて半分ずつである。

あいにくと私の部隊では、ある兵が食糧あさりにでかけていて、この配給にもれたらしい。その兵は憤懣やるかたなく、下士官や将校がずいぶんとなだめたがついに効果なく、けっきょく部隊長に、ということでその兵は将校にともなわれて私のところにやってきた。

「私は菓子の一つや半分、ほしいとは思いません。しかし、分隊みんなのために食べ物をさがしにでかけたのに、私が分隊のだれ一人にも思いとめられていなかったので、腹が立ったのであります！」

と、その兵は理由をのべた。むかしから食べ物のうらみは恐いというが、どうやらそんなけちな発端ではなかったことがわかった。さいわいにも、私の分をまだ当番が持っていたのでそれをあたえ、分隊長に注意してコトは片づいた。

14　大隊長ひとり死す

そのころ、宮本大隊長が病気だと聞いた私は、クムシいらい会っていなかったので、さっそく訪ねた。

宮本少佐は極度のマラリアで、小さな掩壕のなかに丸太をならべて寝ていた。壕内は半分ほどが水たまりになっていて、そのなかに片足がたれさがっている。もちろん薬はなく、この二、三日は水さえ飲んでいないということであった。

私はちかくに待機していた宮本部隊の兵をよんで、看病をするようにたのもうと考えて近づいたが、すでに多くの戦病死を出していて、生存者はきわめて少数であった。その生きている兵たちでさえ、そばに銃をおいて、目のふちや口びるに黒ぐろとおおいかぶさったハエをはらおうともしないほど衰弱しきっていた。

やむなく私は、ほうぼうをかけまわって薬を入手し、ふたたび宮本少佐を訪れたが、時すでにおそく、少佐は息をひきとっていた。ついさきほどまで、病気では死にたくないといっていたのを私は思い出し、さぞ心残りであったろうと目がしらに熱いものがこみ上げてならなかった。

私は日華事変が勃発した当時、補充隊付だった。そのころ、合同慰霊祭に参列したことがあった。そのさい遺族にたいし、「名誉の戦死をとげられたそうで……」とか、「不幸戦病死をとげられたそうで……」とか、あいさつを交わしているのを聞き知っている。そして、その戦病死者の遺族たちがいかにも申しわけなさそうな表情をしているのを見て、気の毒に思ったことがある。

過去の戦場でも、病にたおれた兵たちはそのいずれもが、「病気になってすみません」と言い残して死んでいった。彼らはもし自分に歩けるだけの力があったら、敵弾のなかへ駆け出していって弾丸に命中して死にたい気持だったのかも知れない。

しかし、たとえ戦病死であっても、そんな肩身のせまい思いをする必要がどこにあろう。戦争という環境が戦病死の原因であり、けっして自分自身の不注意でもなければ、自分が不誠実だったわけでもないのだ。

日本人は名誉の戦死だとか、不幸戦病死だとか、あまりにも字句にこだわりすぎるのではなかろうか。この観念が反映して、戦病死を戦死と作為して処理した中隊長がいたとしたら大変である。その真実を遺族につたえてこそ、英霊も満足して瞑することができるのではなかろうか。

私は、宮本少佐をギルワ陣地の一角にうめたあと、その霊をとむらった。あわただしい戦場だけに、私は宮本少佐の所属部隊も、そしてその生国も聞く機会がなかった。

百八十連隊の大隊長野辺少佐もまた、この日の戦闘で戦死した。

南海支隊の陣地の中間へ敵が侵入してきて、塚本部隊と竹中隊が包囲をうけて孤立し、そのあと一丸となって敵陣に突入した——という電話連絡をうけて、ただちに南海支隊の危機をすくうため前進する途中、不運にも戦死されたとのこと。ここに、またも二人の大隊長を一挙に失ってしまったのであった。

生きている喜びを知り、死んでゆく人に同情をよせていいはずであるのに、死んでゆく人がうらやましい気持が起きるこのごろであった。

　私のマラリアも、ますますはげしくなった。一日でも横になったら、そのまま病みついてしまうかも知れない。

　それにしても私もまた、ずいぶんと痩せおとろえたものだ。自分の腕をなでて見るのがおそろしいくらいだ。私もやはり飢餓や病気のために死ぬることをおそれているのであろう。そうでなかったら、戦死をうらやましがることもないはずだ。

　ラバウルではなむけのことばとして贈られた田中丸大佐の「死に急ぎをするなよ」の一言が思い出される。〈生きて戦うのだ〉私はことさらに自分の心に言い聞かせていた。

　南海支隊陣地の北側にあった野戦病院の患者が、戦闘のあおりをくらって病院から追い出された。そして、患者たちはなだれのように、海岸方向に後退をはじめた。泥中をはうもの、ころんでは起き、そしてまた転びながら走るもの、もう逃げるのをあきらめてうずくまるもの、その列は蜿蜒とつづいた。

　その患者の列に向かって、敵機がジャングルすれすれに飛んではげしい機銃掃射を浴びせかける。その掃射は、何回も何回もくりかえされた。そのたびに何人かがたおれ、二度と起き上がろうとしなかった。

　遮蔽物のないところをけんめいに走る患者たちは、はらわたをえぐりとられるような叫び声を上げる。それはまさに正視するにしのびない惨状であったが、とはいっても一歩も近づくことはできなかった。

15　ギルワに玉砕せまる

その夜、旅団司令部では小田少将をむかえて、塚本部隊をうしなったあとの、これからの戦闘続行にかんする協議が長ながと行なわれた。わが旅団長山縣栗花生少将と南海支隊の小田少将とは、陸軍士官学校における同期生であった。

その後、わが旅団も同時に陣地配備に変更をくわえ、旅団長から軍司令官あての親展電報が発せられ、ときをへずして軍司令官から、

「現陣地を死守すべし」

という返電がよせられたのだった。

指揮官というものは、けっして実行不能の命令を部下にあたえることはない。しかし、指揮官もまた人間である以上、その状況判断にあやまりがあるかも知れない。

また、作戦上の要求にもとづいて、たとえ困難な任務でも、あえてその実行を命ずる場合もある。「死守すべし」という命令はいかにも悲壮感をともなうものであるが、死守とは、命がけで守ることであり、必然的な死を要求するものではない。

わが旅団は、現在においてもいわゆる、死守しているのであって、現任務を続行すべし――というのと何ら変化はないはずである。ところが、あえて死守の文字を冠せられたこと

は、すなわち「覚悟をあらたにし」というふくみと、私なりに解釈していた。

　また、いかに状況が急変しても、命令をうけるたびにいちいち覚悟をあらたにしなければならないとしたら、たまったものではない。それは軍人としてもはずかしいことである。しかし、それが無形的なものであるだけに、喚起することもまた、必要であろうが……。

　私は、「人間の運命は神が采配し、その運不運はその神のさしずによる」というのを本で読んだことがある。また仏教でも、人間の運命は前世においてさだまると説いている。私には宗教心がないので、その因果応報は知らない。ただたんにその結果だけをとらえて、「君は運がよい」「彼は戦死して運がわるかった」と語り合ってきたが、私には生と死のあいだに、運命的な必然性が存在するとは思われない。

　戦場の様相は一律ではない。苛烈なところもあれば、閑散なところもある。運のわるい人たちばかりを集めてその戦場に送ったわけでもあるまいが、全員が玉砕するところもある。これがもし、神のおさしずだとしたら、神はじつに冷酷である。

　〝千人針〟の効果は知らないが、それをつくるために結集された真心と努力は見のがせない。そして、戦場のはげしい砲火のなかで〝千人針〟をしめ、お守りを持ち、それでみんなは安心感がえられる。

　いささか横道にそれたが、死守するということは、死を強要されたものでもなく、死を運命づけられたものでもない。すなわち、死中また活あり、というものである。私は自分がこれからの苦難と戦い、それをきりひらくことこそ最良の策だと信ずるがゆえに、このたびの旅団命令にもとづいて物心両面における非常態勢の準備をすすめることにしたのである。

まず、私は暗号書処分の手はずをととのえ、編成表をはじめ秘密にぞくするいっさいの文書書類を焼却してしまった。陣中日誌と部隊戦闘詳報だけは最後まで保管したかったが、旅団命令にもとづいてとうとうそれも焼きすてた。もう最後に残るもの、それは心の準備だけであった。

思えば私は、みずから軍人を志望して陸軍士官学校に学び、国軍将校としての道をあるいてきた。いまさら心の準備などする必要もないはずである。またそれを、あらためて考えるなどということは国軍将校としても、いささか自負心を傷つけることにもなろう。

しかし、私は自分自身が完成された将校だと思っていないし、人間としてももちろん未完成である。それにくわえて極度の栄養失調により、気力と体力とが一致していない。あまつさえ私は現に、マラリアのため苦しんでいるのだ。

もし、このマラリアがさらに悪化し、意識が混沌として身体もまた自由を失ったとき、おりからの敵の総攻撃をうけて、不幸にして俘虜としての辱しめを受けるようなことがあるやもしれぬ。いまはそのことのみを恐れる。

16　運命の舟艇きたらず

あらゆる困難と、多くの犠牲とを克服し、海上機動による糧秣輸送部隊が横山部隊の陣地に到着した。そのよろこびは喊声となって各陣地につたわった。百万の援軍よりも兵たちがのぞんだものは、米であったのかも知れない。

この米は一人当たりニギリめし三個分が配給され、それに粉末味噌もあわせ支給された。その期待とよろこびが大きかっただけに、あまりにも少量だったため、兵たちは裏切られたさびしさがあったようである。それでも米を補給された事実にたいして、これからの補給にたいする希望をえたのであろうか、士気は大いにあがったものである。

しかし、この糧秣の到着にわきかえるよろこびのかげに、われわれが想像さえもなしえなかった事態が、突如として発生したのである。

すなわち、この糧秣輸送部隊の舟艇にうちのり、命令なくその陣地を放棄して、撤退を行なった部隊が生じたのだ。そのために、ギルワのわが防御陣地はふたたび大きな誤算をうみ、みずからの手によって崩壊をはやめることになった。

飢餓と病魔と戦い、傷ついてもなお陣地にこもり、高熱のためにその行動力を失って病をいやすこともできず、銃をとりながらもついに生命をなくした多くの戦友たちの精神も、餓兵となって文字どおり、生ける屍をむちうちながら陣地死守という任務についている犠牲的精神も、このような不祥事によって、とたんにみじめな存在になりかわってしまった。

このきわめて憂慮すべき事態に、南海支隊長は断腸の思いであったことだろう。そして、わが旅団長もいよいよ玉砕の機すでにいたれり、と決心したようであった。そして、その米は将兵最後のいわゆる、末期の米となったのである。

翌一月二十日――戦況を憂慮した軍は、ギルワ撤退の軍命令を発し、その命令に接したわがギルワ部隊は、午後三時を期してギルワを撤退し、クムシ河口に〝転進〟することに決した。

敵の大部隊の包囲下にある部隊を撤退させることはきわめて困難であり、その成功はほとんど望みがなかった。のこされた唯一の方法は、夜陰に乗じて敵の間隙をぬい、隠密裏に脱出するいがい方法がなかった。

そのような理由から、われわれは全部隊の統一をさけ、旅団と南海支隊との二本立てとして、それぞれが別個に撤退計画をさだめ、その行動開始のときを午後八時以降にきめた。

これよりさき旅団は、クムシ河からの転進に使用した舟艇のうち、その二隻をギルワにのこして海岸にかくしておき、はげしい砲爆撃にも〝虎の子〟のように守りとおしてきた。

しかし、この二隻だけで旅団の全兵力を反復輸送するのは困難であるのみならず、それ以前において敵に水ぎわで捕捉殲滅されるのは明白だった。したがって、旅団司令部と歩行の困難な戦傷病者にこれを当て、各部隊は午後八時以降を期してつぎつぎと陣地を放棄し、陸路を撤退することになった。

歩兵第百八十連隊は各大隊ごとに、大隊長代理である先任中隊長を撤退指揮官として、日没のまえにその撤退路の選定ならびに地形偵察をすることになり、私の部隊は、最終部隊の通過するまで歩兵一個中隊をくわえて収容隊となり、百八十連隊の撤退を掩護したのちに、反転する舟艇によってクムシ河を追及せよという命令があたえられた。その時期は、全部隊が撤退を完了する二十一日午前二時と予定された。

そこで、私は日没まえに部隊を集結し、転進路に当たる地帯に移動して、午後七時には収容陣地を確保し、静かに時のいたるのを待った。やがて、午後八時から旅団司令部と戦傷病者が舟艇に移乗したが、そのころから敵砲兵の射撃はこの海岸にむけて開始しはじめた。

一方、百八十連隊は午後十時ごろから撤退をはじめ、われわれの収容陣地を通過して海岸にそってすすむ。

午前零時――いよいよ最終部隊の野辺大隊が通過、われわれと行動をともにしていた協力中隊もまたそれと同行し、暗闇のなかに消え去った。

この撤退部隊に追尾する敵がいないことを確認した私は、ここでようやくわが部隊をさげることにし、午前二時、海岸に移動して舟艇の来着するのを待った。そのころ西方には断続して銃声が起こり、その銃声はしだいに西方に移動していった。

だが、沖合には舟艇のエンジン音もなく、浜辺に寄せてはかえす波の音だけがひびいてくる。そして待ちのぞむ舟艇は、夜明け近くになってもついに来なかった。そこでわれわれはやむなく、ふたたびギルワの陣地に逆もどりしていったのである。

このころになると私の周囲の兵たちは、だれ一人として語るものはなく、重苦しい息吹きだけがつたわってくる。昨夜の撤退がはたして成功したのか、不成功に終わったのか、それさえわからない。おそらくはこのギルワ陣地にのこっているのは、私の部隊だけであろう。

だが、取り残されたというわびしさも、砂浜でむなしく待ちつづけた空虚さも、ふしぎと私の心のなかにはなかった。あるいは、これが運命というものかも知れない。しかし、私はけっしてあきらめることはないと思った。

私はさきに砂浜にすわっていたとき、すでに舟艇がふたたびこない場合の計画を頭のなかで描いていた。それが成功するか否かはべつとして、いまは私の心のささえとなって、どうやら気持だけは落ち着きをとりもどしていた。

「きさまのカンのするどいのには驚いたよ」

と、旅団長は口ぐせのようにいっていたが、しかし、私はカンだけにたよって大勢の部下の生命をひきずってゆく考えは毛頭なかった。そんな根拠のないカンから、不幸な結果をまねいたとしたら、兵たちもうかばれない、と思うからである。

それでも私は、みずからの組み立てた今後の行動について、全員にあらかじめ説明をしようと考えた。

17　悲惨なり、生への脱出

敵情判断についての私の考えはこうだ。おそらく敵は昨夜の撤退を察知し、その脱出を阻止または追尾するために、いささかの兵力を転用したにちがいない。それは昨夜の銃声のうつりぐあいからもうなずける。それに旧陣地にもどっても敵影がみとめられないということは、その証左である。したがって、敵が撤退後のこのギルワ陣地を掃掃するとすれば、明日以後になるだろう。ゆえにこの陣地はすくなくとも砲撃もなく、きょう一日くらいは安全なはずである。

また、昨夜のうちに行なわれるべき反転輸送はみごと空転したが、これもいろいろと理由もあったことだろうし、わが旅団長がそれを放置することはまずありえない。そこで、たとえ部隊が昨夜のあいだに陸路を転進してしまったとしても、ふたたび今夜あたりギルワに舟艇を回送してくれるものと思った。私はあくまでも旅団長を信頼する。われわれの陸路撤退は、それを確認したのちでも遅くはないのだ。

それに陸路撤退は、昨夜よりむしろ今夜のほうが成功の可能性が多いと思われる。そのときは暗号書を処分し、通信器材を埋没し、砲兵陣地付近から敵の後方に潜入したあと、迂回してクムシ河に転進する考えであった。

私は、以上のような計画を全員に徹底させた。そして、きょう一日は昼間のあいだ充分に睡眠をとるように命じ、また陣地内の歩行も禁じた。そして、警戒兵だけを小屋の内部において立哨させるにとどめ、敵の斥候などにも姿をみられないようにし、もちろん射撃は厳禁するむねをかさねて厳重に注意した。

こうして、きのうまでジャングル内を震撼させた砲撃も絶え、飛行機の飛来もなく、斥候の姿さえいまはまったくない。おそらく敵は、われわれを追尾するために兵力を転用したか、あるいはきょう一日くらいは戦勝の美酒に酔っているのかも知れない。いまは兵たちのほとんどが眠っていた。私も横になって幾時間かを眠った。このように敵のまっただなかですこしでも眠れることは、まだまだ心の中に余裕がある証拠だ。どうにでもなれ、そんな自暴自棄からでもなさそうだ。せっぱつまった心では、けっして眠れるものではないからだ。

やがて、「米を残しているものはぜんぶ食って腹に力をつけておけ、不要品はみな放棄して雑嚢、水筒、飯盒、それに兵器だけの軽装でゆくよう」などと注意をしているうちに、あたりは早くも日暮れとなってきた。

こうして、ふたたび部下や戦友の墓にわかれを告げた。だれが供えたのか、米つぶが一つまみではあるが供えられ、木の枝が花のかわりにさしてあった。

まもなく海岸に出たわれわれは、きのうとおなじ砂浜にまたも腰をおろした。時間はむなしくすぎ去ってゆく。なかばあきらめて移動をはじめようかと思ったそのとき、かすかではあるがエンジンの音を聞いた。

錯覚かも知れないと思いながらも、打ち合わせたとおり、私は懐中電灯をその方向にむけ大きく円を描いた。やがてエンジンの音がさらに近くなって、もうはっきり〝大発〟だとわかった。私はさらに円を描きつづけた。それにしても手動発電式のこの電灯がもしもなかったら、と思うと、さっと背筋がつめたくなる。

二隻の舟艇は大きく間隔をひらいて、ぶじに海岸にたどり着いた。私は部隊を二つに分割して、みずから一隊をひきい、ややはなれた舟には半分を、藤崎中尉に指揮を命じて移乗させた。数十メートルはなれた私の方からは、藤崎中尉の舟艇はほとんど見ることはできなかった。

このとき、真っ暗な闇のなかから突然、喊声が起こった。そして、幾十人、幾百人ともしれぬ足音がせまってきた。さいわいに私の舟はすでに岸をはなれていたが、藤崎中尉の舟に向かって海中に飛び込んだ黒い影が殺到し、そのうち幾人かがはやくも舷側に手をかけてぶらさがっていた。

おどろくべきことに、それらはみな、日本兵であった。どうやらそれらの兵は舟にひき上げられたようだが、敵はその喊声で気づいたとみえて、にわかにはげしい砲撃をくわえてきた。そこで私は沖合へ舟を出すと、おくれた一隻を待ってクムシ河口へと急いだ。

やがてクムシに着いたわれわれがあらためて艇内を見ると、闇のなかから殺到した黒い影に、舟から引っ張り出されてしまったのか、かんじんのわが部隊の兵は意外にすくなく、藤崎中尉さえ帰っていなかった。私は部下を救出するため、ふたたびギルワへの反転を旅団長に乞うたが、ついにそれはゆるされなかった。

いかに不測の事態とはいえ、舟艇に移乗することもできなかった藤崎中尉以下の安否を思えば、残念でならない。こうなっては、ひたすら陸路をへての撤退に一縷の希望をいだかざるをえない。

かろうじて撤退してきた兵たちの報告によると、その黒い影の一団は、数えることもできないほどの多勢で、とても餓兵や病人だとは思えないくらいの力で、舟の離岸を妨害し、まさに乗艇しようとする部隊の兵を押したおし、なかにはすでに乗っている者まで引っ張り出した、ということであった。

しかしながら、撤退部隊とはぐれ、あるいは傷病のため歩行困難なるがゆえに同行することさえもかなわず、南海の果てにとりのこされた彼らの心中を思うだけでも涙をさそう。いわんや彼らは飢えと病とに苦しみながら、最後までギルワの陣地を死守してきた勇士たちであったことを思えば、あまりにもむくわれない終幕であった。

指揮官もなく無統制のまま、生きんがために必死でおこした彼らの暴走も、その理由を問えば、彼らと相たずさえて撤退しえなかったそれぞれの指揮官に一半の責任があろう。

18　ああ飯がくいたい！

部下の一部がついに撤退できなかったことは、私の心を大いに苦しめた。私はやるせない思いで二日をすごしたあと、飄然として旅団長のもとをおとずれた。

私はべつに何者かを旅団長にうったえたかったのではなかったが、その私がふたたび立ち上がったとき、旅団長は私をよびとめた。そして、指揮官としての責任と悲しみを旅団長からこんこんとさとされてしまった。そして、その日から司令部の高田軍医中尉が、私といっしょに起居するようになった。私はこの監視のゆえに、自分が決心していたことが徐々にくずれていった。

一月二十八日――ギルワ陣地を撤退して陸路を突破した南海支隊の一部が、クムシに到着した。それからなおも日をかさねてぶじ帰着した兵力は、撤退時の何分の一かにすぎなかった。

わが部隊では田口曹長以下をむかえることができたが、藤崎中尉や三浦曹長など多くの将校、下士官兵はついに還ってくることはなかった。

田口曹長の報告によると、将校、下士官を長とする小部隊に区分して敵中に潜入したところ、まもなくべつべつになったとのことで、各班のその後の行動は不明であった。

そして、南海支隊長の小田少将と富田中佐がともに自決し、遺品として階級章をはずそうと思ったが、途中で気がかわって中止したこと、転進の沿道には飢えのため一歩もあるけない南海支隊の兵がいたるところに倒れ、あるいは骸骨のようにすわっていたが、どうしてやることもできなかった、ということであった。

思えばサイゴンを出発していらい、部隊がいっしょになったことはほとんどなかった。先発、そして後発、追送、残留と別離をくりかえすうちに、兵たちはつぎつぎと病死し、そして戦傷をうけ、部隊の人員はもうわずかになっていた。

それに田口曹長の沈着さと豪胆さがなかったら、おそらくは一兵も還らなかったかも知れない。将校のいないゴナ付近の戦闘で田口曹長のはたした功績は、とくにずばぬけたものがあり、私を補佐した努力はけっして忘れないだろう。

小田少将自決の報は、すぐに南海支隊の全生き残りにひろがった。それにしてもブナ陣地の山本大佐といい、その武人としてのりっぱな最後には、ただ頭がさがる思いである。

多くの傷病者をのこしたまま撤退することは、部隊長としての道義がゆるさない、ともに困苦欠乏にたえ悪戦苦闘のかぎりをつくした部下と、あくまでもこの地にとどまるといって自決したと聞く。まさに軍人の鑑というべきである。

まもなくわが部隊は、クムシからさらにマンバレーに転進することになった。このクムシでもまた、私は八巻軍曹以下の多くの部下をうしなった。

せっかくここまで撤退しながら、飢えと病気でたおれてゆく兵たちは、じつにかわいそうでならない。そして、めったに糧秣の欠乏を口にしなかった彼らが最後に、「飯を食いたい」と一言だけのこしたということを聞かされて、私は胸がつぶれる思いがした。もし飯が手に入ったなら、せめて彼らの霊にまっさきに供えてやりたい、と思った。

マンバレーに前進をはじめるころ、そのなかに一人の将校が同行していた。ギルワ陣地から撤退するとき収容してきた人であるが、ふたたび私の部隊で担送することになったのだ。

おたがいに疲れきっていたので、いっこうに気にもとめなかったが、その人もついにマンバレーで亡くなった。そこで私は海岸ちかくに埋めたのであったが、そのとき大佐の階級章にはじめて気がついたありさまだった。軍服には『矢沢』の姓があった。おそらくは南海支隊内の連隊長だとは思ったが、ギルワ陣地での私の記憶には、なぜか残っていない。

いずれにしても連隊長の要職にあって、重病を看護する部下さえもなく、他部隊に収容されたうえに葬られるとは、まことにお気の毒な最後であった。

ようやくマンバレーに到着したわれわれは、まさに幾十日ぶりかで米の飯にありつくことができた。そして、それをまず部下の霊に供えたことはいうまでもない。そのあと、みなは泣きながら、その飯を食ったのであった。

マンバレーの野戦病院には、わが部隊の患者はもういなかった。さすがの田口曹長も病に倒れて、多くの兵たちとともに野戦病院に入院してしまい、私にしたがうものは日下伍長以下、六名となってしまった。

そのあと、さらにサラモアに転進したが、ワウが陥落してサラモアが孤立状態になり、さらにラエ北方四十キロのホポエに移動したものの、つぎつぎと敵が進攻してくる戦場で、飢餓と疫病のために戦力をうしなったわが旅団と南海支隊の存在は、いまや軍にとってもやっかいなお荷物になったのではあるまいか。私はそんなことを思うようになっていた。

19　生存わずか五名なり

ホポエに上陸すると、集まってきた住民は器材の運搬を手つだってくれ、宿舎の斡旋までしてくれた。おかげで旅団司令部と私の部隊は、海の見える丘の上の住民の空家におちつくことができた。歩兵連隊と南海支隊の野戦病院などは山麓の林のなかに集結し、そこには隣接して住民の集落があって住民たちとの交流もあり、子供たちと仲良しになって、兵たちも戦いつかれた気分をほぐしているようであった。このぶんでは英気をやしなって、ふたたび戦いうる体力の回復もあんがい早いかも知れない。

私はギルワ陣地でもしばしばマラリアのため発熱していたが、我慢をかさねてこのホポエにたどりついたためか、とうとう倒れてしまった。それも、よほどの重症だったのか、千メートル近くはなれた教会跡の野戦病院にかつぎこまれたのも、ぜんぜん知らなかった。

私がようやく意識をとりもどしたときであったが、となりの床では軍医大尉が死んでいた。私はその死体と肩をならべて一日じゅう寝ていたのだと聞かされた。

それでも生存者のすくない兵のなかから、ひとり高山上等兵がつきそいにきてくれたので、歩行がようやくできるころになると、私はむりやりに退院してしまった。

そうはしたものの、その後も発熱がつづいて、いぜんとして兵たちに世話をかけて心苦しい日々をおくった。一日もはやく体力を回復して、ふたたび戦場に出よう、というのが数すくない生存者たちの合言葉でもあったが、それにもかかわらず日下伍長までが死んでしまった。

海の見える丘のうえから、祖国の方をむけて遺体を葬ったが、彼をうしなうことによっていよいよ通信手がいなくなり、軍との無線連絡が途絶する心配さえでてきた。生き残りの大林、高山が無線手でないのが、いまとなっては残念でならない。

このころ突然、本部書記の梅原曹長が連絡のためラバウルから到着した。戦死者の処理にかんする打ち合わせと、戦死者の遺骨ひきとりが目的であったが、日下伍長のほかは遺骨は皆無であった。

上陸いらい、戦死者の遺骨は万難を排して収容し、その指を切断して携行したが、遺骨を抱いた兵がいつのまにか戦死し、そのかわりのものもまた瀕死のまま、行方不明になってしまったという状態であったから、死んだあと自分の骨をひろってくれることを信じて死んだ兵や、その遺骨の帰還をまっている遺族にたいして、まことに申しわけないかぎりである。

一方、われわれの上空を毎日のように敵機が飛ぶが、住民とまちがえているのか、爆撃も機銃掃射もくわえてこない。このように、まったく無視しているところを見ると、もうわれわれにはそれだけの価値がないのかも知れない。

そのうち敵機からは、宣伝文がまかれるようになった。その一枚を梅原曹長がひろったが、なぜかなかなか見せようとはしなかった。おそらく私の心を傷つけまいと考えたのであろう。その文中にはブナ戦線の一挿話と題し、ブナの戦いに敗れ、部下をすてて敗走した隊長は左のごとしとあって、山縣旅団長以下、わが旅団と南海支隊の中隊長以上の氏名が列挙されてあり、そのなかには私ももちろん、名をつらねていった。

わが旅団と南海支隊、それに旅団内でもたいがいその氏名を知らなかったが、明記されている一字一句の意味をよみとっているうち、私は心のなかが真っ暗になった。隊長の氏名を知るものは部下だけだとしたら、敵に捕らわれて供述したものと解さなければならない。そして、それは各部隊ともに共通することでもあった。

いかに飢餓と病のためとはいいながら、その辱しめをうけた兵たちこそ無念であったろう。私はその屈辱と悲運をなげき悲しむ彼らのために、ともに泣いてやりたいとさえ思った。

いまの私には、ギルワという一語がまるで、悪魔のひびきをもって聞こえるようだ。私は生命のあるかぎり、痛恨のギルワをけっして忘れないであろう。

20 孤影ラバウルへ

『ラエ第五十一師団司令部において、独立混成二十一旅団の団・隊長会同を行なう』という軍命令を受領したので、旅団長は副官や参謀らをともない、私もまた梅原曹長と伝令をつれ、ほかに野戦病院長らとともに、舟艇でラエにおもむいた。

すでに兵力のほとんどが壊滅し、旅団としての形態もうしなっていたので、旅団にたいし〝現地復員〟を令せられたとかで、その命令と指示事項の伝達が会同の目的であった。

ようやく会議は終わったものの、その日は二度にわたって空襲があり、やむなくホポエへの帰還を夕方までのばして待機していると、なんとしたことかホポエ帰還を中止し、潜水艦によりラバウルにかえれという軍命令がつたえられてきた。

その理由については詳細を知らないが、フィンシュハーヘンに敵が上陸したともいい、またホポエに上陸したともつたえられ、いずれかは明確ではなかった。

ホポエにあるわが旅団隷下部隊の状況についても、きわめてあいまいで、そばの旅団長もいかにも心配のようすであった。そして、『旅団の兵員は現地より送還を手配する』との連絡は、それから一時間をへて旅団長のもとにとどいた。

いずれにしても、ダンピール海峡を敵が扼した現状では、ホポエからの送還もなかなかむずかしいであろう。ここにふたたび兵たちとわかれて、私の苦悩がまた一つふえた。

しかし、至上命令ではいたしかたなく、私は旅団長とともに潜水艦でラバウルにむかい、そして南方最大の根拠地、ラバウルの土をふんだのであったが、そこには高山上等兵が一人いるだけで、私の後につづいて上陸する兵の姿はもうなかった。

思えば九ヵ月まえに、私がはじめてラバウルの土をふんだとき、大勢の兵たちが後につづいて元気に上陸したものであったが……。

海の水も、緑に光るヤシの葉の色も、そして花吹山の噴煙もすこしも変わっていないのに、兵たちは遙かなる南のはてに眠ってふたたびこのラバウルに還ることがないのだ。それなのに私一人が、なぜ還ってきたのか。クムシでひそかに旅団長にいとまごいをしたとき、自分の考えどおりの道を、なぜ歩みえなかったのか、私は自分一人で還ってきたことを心からわびた。

たったいまいっしょに上陸し、遺骨宰領にきた梅原曹長の胸に、私も抱かれて還ったほうがどれだけ幸福だったか知れない。そこでは、私自身が心の中に抱いている悔悟も、苦悩も、なに一つのこらなかったはずだ。

だが、ラバウルに残っていた多くの人々は、心から私をむかえてくれた。そして私をいたわってくれた。私はその心づくしに感謝こそすれ、うれしいとも思わなかった。

「とにかく、一人にしておいてくれ……」

そういって、じっと目をとじた。

——飢えのために水を飲みにいって顔を上げる力もなく顔を水の中へ突っ込んだまま死んだ兵。

——海岸を歩いていて、空腹のためばったり倒れ、砂に顔を埋め、うずくまって死んでいったもの。

——飯が喰いたい、と叫びながら死んだもの。

——せっかく米の配給をうけたのに、それを手に持ったまま死んでいった兵。

そんな兵たちの姿が網膜のなかにはっきりと映って、その叫び声がまだ聞こえてくるようであった。

私は三日のあいだ、一人で考えつづけた。しかし、私にはまだ、新しい戦場が待っているのだ。ご奉公の機会はいくらでも残されている。そして、ようやく気をとりなおしてラバウル野戦病院に部下を見舞ったが、そのほとんどは、すでに還送されていた。

そうこうするうち、業務完了をまたずして昭和十八年九月十八日、旅団長は第五十三師団司令部付に、私は歩兵第百二十八連隊大隊長に転補された。

とはいっても、復員業務もまだ進行中で、あとに残された将校、下士官兵がいずれの部隊に転属されるのか、その去就を見きわめる余裕もなく、部隊長の職にありながらだまって赴任することは、情においてまことにしのびがたいものがあった。

そして、まもなく私は、この戦闘において散華した旅団隷下の英霊三千五百十四体の宰領を命ぜられ、遺骨を奉じて祖国に向かった。

思えば、補給途絶のもと、飢餓にくるしみ、病魔とたたかい、重傷にあえぎながら、なおかつ第一線を去らずその陣地を最後まで死守し、数十倍の敵と三ヵ月にもわたり悪戦苦闘のかぎりをつくしたその勇戦ぶりは、ながく青史をかざり、鬼神をもなかしむるであろう。

（昭和四十七年「丸」十一月号収載。筆者は南海派遣軍通信隊長）

飢餓群島に生きる

高射砲に青春をかけた防空隊員たちの血涙の手記——梅岡大祐

1　老母との別れ

昭和十五年の夏、召集された私は南支（中国南部）の広東、香港と転戦した。それから二年半がすぎた昭和十八年二月、ふたたび呉海兵団によびもどされ、三月には横須賀海兵団で海軍第十六防空隊員としての訓練をうけることとなった。

隊には十四センチ高射砲六門が支給され、その教練のため荒崎砲台に通うことになった。教練に通う日々の朝な夕なに仰ぎ見た白雪をいただく霊峰富士の神々しいまでの美しさは、いまでも心に残っている。

荒崎砲台での訓練が終わると、家族との交信がゆるされた。私たち隊員は大急ぎで手紙をしたため、それぞれに家族や身寄りのもとに思いを込めて送った。

それから三日後、待望の外出がゆるされた。朝の十時ごろに横須賀海兵団の営門を出ると、もう門の前には兵隊の家族が大きな人垣をつくっていた。親も妻も子もいまや、この世の別れになるかも知れないという思いを込めて門の前に集まっていたのである。

戦争は日を追ってはげしくなっていくばかりで、とても生きてまた会えるとは思えないような状況になりつつあった。兵隊たちもミッドウェーの敗戦を知っていたから、なおさらであった。

私は広東いらいの戦友岡島兵曹、山崎兵曹とつれ立って両側に蜿蜒と人垣のつづく道路を歩いていると、にわかに私を呼ぶ声が耳にとびこんできた。母であった。見ると、母と姉が見知らぬ人とならんで立っている。それが山崎兵曹の奥さんだった。私は母のところに駆けより、しっかり抱きしめた。母も私に抱きついた。三年ぶりであった。母は私が兵曹になっていることをとてもよろこんでくれた。

旅館に部屋をとってあるからといって、姉が私を案内してくれた。旅館の階段を上がるとき、よろける母を見て、私は思わず抱き上げていた。それはあまりにも軽く、小さな小学生ほどの重さしかなかった。このとき私は、はっきりと母のおとろえを知らされたのだった。

母は泣いていた。そんな母を見ると、私はもう余命いくばくもない母にことさらいとおしさをおぼえた。母は一まわりも二まわりも小さくなっておとろえていた。よくもこんな体で会いにきてくれたものだと思うと、こらえようもなく涙があふれてくる。

三階の座敷にすわってもまだ母は泣きつづけていた。姉も座敷のすみで涙ぐんでいる。そんな母の姿を見て、もし戦争がなければ母を見とってやれるのにと思うと、私は心から戦争がうらめしく、またくやしく思えた。

そこへ女中さんがお茶をもってきてくれた。そこで三人は、やっと気をとりなおして話しはじめた。姉が食べ物がすくなくなってなにも持ってこられなかったことなどを話し、母は戦争が終わったらはやく嫁をむかえようといって、楽しそうな表情を見せる。母も姉も大本営発表を信じて、日本軍が戦争に勝っていると思い込んでいる。

その夜はひさしぶりに、母と床をならべて語り明かした。戦争前の楽しかったことや、戦争が終わってからのことなどを話すと、母は楽しそうに聞いていた。

翌朝、十時ごろ隊へ帰ったが、人員点呼だけでふたたび外出がゆるされた。海兵団にはもうつぎの部隊がきていて、すでに私たちの寝る場所も食事するところもなかったのである。母は、旅館の窓から身をのぞかせて、私のくるのを待っていた。

「お母さんがこんなにお前のことを思っているとは知らなかったわ」

と姉はあきれるようにいった。

その母が小用に立ったとき、私は姉に、あす私が旅館を出たらすぐに母をつれて帰ってくれるように、とたのみこんだ。私の乗った船がでるまで居のこって見送るといっているが、会えば会うほど別れがつらくなるだろうからと制し、そして最後に、母はもう先が長くないから一日でも長生きさせてやってほしい、とつけくわえた。姉は、「先が長くない」という言葉にはいささかおどろいたらしい。さらに、私の貯金をぜんぶ引き出して母のために使ってほしいとたのんで、何気なしに「もう金はいらない」というと、姉は急に涙ぐんで声をつまらせた。

その夜も母は私のとなりに寝て、さまざまな話をして安心したように眠りについたが、これが最後だと思うと、私はなかなか寝つかれなかった。

翌朝、母は旅館の下まで降りて見送るといいはったが、あぶないから窓から見送るようにと私がいうと、すぐに窓のそばへ行った。下まで送ってきてくれた姉に、母のことをもう一度たのむと、「わかったから安心して戦地へ行って」といってくれた。

母は窓ぎわで私の出てくるのを待っていた。手をふるとうなずきながら見送ってくれる。私は母の顔が見えなくなるまで手をふりつづけた。

2　ガダルカナルへ行く者

母と別れて三日後の午後三時、私たち第十六防空隊員は輸送船五呉丸に乗り込んで、横須賀を出港した。白っぽい航跡をのこして戦地へ向かう五呉丸の上甲板で、みなは富士山が見えなくなるまで見つめていた。私もまた最後まで甲板上にたたずみ、郷里京都の方向にむかってまた母に会えることを祈った。

輸送船五呉丸は最新鋭の貨物船で、十五ノット以上の速力が出せるときいていた。昼も夜もその五呉丸は全速力で走りつづけた。

「いったいオレたちは、どこへつれて行かれるのだろう」

うす暗い船倉で戦友たちが不安そうに話し合っている。みなは、まだ行き先を知らされていなかったのである。

横須賀を発って三日をすぎるころから、五人ずつ交代で夜間当直に立つこととなった。四時間交代とはいえ、最上甲板や操舵室での敵潜水艦の襲撃にそなえての見張りにはさすがに力が入った。

やがて輸送船五呉丸は南洋諸島の海域に入り、戦艦「大和」や「武蔵」をはじめ、「長門」「伊勢」「日向」、巡洋艦、駆逐艦らの大艦隊を見ながらトラック泊地に入港した。

積荷をおろす間に私たちは島に上陸して、雨でぬかるんだ赤土の道を歩いてまわったが、あたりに民家があるわけではなく、二時間ほどしてそうそうに引き上げた。

五呉丸はふたたび錨をあげた。行き先はソロモン方面ということであった。洋上に出たところで、みなは船倉でゴロリゴロリと横になった。暑さと船酔いでみなまいってしまったのである。横になっている私に、そのとき名も知らない戦友が私の名を呼びながらそっと近寄ってきて、なにごとか話しかけた。よく聞きとれなかったので、

「暑いなあ」

とだけ返事をしたところ、

「こんなところでウナってないでオレについてこいよ。この船のゴクラクへつれて行ってやるよ」

その戦友はささやくようにいった。

「そんな所があるのか」

「この下の倉庫だ。そこには酒やビールや菓子や飲み物、缶詰までなんでもあるぞ」

私はうなった。

「五、六人が毎日入りびたりで楽しんでいるよ。缶詰なんかは穴をあけて水分だけ飲むんだ」

その戦友は、私のそばに横たわりながらいった。

「あんた、あまり食事していないようだし、腹がすいているんだろう？」

「オレはなにも食べたくないんだ、遠慮しておくよ。すぐ吐くからな、船には弱いんだ。食事どころではないんだよ。ご馳走を食べてゲロッとやると、あんたたちの迷惑になるから……」

私の気乗りうすな返事をきくと、

「それは残念やな」

といいのこして戦友ははなれて行った。

それから四日後の朝がたに、五呉丸はラバウル港に入った。左手の小山は溶岩で黒光りしていて、頂上から噴煙をふき上げていた。

私たちが下船準備をして上陸をまっていると、船長がやってきて言った。

「ほんとうにみなさん、おめでとう」

ぶじにここまで来れたことを喜んでくれたのだ。目には涙さえ浮かべている。私たちも船長をかこんでその労をねぎらい、ありがとうございましたと礼をのべた。

船長はもう六十歳をこえているように見えた。その彼にとって、制海権も制空権も敵の掌中にある太平洋を、ただ一隻の駆逐艦の護衛で何回も往き来する苦労は、なみたいていのものではないだろう。

私たちは上陸すると椰子の林のなかに天幕を張って、ビスケットの食事をとった。そして、陽が落ちてあたりが暗くなるころ、にわかに空襲警報のサイレンが鳴りひびき、探照灯が一斉に暗闇へ光芒を放った。私たちは天幕から飛び出すや、探照灯の光源をめざして突っ走った。探照灯のちかくには最新式の二十五ミリ三連装高射機関砲の陣地があったのである。

一条の光芒が敵機をとらえると、すべての探照灯の光がそこへ集中し、機関砲が火をふいた。飛行場からは零戦が飛び立って応戦に向かった。しかし、敵はしばらくして遁走して行った。敵機にとって機関砲は問題ではなかったが、零戦は大きな脅威だったようだ。五千メートルの高度で飛ぶ敵機にとって、射弾の到達距離二千五百メートルがせいいっぱいの機関砲など、ものの数ではないのだ。

翌日、十六防空隊は対岸に陣地をかまえるため、高射砲を牽引して全員が移動した。陣地には雑木がところどころに生えた草原がえらばれ、そこを切り開いて穴を掘り、四門の高射砲をそなえつけたのである。わが隊には六門の高射砲があったのだが、このときは四門しかそなえつけられなかった。

陣地の設営が完了して数日後の夜、ふたたび敵機の来襲があった。私たちの班、つまり十六防空隊二小隊の第一班は先任下士官以下十八人からなっており、高射砲員は射手、旋回手、一番砲員、二番砲員とつづき、十五番砲員までがいた。もとより先任下士官が指揮官である。

全員が指揮官の命令により配置についた。真っ暗ななかで緊張して大空を見上げていると、やがて探照灯に照らし出されて敵大型機が現われた。とたんに一斉に高射砲が火をふいた。

この高射砲は口径十四センチで、砲弾は四千五百メートル上空まで飛ぶが、なにぶんにも大阪の砲兵工廠で大正七年に製造された代物である。とても高空の敵大型機にとどくはずもない。

班での私の職掌は機関兵であった。わが陣地における高射砲の砲手は四人であるが、そのなかで高田兵曹だけが私とおなじ現役外の召集兵で、私も自然と高田兵曹のちかくに陣取っていた。

砲弾が何発も発射され、大空の暗闇にすい込まれていった。こんな最前線まで出てきたのだから、私も一度くらい撃ってみたいものだなどと考えていると、突如として暗闇のなかで敵機が発火するのが見えた。あわてて引き返していく敵機の火炎はだんだんと大きくなり、ついには大爆発を起こして夜空を火の玉となって落ちていった。

翌日、隊長は軍医中尉をつれてラバウルの司令部へ、わが高射砲隊が敵大型機を墜落したと報告に行った。司令部では零戦が撃ち落としたのだといって取り合わなかったようであるが、出しゃばりの軍医中尉が、わが隊の戦果だといい張って、あとにひかなかったという。

高度五千メートル以上で飛んでくる敵機に、四千五百メートルしか飛ばない高射砲弾で撃墜することはすこしムリなような気もするが、しかし、いずれにしてもめでたいことである。

その後しばらくは、敵機の来襲もとぎれた。

このころ隊内には、隊長が司令部の参謀になるといううわさが広まった。隊長はこんなシケた高射砲隊の隊長にはめずらしく兵学校の出身で、まだ年も若く、前歴は司令部の参謀だったともきかされていた。それだけに私たちは、隊長がなにを考えているのかさっぱりわからなかった。いずれにせよ、報告にいったさいの司令部での隊長の態度は大きかったという。その隊長が、参謀の話をことわって、なんと最前線のガダルカナルへ出撃するといいだしたのだからおどろきである。

当時、ガダルカナルは苦戦つづきで、しかも全滅寸前であった。もはやそれを知らぬ者はだれひとりとしていなかったのである。しかし、隊長の命令となれば、私たち隊員はしたがうほかなかった。

私たちは高射砲を撤収してラバウルの港へひきかえし、椰子の林のなかに天幕を張ってガダルカナル出撃のときを待った。

一週間後の出発ということであったが、なぜか出発の寸前になって、わが二小隊はラバウルにおいて行かれることになった。そしてガダルカナルへ出撃する一小隊だけが天幕をたたみ、出発の用意をすることとなった。

持って行くものは毛布と陸戦隊用の服二着、靴とゲートル、小銃、弾薬、手投げ弾などの決死隊用装備で、そのほかはぜんぶ返納したのであった。そのなかには食糧や被服などもあった。

出発当日は十六防空隊全員が二小隊の天幕に集まって、惜別の宴がはられた。たいしたご馳走は出なかったが、酒だけはみなに一本ずつ出された。日の高いうちからみな飲んでさわいだ。隊長も蛮声を張り上げて、天びん棒をふりかざして踊った。しかし、だれ一人として酔っぱらう者はいなかった。やがて日が落ち、宴が終わると隊長が腰の軍刀をひきぬいて号令をかけた。

「これから出撃する。整列！」

一小隊全員、主計兵や看護兵までふくめて一班から八班まで整列し、隊長を先頭にして上陸用舟艇に乗り組み、暗い海に出撃して行った。あとにのこった私たちは気の滅入るような思いで暗い海を見送っていた。

3 ラバウルでの第一弾

翌日、わが二小隊にも飛行場警備の命令がくだった。飛行場から山一つへだてた丘の上に、高射砲陣地を築こうというのである。のこり二門の高射砲を備えつけた翌日、さっそく敵大型機の来襲があった。今度は昼間の攻撃だった。

空襲警報とともに二小隊全員が配置につき、まず二番砲員が弾丸をこめて、「ヨーシ」と叫んだ。一番砲員の高田兵曹も「ヨーシ」と叫び、つづいて旋回手も射手も「ヨーシ」とどなる。見れば頭上に七機編隊の大型機がゆうゆうと飛んでいる。全員の胸が高鳴った。すかさず二番砲台が第一弾を発射した。ついで第二弾をこめ終わった二番砲員の声が景気よくひびいてくる。

しかし、なぜか一番砲の高田兵曹はまだ引き金をひかない。二番砲台でははやくも、つぎの弾丸を発射していた。旋回手、射手らがともに「ヨーシ」といったが、いぜんとして高田兵曹は引き金をひきそうにもない。

「はよう、撃ちいな!」

と、私は高田兵曹にどなった。

「六千でくる敵さんが撃てるか。そんな撃ちたければ、おまえ撃て!」

高田兵曹がどなりかえし、引き金のつなを私によこした。先任下士官も射手の班長も了解の面持ちである。私は心のなかでおどり上がってよろこんだ。「やるぞ」とばかり勇躍して大声で号令を発し、引き金のつなに力をこめた。

第一発目は母のために、二発目は町内会長の植平さんへ、三発目は町内の世話役岡本さんのために、あとは会社の友人や親しい人々の名をつぎつぎと呼びながら十二発を撃ち終わった。まさに天にも昇る思いであった。召集されてからの夢がようやく実現したのである。

それからというもの、空襲警報が発せられると私は一番に砲台陣地にとび込んだ。当たる高射砲ではないが、とにかくアメリカ軍と直接戦っているのだ、というひきしまった気持だけは実感できた。私はさっそくその気持を母に書き送ったのだったが、はたして着いたかど

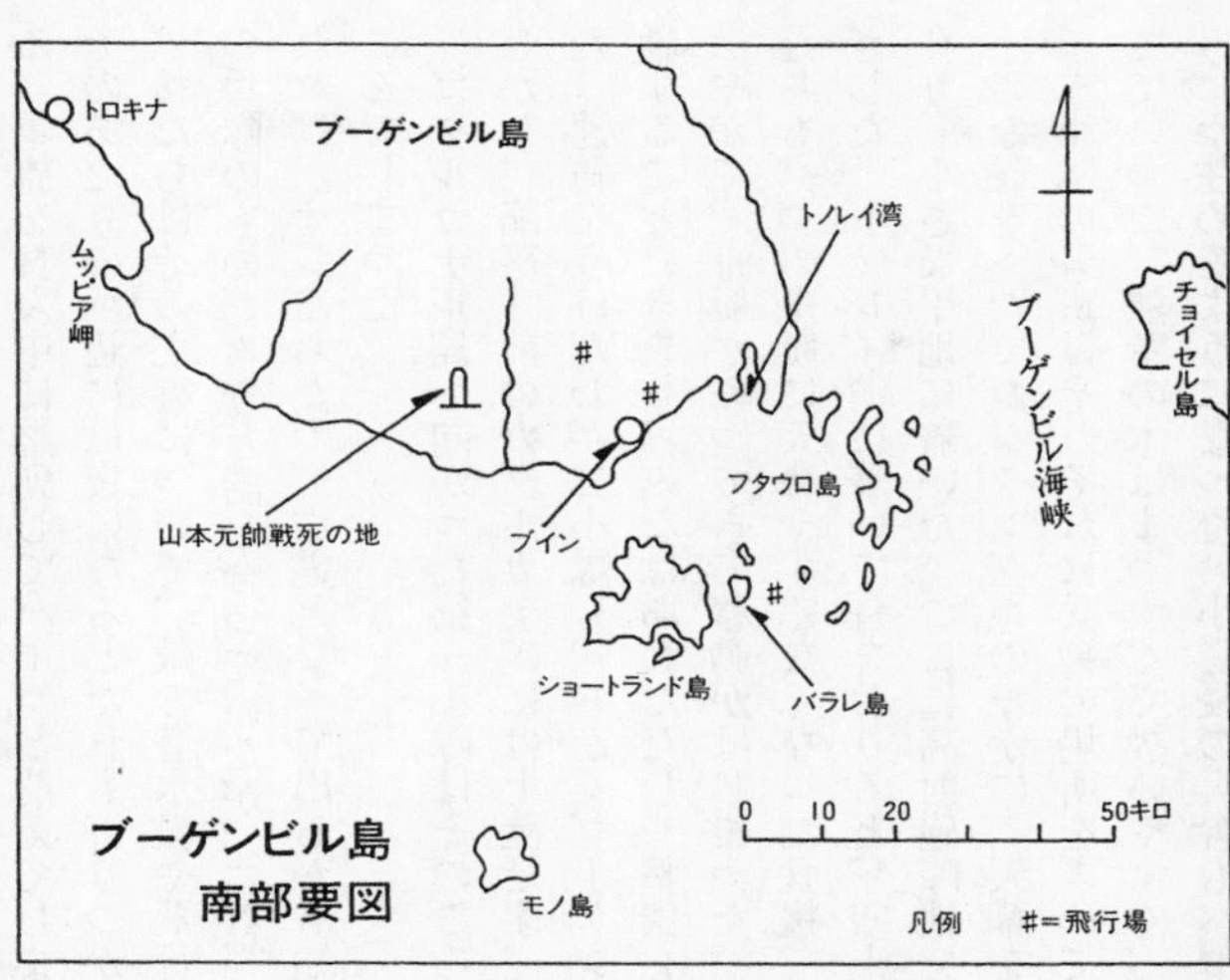

うか……後日に知らされたことだが、もう母はこの世にはいなかったのである。

戦いの終わった夜は静かだった。そのようなとき森兵長が、

「飛行機の向こうの海岸に陸軍の亡霊が出るという噂だから、いっしょに見に行こう」

と私をさそった。私は子供のころ、祖父や村の老人から亡霊に声をかけられたり話をすると、近いうちにかならず死ぬと聞いていたので、その話をしてやると、森兵長やそばで聞いていた戦友たちは「フーン」と思い切れないようすだったが、亡霊を見に行くのをとりやめてしまった。

その亡霊の噂というのは、暗い海の水平線のかなたに陸軍の進軍ラッパが聞こえ、やがて波の上を真新しい軍旗を先頭に陸軍部隊が進軍してきて、海岸の砂浜に上陸す

ると軍旗を真ん中に整列してパーッと消えてしまうというのである。そんな噂が出てからは、そのあたりの浜辺には夜になるとだれも寄りつかなくなったという。

私たちはその亡霊について、敵の潜水艦や飛行機に攻撃されて船と運命をともにした陸軍の兵隊のものだろうと話し合っていたが、「苦労してやってきて目的地を目前にして撃沈されれば、オレたちだって亡霊となって出るかも知れない」などと話したところ、みなは黙りこんでしまった。

ガダルカナル島へ向かった第一小隊はそのころ、同島の手前のイザベル島まで行っていた。しかし、陥落寸前のガダルカナルには上陸せず、まもなく帰還してくるという知らせがあった。連絡をうけたわが二小隊も、ちかくブーゲンビル島南部のトノレイ湾の山上に陣地を移動することにきまり、みなはあわただしく整備をして待機することとなった。

やがて、舟艇がやってきて移動がはじまった。作業員が高射砲を運び出して舟積みし、私たちもべつの舟艇に天幕やすくなくなった食糧、荷物などを積み込んでブーゲンビル島をめざした。トノレイ湾に着いて舟をおりると、四十五度もあろうかという急な山道を苦労して登り、小さな平地に着いた。ここに高射砲陣地を設営するとのことである。兵舎はそこから小さな谷をへだてたジャングルのなかに、天幕を張って設けることになった。

二小隊の各班はそれぞれに兵舎の場所をきめて、木を切り倒し、カスガイでとめて組み立てていった。熱帯の木はまっすぐで扱いやすく、三班とも夕方までに天幕を張り終えて、どうにか住めるようになった。小隊長の兵舎もべつに作業員を出して設営した。

私たちが兵舎をつくっている間に、小隊長は舟着場の桟橋と陣地と兵舎の三点を結ぶ通路をさがして歩き、主計兵の飯たき場の適地も探索していた。

そして翌日は、兵舎から炊事場への通路づくりと、炊事場から桟橋へ行く道路、そして桟橋をと順につくり上げた。炊事場は水の心配がないように小川のほとりに設けられたが、ジャングルのなかにある兵舎とは三百メートルほどはなれ、比較的に平坦な道でつながっていた。炊事場から桟橋までは三百メートルほどで、ここも坂道はすくなかった。桟橋は三十メートルほど海に突き出ていた。

その日はかんたんではあったが、炊いた食事が出た。陽が落ちるとジャングルの木の葉の間から星が見えた。昼間の作業ですっかりつかれはて、みなは寝床に入るとぐっすりと死んだように眠った。

ラバウルに上陸してからこの日まで、五回にわたる移動をくりかえしてほとんど落ち着くことはなかったが、以後二年半ちかくを私たち二小隊の六十人あまりは、このジャングルのなかで暮らすことになるのである。

4　根っ子のある〝化け物〟

翌日から高射砲陣地の構築がはじまった。高射砲陣地を設営する小さな平地へ登って行くと、すでに周辺の大木は切り倒され、谷底へ落とされて広びろとしていた。私たちはあたりに残っている切り株をスコップやツルハシで掘り起こし、円形の穴を掘った。

その間にも高射砲をひき上げる道がつくられ、ウインチを備えつけて、分解された高射砲が木ゾリにのせられて一つ一つひき上げられ、穴の中に集められた。

あたりの作業が進展していくにつれて、高射砲の組み立てもはじまった。視界を広くするため大木がつぎつぎと切り倒され、どんどん作業ははかどっていったが、奇妙な形をした大木が陣地の横にいつまでも生え残っていた。高さ十メートルくらいで六メートルほどの太さがあり、なんともうす気味のわるい木であった。軍属の作業員にたずねると、

「あれは木じゃないですよ」

と顔をしかめた。

「あれは藤づるというか、カズラというか、そんなものが何百本も寄り集まってできているんですよ。大きいやつだから三百本以上も集まっているでしょう。ダイナマイトを何本かましても平気なんですよ。切るにしてもなかなかねばっこくて……」

「化け物ですね」

「本当に化け物ですよ」

作業員はにくにくしげにいった。

「こんなものが高射砲の横にがんばっていてはねえ」

と私がいうと、四人の作業員が出てきてその木を切り倒す作業がはじまった。近づいて見

ると、ツルのようなものが寄り集まっているのがよくわかる。しかし、三分の二くらいまで切ったところになって、急にスコールがやってきた。みなはあわてて切り残したそばの大木の下に入って雨宿りしている。

二十分ほどで雨は小降りになったが、なんとそのとき、あの〝化け物〟がみなの雨宿りしているところに倒れ込んできたのである。作業員はみなおどろいて逃げ出したが、逃げおくれた二人が化け物の下敷きになってしまった。こうなってはもう雨宿りどころではなかった。一斉に倒れた木のそばに駆けよって木を起こしにかかったが、倒れた木はビクともしない。作業員たちは悲鳴にちかい声をあげて、ちかくの兵隊に助けをもとめた。兵隊たちが駆けつけるとようやく、化け物はいやいやをするように形を変えながら動き出し、ガケのふちから谷底へ落ちてバラバラになった。

しかし、下敷きになった一人はすでに死んでいた。のこる一人も頭から茶色の脳味噌を流し、口からよだれをたらしてアーアーとあえぎながら、あたりをはい回るばかりであった。あわてて駆けよった作業員が、両側からかかえ起こして「おい、おい」と呼びかけたが返事はなく、ただうつろな目をしてアーアーとうなるばかりであった。

「今日はこれで仕事を打ち切って引き上げます」

軍属の班長が小隊長にいった。

「わるかったなあ。だいじにしてくれ」

と、小隊長はなぐさめるようにいった。死んだ仲間を木ゾリにくくりつけて軍属の作業員四人でささえ、負傷した作業員も日本手拭いで傷口をしばり、両側から仲間にかかえてもらって山をおりて行った。

軍属の作業員が帰って行ってから作業が終わるまでの一時間とすこしの間が、私にはひどく長い時間に思われた。死を覚悟した最前線の私たちではあるが、目の前で人の死に出会うのはなんともいえぬさびしさであった。作業が終わって夕食もすんで床に入ると、昼のつかれが出て話をする元気もなく、みなはすぐに眠りについた。

翌日、私たちが陣地の作業をしていると、軍属の作業員も上がってきて元気に声をかけては作業につき、もくもくと大木を切り倒していった。そして、三日後にはその作業もすっかり終わって、軍属の作業員は全員引き上げて行った。

高射砲の設営も終わって、あとは試射するばかりになったころ、まるでそれを待ちかまえていたかのように、グラマン戦闘機が来襲してきた。二機が交互にブイン方向の空からわが陣地に突っ込んでくる。ここでも私は一番砲員の代役で戦った。戦闘は三十分ほどで終わった。敵機が去ると砲の各部の調整をやりなおし、翌日の戦闘にそなえた。

むき出しになった高射砲に木の枝をかぶせていると、小隊長がサツマイモの苗を植えろといって、たくさんの苗を持ってきた。私たちはそれを大急ぎで植え、あまったぶんは仮植えしておいた。

翌日になると、小隊長はさらに豆やナスやカボチャのタネをもらってきて、陣地のまわりに農園をつくるといって、空き地を三班にふりわけた。

私たちは空き地をたがやしてタネをまき、枯れた木の葉や、くさった木を粉にして土にまぜた。ナスやカボチャは芽を出すと、熱帯の太陽をあびてスクスクと育った。

その間にもグラマンは、毎日のようにやってきて攻撃をしかけた。攻撃はほとんど三十分ほどで終わるが、陣地や農園に撃ち込む機銃弾には、身のひきしまる緊張感がみなぎった。それでもふしぎと恐怖心はおこらなかった。夢中で応戦しているうちに、いつのまにやらグラマンは引き上げて行った。

しかし、攻撃をかさねるにしたがって正確さをましてくる。わが零戦隊のいるブインの空をぬければ、まず安全といえるグラマンの来襲はたいてい昼すぎであった。

午前の作業を終え、昼食がすみ、一休みしているころ空襲警報がでて私たちは配置につくのだが、グラマンは、花が咲き実のなりはじめたナスやカボチャの畑に機銃弾を撃ち込むのである。それも作物が大きくなるにしたがってはげしく、容赦なく機銃弾をぶち込んでくる。

そこで私たちは、実の入りかけたサツマイモの根が土中から飛び出したのに土をかけてまわる。毎日毎日がそのくりかえしであった。

5　ああ、イモづくし

それから二十日間ほどがすぎたころ、第一小隊がブインに向かうと連絡してきた。

イザベル島まで出撃していた一小隊が、いよいよブインに帰ってきた。そして、トノレイ湾のいちばん奥に落ち着くことになったが、彼らはいずれもまったくの着のみ着のままの状態であった。

隊長は帰着しても二小隊には顔も見せず、美文調の手紙一通をのこして内地へ逃げるように帰って行き、かわりにかなり年配の温厚そうな大尉がやってきた。

また、二小隊にやってきた八百蔵中尉は、一小隊のためにといって、食糧をぜんぶとり上げて帰って行ったため、二小隊にはその日からまともな食べ物がなくなってしまった。

小隊長は全員にイモのツルを食べてくれといったが、だれも不満をいう者はなかった。乾燥野菜を乾燥醤油で味をつけた目玉のうつるようなうすい汁で昼食を終えると、空襲警報がでて陣地へ飛び込み、命がけでグラマンと戦い、ようやく兵舎へ引き上げると、こんどは夕食の心配であった。

先任下士官が部下二人をつれて鳥を撃ちに出かけ、二時間ほどして赤や青の極彩色の鳥を三羽ぶら下げて帰ってきたときには、みな歓声をあげてよろこんだ。

農園での作業を終わり、夕方五時ごろにイモのツルを刈り取って兵舎に帰って、さっそく当番が炊事にとりかかった。おどろくほど多かったイモのツルも、ゆでるとそれほどでもなく、塩も残りすくなくなっていた。

しかし、乾燥野菜の汁に昼間とった鳥をブッタ切りにして骨のままほうり込み、まだたいして大きくなっていないナスやカボチャもとってきて入れると、かなりな御馳走になった。

主食のイモのツルは五合入りの碗に盛り、塩でもんだキュウリを漬物がわりにして、六時半ごろには夕食となった。しかし、キュウリも鳥肉の入った汁も塩不足の感はぬぐいがたく、やがて先任下士官が小隊長に「塩をたきたい」と願い出ることとなった。

〝塩たき〟は先任下士官が指揮官となり、ガソリンの入っていたドラム缶をたてに二つ割りにしてカマをつくり、かまどをつくることからはじまった。海水は先任下士官の指示にしたがって、できるだけ沖合のものをくみ、焚き火は手近かな細い木を切り倒して生木のままだった。深いジャングルの中なので、どれだけ煙を上げようとも上空まではとどかない。

私は三日目に〝塩たき〟の夜の当直に立った。先任下士官が私の横にやってきてカマの前にすわると、故郷の塩たきの話をはじめた。村総出で海岸に集まってする塩たきは楽しい行事であったらしい。

先任下士官は遠い故郷を思い出してか、しばしば黙りこくっていた。私は塩どころか、主食のイモもない現状を考えていた。

やがて先任下士官は立って塩ガマに棒をさし込んでいたが、

「だいぶん塩ができてきたな」

といって私の顔を見た。そして、

「もう二日もたけば相当な塩がとれるな」

と満足気であった。

これらの塩も二小隊全員それぞれにわけ、それに炊事場用の塩を考えると、まだまだ相当の量が必要になるだろう。

それから三日後に塩ができあがった。前の日の夕方から海水を補給せずにどんどん燃やしていくと、翌朝の十時ごろにはカマのなかに赤茶けた塩が見えだし、ややあって塩がこげないようにといって先任下士官は火力を落とし、やがて火を切った。

火をひいてからカマの横に木の枝をたくさんならべて、その上に麻の葉を三重にしいてベタベタした塩をうつす。これは塩のニガリをぬくためで、上方にも麻の葉をかぶせ、さらに木の葉を三重にのせてふたをした。

こうして塩をつくる作業は終わり、夕方にはその一部の塩がとり出されてみなに分配された。私たちはもらった塩を火をかけて乾燥させ、さらさらにしてからイモの葉にふりかけて食べた。

夕食がすんで日が暮れて、戦闘や農園の開墾に疲れた体を横たえたとき、出る話はみな食べ物の話ばかりであった。新兵時代に町へ出ると、すぐ食堂に飛んでいって大盛りの飯をたらふく食べたとか、どこそこの食堂の飯の量が多かったとか、あそこのぜんざいはうまくて量も多いとかいう他愛もない話ばかりであったが、ふしぎと酒の話はまったく出なかった。

とにかく話は満腹になったときのことばかりで、毎晩毎晩、腹をグーグーならしながら食べ物の話ばかりしていた。

イモのツルはいくら量をこなしても、三時間もたてば腹のなかは空っぽ同然になる。それに毎日イモのツルばかりで、ついには糞までイモの葉色をしていた。

カボチャやナスやキュウリの実はどんどん大きくなったが、なぜかイモだけはいっこうに太らなかった。あまりにもツルを刈り取るので実が大きくなるところまでいかないのであろう。

また、イモ畑はいちばんよい場所をえらんであったので、つねにグラマンの機銃弾が撃ち込まれ、根がむき出しになっていることが多かった。それにしても、イモのツルは刈っても刈っても本当によくのびた。

正月がすぎて天長節がちかづいてくると、

「天長節にはイモの実を食べよう」

という声が隊内に起こってきた。小隊長の許可も出て、みなは楽しみに天長節をまった。

天長節の当日、各班では班員一人四個のわりになるようにしてイモを掘り起こした。それは子供のこぶしほどの大きさにしかできていなかった。

先任下士官は魚をとりに海へ出た。潜って突き刺すという方法だが、赤や青や黒、色とりどりの熱帯の魚がブリキ缶の底が見えなくなるほど入っていた。銃をもって鳥を撃ちに行った連中もいた。

十一時ごろになると、炊事当番に五人が出て料理にとりかかった。他の班でも総がかりで御馳走の準備をしている。

私たちにとって、この天長節がはじめての休日であった。それに食卓にならんだ四個の小さな蒸しイモを見て、みなは感無量であった。苗を植えてから七ヵ月もしてやっと食べられるイモの味はどんなものであろう。先任下士官にしてからが、「めでたいのう、めでたいのう」というばかりである。

この日の汁には、鳥肉や魚がふんだんに入ってとくにうまく、量も多かった。みなは鳥や魚の骨までバリバリと食べた。

楽しい食事が終わって一休みしていると、グラマンが来襲してきた。敵さんがくれば天長節の休みなどといってはいられない。私たちは必死になって戦い、敵が去って兵舎にもどると、みなふたたび車座になったり、寝ころんだりしながら休日を楽しんだのである。

私が兵舎のすみで横になっていると、市村兵曹がやってきて、

「梅岡兵曹」

と呼んだ。一班の班長である市村兵曹が、こんなあらたまった呼び方をすることはめったにないことだった。

「この戦争に勝てるのだろうか」

彼は深刻そうな顔つきをしてたずねた。

「あかんねえ」

と、私はそっけなく答えた。

「どうして?」

「見なよ、敵は時計がコチコチいう間に自動車のできる国だというだろう。船だって、沈めても沈めても、あとからあとからつくって攻めてくるんだから、だめだねえ」

「そんなこと、八百蔵中尉の耳に入ったら、あんた、銃殺になるよ」

と市村兵曹がいうと、先任下士官もあわてて口をはさんだ。

「それはあかん、その言葉は取り消せ」

みなが、この話を聞いたらしい。

「いまの話は取り消し」

と私はいったが、市村兵曹には腹が立った。わざとこんな話をさせたのである。しかし、市村兵曹はこちらの気分にはおかまいなしになおもたずねてくる。

「この戦争はいつになったら終わるのだろうな」

「昭和二十年の盆ごろだろうよ」

私は不機嫌そうに、いいかげんに答えた。もうこのジャングルの兵舎に落ち着いて、八ヵ月以上もたっていたのである。

6　戦友の死のあとで

このころにはグラマンによる攻撃もはげしくなるばかりで、正確さもまし、だんだんと身に危険のせまる思いがしてきた。ブインあたりの空から高い砲弾用堤にかこまれたわが高射砲の陣地をめがけて、四門の機関銃から青白い火をはきながら突っ込んでくるグラマンは、まっしぐらに襲いかかってくる猛牛そのものであった。

戦闘が終わってみると、腕や胸や腹に無数のやけどのあとができている。戦闘に気をとられて、熱く焼けた砲身に、知らずしらずのうちに体をつけていたのである。

戦闘中に恐怖を感じたことはない、と自分では思っていたが、あるとき戦闘の最中に「寒い」と声に出していた。恐ろしさや怖さはないと思っていたが、やはり心の中では身が寒くなるほど恐ろしかったのであろう。

いつのころか私は心の中で、軍歌を唄って士気を鼓舞していた。射手と旋回手は腕もちぎれよとばかり、ハンドルをまわしてグラマンを追っている。まさに無念無想の境地であったろう。姿勢の低い左手の二番砲員は、足もとに転がってくる薬莢を足ではね、手で払いのけるのにけんめいであった。

前面から突っ込んでくるグラマンが、カムフラージュ用につくった芋畑に弾丸を撃ち込み、あたりはガスのように土ぼこりが立ちこめている。すごいと思う。こんなとき私は心の中で軍歌を唄いまくった。

敵機が突っ込みはじめると、「轟く砲音飛び来る弾丸、荒波洗う甲板の上に、闇を貫く中佐の叫び、杉野はいずこ、杉野はいずや……」——あの軍神広瀬中佐の歌である。これを何度もくりかえした。これからさきには歌はすすまない。その歌が出るのも敵機が突っ込みはじめて、陣地の直上をすぎて行くまでの間であることに気づいたのは、ずっと後になってからのことであった。

グラマンの攻撃はいよいよ熾烈になり、こちらの高射砲が当たらないのに自信をつけてか、いっそう大胆に攻撃をしかけてくるばかりで、六月の中ごろには、ついに二番砲台で戦死者を二人だしてしまった。

そのときのグラマンの攻撃はとくにはげしく、わが陣地でも撃ち出した砲弾が六十発ちかくになろうとしていたときであった。突然、北田兵長が、

「やられた！」

といって、砲弾を抱いたまま前方にかがみ込んだ。右肩をおさえた指の間から血がふき出していたが、傷口をおさえる布きれもなく、北田兵長を円堤のわきへかかえて行き、

「おい、痛いか」

と顔をのぞき込むだけだった。

私たちは上半身丸はだかで、下にボロボロの軍服のズボンをまとっているだけで、若くてよく働く兵隊などはズボンさえくさってしまい、上着のボロをつなぎ合わせて千枚通しで穴をあけ、麻のロープをほどいた細い麻糸でつなぎ合わせて、体に当てているだけというありさまで、とても北田兵長の傷口に当てる布きれなどもち合わせていなかった。

「おい、痛いか」

と顔をのぞき込むと北田兵長は、

「うーん」

とうなって首を横にふった。高射砲はまだいそがしく動いている。敵機はあとからあとか

ら突っ込んでくる。私はたまらず、

「おい、北田兵長がやられた、きてくれ！」

とさけんだ。この砲台では私がいちばん上官である。二人はほとんど同時に、

「はい！」

と返事をして、砲をけるようにしてはなれた。砲はゆっくり右に旋回している。グラマンはまだまだ突っ込んでくる。私は思わず舌打ちをしていた。

それにしても、いちばん姿勢の低い、弾丸のほとんどこないところにいる北田兵長に弾丸が当たって、姿勢の高い私に当たらないのがふしぎであった。そこへ、射手、旋回手の二人もとんできて左右から、

「大丈夫か、大丈夫か」

とはげまし、北田兵長はウンウンとうなずいていた。

グラマンはそれからもう一回、陣地をおそったあと飛び去って行き、ようやくその日の戦闘が終わった。みなが弾庫から出てきて北田兵長を兵舎へかついで行き、山の下の防空壕からは軍医がやってきて手当をしてくれた。

その日の午後、砲の手入れのついでに、私は班長の市村兵曹と二人で念入りに被弾状況を調べてみた。グラマンの機銃弾は、砲身のすべり降りるレールの左側をうちぬいて、右側の内側をすべって低い姿勢でかまえていた北田兵長に当たったのである。

もう三センチほど上方を弾丸が飛んでいれば、私が腹をうちぬかれていたところである。

グラマンの弾丸は威力があるので、はらわたが飛び出すことはまちがいない。

それにしても、戦死者や負傷者のでた夜はさびしいものである。こんなときはかなしい気持で故郷を思い出す。その夜は話をする者もほとんどいなかった。

それでも一夜明けると、みなは元気をとりもどしていた。朝食をしているところへ八百蔵中尉からの命令がとどいた。

『もう高射砲は撃つな。戦闘で死ぬくらいなら農園を開墾せよ』

というものであった。二小隊ではこの命令について、だれもなにもいわなかった。みな、その命令にしたがって山の下で適当な場所をさがすために、班ごとにスコップやナタやツルハシをかついで山を降りた。

一班は峠を二つこえて島の裏側の海岸へまわり、適当な場所を見つけて開墾にかかった。わずか二十坪ほどの場所であったが、籐を切りイバラのツルをのぞき、木を切り倒して作業をすすめた。たいして大きな木はなく、比較的順調に作業はすすんだ。

昼食をはさんで作業は夕方の五時ごろまでつづき、帰る道すがらには鳥を撃った。先任下士官は兵舎へ帰ってからも海へ魚をとりに出るなど、部下の健康には大いに気をつかっていた。わが班ではまだ栄養失調者は出ていなかったが、ほかの班ではそろそろ出かかっていたのである。すでに私たちは故郷を発ってから、はや二年になろうとしていた。

このころから、わが二小隊でもイモがボツボツ食べられるようになったが、魚や鳥はとれない日がつづき、みなの体力もじわじわと低下していくのがわかった。

そのようなとき、一小隊からイモを取りにこいといってきたのである。みなはうんざりだった。朝はやくから日暮れまで一日がかりで出かけて行って、そのうえに恩に着せられるのがイヤなのである。

聞くところによれば、一小隊は士官や主計兵、看護兵など農園作業をしない者が多くいたので一般の兵隊にかかる負担は重く、過酷な農園の作業に疲れきってマラリアなどの病気にかかって倒れる戦友が続出し、しかもその戦友にはまともな食事があたえられないという噂であった。私たちは一小隊のそのような状態を聞き知っていたので、なおのことイモをもらいに行くのに気がひけた。しかし、小隊長はどうしても行けという。

あげくのはて、私も二度ほどイモを取りに行かされた。小さな峠、大きな峠を五つもこえて休みなしに走らなければ、帰りには日が暮れてしまうようなけわしく遠い道で、帰りには三十キロほどのイモを背負うのである。おくれると日が暮れて、山に迷い込む。

しかし、それよりも私は、八百蔵中尉と顔を合わせるのがイヤだった。首を右にかたむけ、右肩を上げ、口をまげて三白眼でにらみながら、皮肉たっぷりに物をいい、ときにはヒステリックにイライラと話をする。そのようなときに出くわすとなにをいわれるかわからない。

私は一小隊へつくと、士官室の前に立った。

「梅岡二等機関兵曹、食糧をいただきに二小隊からまいりました！」

八百蔵中尉が青白い顔を上げ、三白眼でにらんだがなにもいわなかった。

「ご苦労、主計兵にいってもらってくれ」

と、ほかの准士官がいった。

私は主計科へ行き、もういちど八百蔵中尉に礼をいうべきところをそのままにして、一小隊をはなれて帰途についた。

隊では、八百蔵中尉やほかの士官が夕食に米の飯を食べているという噂が絶えなかった。

十六防空隊は大尉の隊長と八百蔵中尉のほかは兵曹長クラスの准士官ばかりであったが、彼らは昼間、夕食の米飯をかけてよくマージャンをしていたらしく、八百蔵中尉に勝たせないとしまつにおえないから、ほかの准士官が順番をきめて負けることにしているという噂が私たちの耳にも入っていた。

その八百蔵中尉は、じゃまな隊長をブインの司令部へ食糧の調達に追い出し、自分がいばるのである。老隊長は昼食のイモを腰に下げて、ツエをたよりに司令部をふり出しに、

「食糧をわけてくれ、食糧をわけてくれ」

と各部隊をまわっていたという。それでも隊長は、毎日毎日、餓死していく部下を見るのがつらくてブインに出かけるのだ。

その日もむなしく西にかたむく日を見ながら、ツエをたよりにとぼとぼとブインの浜辺を歩いていると、魚撃ちの流れ弾が隊長の腿を撃ちぬいた。弱った老隊長はそれにたえられず、その場に倒れてしまった。さいわい撃った兵隊によってブインの海軍病院に収容されたが、もう隊長には生への欲も得もなかったという。

もらえるあてのないことをよく知っていながら、自分を追い出し、兵の死ぬのを隊長であ

る自分の責任のようにいわれ、隊長はその責苦から逃れたかったらしい。

しかし、隊長の傷はかるく、退院ははやかった。こうして十六防空隊の苦難は終戦までつづいたのである。

7　夜なきする腹のムシ

私たちは毎日、農園の開墾をつづけたが、つねに栄養不足になやまされていた。グラマンがたえずやってくるので海にも出られなくなり、鳥もほとんど見かけなくなった。しかし、思いがけぬ〝戦果〟もあった。

朝はやく後藤兵曹が農園をあらしている野豚を見つけたのである。足をしのばせて銃をとりにかえり、現場にもどってズドンと一発かますなり、後藤兵曹は、

「イノシシ、とったどー」

と大声でどなった。一瞬、銃声で緊張していたところへ、すぐにこの朗報がつづいた。みなは歓声をあげて走りだした。

そこには本物の野豚が横たわっていたのである。さっそく両足をしばって棒を通し、よくある獲物をとったときのかっこうで炊事場へはこび、そうそうに料理にかかった。

肉は各班にわけてもまだ残った。やむなく地中にうめ、昼も夜も掘り返しては食べまくっ

たが、夜には早くもくさりはじめていた。しかし、後藤兵曹が撃ったしろものだから、一度にみなで分けてしまうこともできずに小出しにしているうち、翌日にはすっかりくさってしまった。

こうして、すこしでも質のいい食べ物を手に入れようと、私たちはさまざまな努力をつづけた。

あるとき、私はカニ捕りに出かけた。昼食がすんでから山を降り、密林を横切って平地に出た。この平地がかっこうの漁場なのである。海岸のちかくの地面のかわかない草もないところで、あたりには三十センチほどの太さの木がほどよい間隔にならんでいる。

カニはその根元の穴に住んでいるが、人が近づくとその足音ですぐに穴へ逃げ込んでしまう。しかし、しばらく物音をたてずに待っていると、ソロリソロリと姿を見せ、三、四十センチほど出てきたところですばやく足で穴をふさぎ、手をのばす。

カニはあわてて穴に引き返そうとするが後の祭りで、大きなはさみをふり立てて見せるが、背後から甲羅を押さえれば万事休すである。甲羅に指をすべらせるようにしてつかみ上げ、袋へ入れて腰に下げ、つぎの穴へうつって行く。カニのいる穴は光っているのですぐに見分けがつく。こうして十二、三匹捕まえて山に帰った。

「たくさん捕れましたなあ」

と若い兵隊がよってきて袋のなかをのぞき込んでいると、炊事当番もやってきた。みな、大よろこびであった。

このカニは姿はサワガニに似ているが、大きさはワタリガニほどもあり、肉はすくなくてあまりうまいものではない。これもはじめのうちこそよく捕れたが、しだいに穴から出てこなくなって捕らえるのがむずかしくなり、やがてはまれにしか食膳にのらなくなった。

料理法は、足をぜんぶ切ってツメだけをすて、甲羅は二つ切りか四つ切りにして汁のなかへ入れるのだが、みなはカラもはき出さずに、丸ごとバリバリと食べきった。できるだけなんでも食べて体の衰弱をふせごうと必死だったのだ。

交際上手の森兵長は、となりの湾の陸軍船舶工兵隊の兵隊と仲よくなって、昼休みになると出かけて行ってフカや野豚の肉をよくもらってきた。この陸軍の兵隊たちは沖縄出身者で、五人ほどが駐屯して米の倉庫の番をしているらしく、森兵長が他の兵隊をつれて行くようになっても、魚などをよくくれた。

ある昼下がりにだれかが、

「犬がいる！」

とさけんだ。みなは一斉に立ち上がった。みごとな赤犬がこちらを向いている。ただならぬけはいに身の危険を感じたのか、つぎの瞬間、一目散に逃げ出した。その後を五、六人が銃を持って追いかけた。

しばらくして、犬の悲鳴につづいてバーンバーンと小銃の音が三発ほど聞こえてきた。だれかが兵舎で、

「あーあ」

とため息を声にしてもらした。五分もすると、

「やったど」

と追って行った連中が赤犬をかついで帰ってきた。体こそ大きいが、やせて骨と皮ばかりであった。

「赤犬の肉はうまいそうだから食べてみたい」

と士官室から注文があり、片足がとどけられた。のこりを三班でわけたが、皮をむくと骨ばかりであった。各班とも骨をたたいてこなごなにして食べた。

この犬は山の下の隊で飼っていたもので、食べ物がなくなって追い出され、ジャングルをさまよったあげく腹がへってこんなところへ顔を出したのだろうが、十六防空隊にまよい出るとはなんと不運なことか。わが部隊こそブーゲンビル島きっての欠食部隊だったのである。

しかし、私たちの食糧事情が赤犬一匹で改善されるはずもなく、食べ物さがしもいよいよ窮迫したものとなっていった。

小隊長が野性の椰子の木には澱粉がたくさんあると教えてくれたので、こんどは椰子の木さがしがはじまった。
四、五日ほどすると、小隊長が椰子の木を見つけてきて、
「この木の皮をむくと、なかはぜんぶ澱粉だ」

といって、私たちに切り倒させた。椰子の木の四分の一を小隊長がとり、のこりを各班でわけ、一人に大人のにぎりこぶしほどがあてがわれた。みなはなかに入っている線香のよう

な棒をぬいてかみくだき、カスをはき出したが、甘い汁と澱粉のようなものがあったものの、大さわぎしたほどのことはなかった。

また、小隊長は腹にたまる食糧には椰子の実が適当だと考えていたが、しかし、いくら南方でも椰子の生えている島はすくなく、天然の椰子となるときわめてまれであった。

小隊長は毎日、毎日、双眼鏡で四方の海をさがしまわったすえに、どうやら敵の魚雷艇の出没する海の向こうに、それらしきものをさがし当てたようである。しかし、危険が大きすぎるので思い切って出発することもできず、一ヵ月半くらいがすぎ去ったが、その間にも椰子の実の必要性はいよいよ切実となっていった。

やがてある日、岡島兵曹が小隊長によばれた。ところが、岡島兵曹には妻子があるということで、とうとう私のところにおはちがまわってきた。私はこころよく承知したが、そのとき小隊長から、

「主計兵のところへ行ってくれ」

といわれた。さっそく主計兵のところへ行くと、

「いま出す食事のことはだれにもいわないでほしい。これは小隊長の命令だから……」

といいにくそうにいって、主計兵は私の前に食器をおし出した。

「やあ、米の飯か！」

なかには、ふつうの食事の半分くらいの米の飯が入っていた。私は一瞬とまどったが、すぐに、

「やあ、助かるわ」

といって手をのばした。汁もけっこうなものであった。

それから二日後、小隊長は、

「おい梅岡、今日、出発するぞ」

といってきた。日の暮れるのをまって、小隊長と私と春日従兵、市村兵曹に山口、久田の両兵長が陸軍の上陸用舟艇に乗り組んだ。

舟艇はベニヤ板と皮でできた足の速い舟だったが、私がいくら始動用のツナをひいてもエンジンがかからない。しかし、そのまま出発することにした。

小隊長と春日従兵が二人で櫓(ろ)をこいだが、どうしてもエンジンがかからない。私は、あせりにあせっていた。市村兵曹はさかんにブツクサいっている。

外海はさすがに波が荒く、気が張っていてもたちまち舟酔いが襲ってくる。私はその酔いをさまそうと、舟べりから尻を出して大便をした。

ついで何度めかのエンジン始動をこころみたが、いぜんとしてうまくいかない。まさに神に祈りたい気持だった。月が出て明るくなれば、敵の魚雷艇に見つかって全員がおだぶつになることうけあいだ。

「不動様、稲荷様、八幡様……なんとかエンジンがかかりますように……」

私は心から祈りながらツナを引っ張った。と、裸の腹につめたいものがかかった。ガソリンであった。なんと、プラグをつけ忘れていたのである。あわててプラグをつけてエンジンを回すと、かんたんにエンジンがかかった。

「小隊長、すみませんでした。もうわかりました！」

私がいうと、小隊長は、

「そうかそうか」

といってうなずいて櫓を引き揚げ、舵（かじ）のハンドルをとった。

舟艇はエンジンをふかして全速力で突きすすみ、ようやく月の出るまえに島へたどり着くことができた。

8　餓鬼さながらに

やがて月が出て島が明るくなるころ、私たちは手近な椰子の木を切り倒して、その実にむしゃぶりついた。市村兵曹はあわててナタをふりおろしすぎて、足の親指と人さし指の間にぶち込んでしまった。

「痛たたた……」

とナタを放り出し、首に巻いていたボロ切れでしばりつける。みなが心配するうちに、そのまま平気な顔で椰子の実にかぶりついた。

私たちは二本の椰子を切り倒し、一人二個ずつの実を食べたがまだたりず、椰子の木のてっぺんを切り取って葉をはらい、その芯をわけ合って食べた。みなはこれを椰子のタケノコとよんだが、甘くておいしいものだった。

その夜はみな、苦しくて寝られないほどの満腹感をあじわった。

島の夜明けは早いので、私たちは敵機が襲撃してくる前に朝食をすませなければならない。切り倒した木にはまだ実はなっていなかったが、椰子のタケノコはたくさんとれた。二本のタケノコを六人でわけ、イモにまぜてたきこんだが、あたりに落ちていた新しそうな椰子の実から水をとって煮たせいか、気持がわるいほど甘く、私は汁をすてて塩を多い目に入れ、水で煮なおした。これはうまかった。みなも私がしたようにたきなおした。

ドラム缶に入れて持ってきた水は、サビで黄色くにごっていたが、だれも気にしなかった。こうして、私たちは朝も充分な満腹感を味わったのであった。

朝食がすむとさっそく、椰子の実集めにとりかかった。

「お前は自分のぶんと主計兵のぶんだけひろえばよい」

と小隊長がいってくれたので、私はエンジンの手入れをしながら椰子の実をひろった。山口兵長も久田兵長もやせた体で大きなドンゴロスの袋をかつぎながら、ヒョロヒョロ歩いて椰子の実を集めていた。いってはわるいがその姿は、まるで仏画の餓鬼を見るようであった。まったく、この戦地へきてからの私たちの毎日は、地獄の業苦そのものであった。

私たちはこの島に一週間ほどいたが、その間、椰子の実を食べすぎて腹は下りっぱなしで、ダダダッ……と椰子の実がそのまま大便に出た。海面につき出した木の枝にのって大便を海に流すと、海の水が白くにごった。

帰りは順調だった。椰子の実をひろいひろい、舟いっぱいにして日暮れを待って出発したが、ほどなくエンジンの音を聞きつけ、ランプをふりながらみなが迎えてくれる桟橋に横づけした。

「このつぎはお前一人だからな」

そのとき小隊長は、ぽつりと私にいった。

その〝出撃命令〟は、一週間後に下った。

先任下士官と班長の市村兵曹、それに西村、柳田両兵長の五人が舟に乗った。今回は私ひとりの操縦である。

外海に出ると意外にうねりが大きく、舟は波に当たってほとんどすすまず、揺れもはげしかった。こんなはずではなかったといっても後の祭りだ。

波の底をはって行こうといろいろやってみたが、なかなかうまくいかない。さんざん考えたあげく、うねりを斜めにすすむことにした。これはよかった。舟はおもしろいほど速くすすみ、月の出まえに島に着いた。

このまえと同様に舟を引き上げ、三つに分解して木の下にかくし、月の出をまって椰子の木を切り倒し、まずは腹いっぱいにつめ込んだ。

翌朝、いよいよ椰子の実あつめの開始である。衰弱のはげしい西村兵長は、骨と皮ばかりにやせた体に大きな腹を突き出し、ドンゴロスを肩にかついでヒョロヒョロと歩きまわっている。

　みなは椰子の実さがしの途中でつかまえたヤドカリを昼食時に焼いて食べ、昼休みには一斉に海岸へ出てヤドカリをさがしまわった。

「大きいど、見ろ！」

　先任下士官が大きなヤツをつかまえて手のひらにのせて見せた。と、にわかにヤドカリが先任下士官の手にはさみついた。

「ああ、コラえらいこっちゃ」

　私たちは大さわぎをした。先任下士官の手のひらには、はやくも血豆ができている。

「引きちぎりましょうか」

「切れて血が出るからダメだ」

　顔をしかめながら先任下士官は、左手のヤドカリをそのままにしてあぐらの上におき、右手でほかのヤドカリを火にくべて食べはじめた。しかし、ぜんぶ食べ終わっても、まだ例のヤドカリははなれない。

「こいつがはなれるまでは仕事にならん」と先任下士官はぼやき、市村兵曹は横を向いて苦笑した。西村兵長や柳田兵長が心配そうに見ていると、ヤドカリは根負けしたように先任下士官の手のひらからはなれた。とたんに火の中へ放り込まれ、一番よく燃えているところに落下した。

　島には五日間いたが、この前ほどには椰子の実はとれなかった。それでも舟にほぼ満載になり、日の暮れるのをまって島をでた。

三回目の椰子の実とりは私と市村兵曹、久田兵長、山口兵長の四人であった。久田兵長と山口兵長は最後まで参加をしぶったが、市村兵曹のお気に入りということでむりにひっぱりこまれた。

例のごとくうねりのはげしい外海に出ると、市村兵曹は久田兵長と山口兵長を両脇に抱くようにして寝てしまった。私は心細くなってきた。静かな海にエンジンの音だけが高くひびき、胸につきささってくるようだった。

さびしさが身にしみる。北斗七星の先端の星が水平線の下に沈み、のこりの六つの星が水平線の上でさか立ちをしていた。日本で見る北斗七星は頭の上にあるのに、ここではあんなに遠く見える。

私はむかし見た映画の一コマを思い出した。越後獅子の子供がさか立ちして顔を見合わせ、親恋しさに泣く場面である。そんなことを考えていると、さびしさはいっそう募るばかりであった。

しかし、目の前にいる市村兵曹たちは気楽に寝たままだった。私は故郷のことが頭にうかび、むしょうに恋しくなった。

いろいろ考えているうちに、ようやく島へ着いたが、いつもの砂浜が見あたらない。島を一周してやっと砂浜を見つけてみなを起こし、砂浜めがけて全速力で乗り上げた。

ただちに舟を分解して折りたたみ、木の下にかくして、例によってその夜は椰子の実を食べ、翌朝から椰子の実をひろいにかかった。みなでけんめいに集めてまわり、さんざん苦労して木になっているものまで落として集めた。

島には五日間いて、予定数を集めて帰途につく。なぜか今度はなかなか舟の着く桟橋がわからなかった。真っ暗な海でなんの目印もない桟橋を見つけるのは一苦労だった。

これまでは、だれかがランプをふってくれていたのだが、この夜ばかりはその合図がなく、真っ暗な島の沿岸をうろつきまわっていると、市村兵曹までが、

「はよう、着けてえな」

と薄情なことをいう。

やっとのことで桟橋にたどり着いたのだったが、とうとうだれも出てきてくれなかった。私はおもしろくなかった。

しかし、この椰子の実とりは四回目も行なわれ、またも市村兵曹がメンバーに入っていた。私は二班の班長である木山兵曹を口説いて行かせようとしたが、おとなしい木山兵曹はどうしても行きたがらなかった。

四回目はさんざん苦労して人集めをしたすえに出発した。一班の兵隊ばかりだったが、みないやいやであった。今回だけは島へ着いてもほとんど椰子の実はなく、木を切り倒して椰子のタケノコをとり、地中にうまっているものまで掘り起こすしまつで、予定の五日間は苦労の連続だった。

そして、椰子の実とりはこれで打ち切りになった。

9　陸さん有情

このころ、足に潰瘍をもった兵隊が続出した。ひどい者はスネから下のところどころに潰瘍で穴があき、ザクロの実のように赤くただれていた。薬もなく、包帯もなく、手当はなにもできない。海に入ると、入っている間は痛みもなにも感じないが、夜になるとズキンズキンとうずきだし、なかなか眠れない。みなはすこしでも痛みをやわらげようと、毛布をたたんでそこへ足をのせて寝るのである。

それでも夜が明ければ、また食べ物さがしである。イモ以外の食べ物の不足は深刻で、かなりキワドイものまで口に入れた。

農園で見つけた大きなムカデを焼いて食べ、「口の中がネチャネチャしてのどを通らない」といってはき出す者もいたが、高田兵曹がイモ掘りの最中に見つけたヘビはかなりのご馳走になった。

大人の腕ほどもあるそのヘビはマムシとおなじような模様があり、毒ヘビのようであったが、太陽の光がきらいとみえて、イモのツルを取りのぞくと頭を真ん中に、もつれたひものようにクシャクシャになっていた。

このヘビの所有権はいちばん最初に見つけた高田兵曹にあった。高田兵曹はスコップでヘビをおさえ、私がそのもつれた体をほどこうと棒でかきまわしたが、なかなかほどけない。とにかく、頭を切り落としたいのだが、へたに体に傷をつけると食べるところがすくなくなる。

岡島兵曹も手伝ったが、ヘビは頭を外に出しかけてもすぐに引っ込めてしまい、三人がかりで手こずっていた。しかし、逃げる気配はない。さんざんに苦労したあげく、ようやく頭を切り落とすと、さすがにヘビも急にダラリとした。高田兵曹が、

「こいつはうまいどう」

といってしっぽを持ってぶらさげた。

「太いなあ」

と私がいうと、岡島兵曹は、

「毒蛇にしては長いなあ」

と五十センチほどもあるヘビに見入っていた。

若い兵隊は顔をしかめて見ていたが、高田兵曹は悠然としてヘビを木の枝にかけると、農園の作業をつづけた。それからは毒蛇が出たというので、みなは恐るおそるイモのツルをとっていた。

こんどのイモは豆を植えたあとにつくったので、おどろくほど大きなものができていた。豆の根がバクテリアを繁殖させ、それが肥料になるのだと後藤兵曹は説明してくれたが、後藤兵曹の田舎でもよくこういう作り方をするそうで、私たちは丸まると太ったイモを収穫し

て兵舎へ帰った。

兵舎へ帰ると、私と高田兵曹と岡島兵曹はヘビをぶら下げて炊事場へ行った。皮をむくときれいな色をした肉が出てきて、かまどの下から火をかき出して焼くと、空腹にはたえられないいいにおいがした。

焼き上がると兵舎にもって帰って三つに切り、高田兵曹が真ん中で私が頭、岡島兵曹が尻尾の方とわけ、塩をぬりたくって食べた。「うまい、うまい」といって食べる私たちを、若い兵隊が遠くから見ていた。

またある日のこと、高田兵曹がフグを下げて山を上ってきた。

「こいつはうまいで……」

「フグかいな」

「そうだ、おいで……」

高田兵曹は飯盒をもって炊事場へ行き、フグをクルッとまわして皮をむき、腹わたをとりのぞいた。

「こいつが毒なんや」

といって、手を大きくふって腹わたを遠くへ投げすて、頭もとって残りを三枚におろした。

そこへ、

「わしも仲間に入れてんか」

と、岡島兵曹がやってきた。三人は車座になって舌つづみを打ったものである。

しかし、栄養失調ぎみで空腹になやまされていた私たちは、ときにはとんでもないものを食べてしまったこともある。昼休みに食べ物さがしに出た連中が、皮をむくと紫のシマ模様のでるイモを見つけてきてむして食べたときなど、一時間もたたないうちにみなが腹痛をおこして大さわぎになった。

小隊長があわてて電話で軍医をよんだ。軍医はくるなり、

「食べたものをはき出せ」

といったが、みなはもうはき出すものがないくらいにすっかりはき出し、あとはねばねばしたつばきを口からたらしているだけだった。

「もう大丈夫だ。食べた物はぜんぶはき出しているから、命に別状はない」

軍医はそういって帰って行った。私は、その日は当直中で難をまぬがれたが、当直が終わって帰ってみると、兵舎のなかは大さわぎであった。私がたずねると、

「舌がしびれたりして、あまりうまくはなかったんですがねえ」

と、元気をとりもどした西村兵長はいっていたが、空腹と栄養失調になやまされつづけている私たちにとって、名の知れた食べ物だけ口にするというぜいたくはできない相談だったのだ。

イモばかりの毎日がつづいていたころ、

「日本人はイモばかりではしんぼうできぬ」

などとぼやいていたが、だれかが、

「陸軍の倉庫には米がいっぱいつまっているから、一袋だけだまってもらってこよう」

といいだすと、たちまち全員が同調した。班長の市村兵曹まで乗り気だったが、さすがに先任下士官はみなをおさえた。

「これまで魚やワニの肉を何度ももらって、親切をうけているからなあ」

「いっぺんでよいからやらせてください。あんなにたくさんあるのだから、二升ぐらいいいでしょう」

若い兵隊たちは先任下士官の顔を見ながらいった。

「一袋二升とだれに聞いた?」

「陸軍さんですよ」

「しかし、盗って顔を見られたらどうする。あんなに世話になっておいて……」

「絶対、顔を見られないようにします」

こんなやりとりが幾日かつづいて、とうとう先任下士官はおしきられた。班長の市村兵曹も行くといったが、これは先任下士官がゆるさなかった。

米を盗りに行くのは、よく陸軍をおとずれ勝手を知ったる森兵長と久田兵長、それに山口兵長ときまった。三人は夜中の十一時ごろ、暗闇にまぎれて出発した。

みなは心配して寝ずにまっていたが、十二時半ごろには平気な顔をして、一袋の米を下げて帰ってきた。二升ぶんであった。

しかし、この件はことが順調にはこびすぎたように思う。静かな夜に三人もしのび込んで、陸軍の兵隊が気づかぬはずはない。食糧の不足になやまされているこちらの窮状を知っていて、見逃してくれたのではないだろうか、という気もする。

先任下士官は、

「もう絶対にダメだぞ」

と念をおしていたが、みなはこれで満足したのか、その後は米の飯のことを一言もいわなくなった。

10 南洋スシ屋横丁

もとより私たちの手もとにはカレンダーなどもなく、正確な月日をそくざにいえる者は一人もいなかった。毎日毎日、食べ物をさがしまわり、ときおりでる空襲警報に、大いそぎで高射砲陣地へ駆け込むという日々を送っていた。

しかも、だれもグラマンをねらい撃つ者はおらず、突っ込んできそうなほど低空を飛ぶグラマンを、突っ立ったまま手をかざしてながめているのだった。

昭和十九年の半ばもすぎたころのある日、空襲警報が出ると、射手の大矢兵長と旋回手の春日兵長がいっしょに陣地に駆け込んで、口を半開きにして手をかざしたまま、まぶしそうに上空の複葉機をながめていた。

その偵察機は陣地の上空を二度旋回したあと、三回目に爆弾を投下した。機体をはなれた爆弾がキラキラかがやきながら、銀の糸をひくように落ちてくる。高射砲に体をつけて見上げていた私の目に、爆弾は陣地にむかって一直線に落ちてくるように見えた。

「おい、高射砲が直撃されるど」

といって、私はとっさに陣地を飛び出していた。もう遠くまでは走れない。陣地を出たところに倒してある大木の下に身をふせた。春日兵長も私の後ろに入ってきた。私はできるだけ前につめた。春日兵長は私の太股をもちあげてもぐり込んできたが、大矢兵長は大木の切り株の後ろにひざをつき、中腰のままするわっている。

「おい大矢、ふせろ、危ないぞ!」

と大声でどなったが、彼は上を見上げたままである。私はなおも大声でさけんだが、大矢兵長はふせようともしない。切り株の高さが一メートルちかくもあったから、後ろへふせれば充分たすかるのだが、大矢兵長は死神にとりつかれたかのように動かなかった。顔が紫色になり、ものすごい形相になっている。

「大矢、ふせろ!」

私はもう一度さけんだ。そのとたん、爆弾が轟音をたててすぐ横の大きなくぼみに落下した。陣地の穴を掘ったときにでた土や石をすてた深さ三メートルくらいのくぼみである。

一瞬、真っ赤な炎がふき上がり、土と小石がまき上がって目の前が真っ黒に見えた。私たちの体は宙に浮き、ものすごい衝撃をうけた。口中や鼻の穴はジャリジャリになり、のどが痛くて三回も四回も奥につかえたものをはき出し、手鼻をかんだ。

それでも私は、「やった」と思った。たすかれば勝ち、なのである。両足で春日兵長の腹を蹴ると、春日兵長は勢いよく木の下から飛び出した。

「大矢のばか、死によった」

木の下から出ると、私はいった。

「ええっ、どこにもいませんが、兵舎に帰ったんですよ」

「その土の下にいるよ。その高くなったところだ」

相当な量の土をかぶって、大矢兵長の姿はぜんぜん見えなくなっていた。両手で土をかきのけると、大矢兵長の裸の背中が見えた。春日兵長はすぐに大矢兵長の死を知らせに走って、戦友とパネルをかついでもどってきた。兵舎へ運ばれた大矢兵長の遺体はお通夜をすませ、翌日、埋葬された。

すでにアメリカ軍と戦わなくなってひさしいが、それに反比例して飢えとの戦いがさらに苛烈になった。

私は椰子の実をとりに行く以前に、「稲を植えることができればいいのに」と話したことがあったが、先任下士官がそれを小隊長にいったらしい。

最後の椰子の実とりから帰って二週間ほどしたころ、小隊長はどこから工面してきたのか、モミと砂糖キビの苗をもらってきた。そこで雨期に入るまえにタネモミをまき、砂糖キビも植えつけた。

稲がすこしのびたところでうまいぐあいに雨期に入り、三ヵ月ほどの雨期が終わると稲穂が出てきた。やがてそれがうれると後藤兵曹の指導で、稲穂を手でしごいてモミをとり、いろいろと工夫をこらして白米にしたて上げた。

さあ、この米をどうして食べようか。各班が集まって相談したところ、みながスシを食べたがった。そこで衆議一決、スシをつくることにきまった。

つぎはスシ屋の経験者さがしである。三班の山本兵長が大阪の堺でスシ屋を営んでいたことがわかって、この問題はただちに解決、かなりの年配であったが、それだけに年季は入っていた。

スシづくりは、まずパパイヤの実から酢をつくり、砂糖キビから砂糖をとる作業からはじまった。主計兵に粉醤油をもらい、小隊長からとっておきの澱粉をもらってタレをつくった。

こうして準備はととのった。午前中はみなで海に出て魚をとった。グラマンの警戒に当たる者、ダイナマイトをかける者、海にもぐる者、みな手わけして魚をとった。ひさしぶりの漁でかなりよくとれ、大満足で引き揚げる。みなはすでに祭りのような気分であった。

スシづくりは昼からずっとつづけられ、昼食が終わって農園に出ても、夕食にはスシが食べられるとはしゃぎまわって仕事も手につかず、スシの話ばかりしていた。

とにかく、その日は農作業をはやく切り上げ、ナスとキュウリとカボチャを持って兵舎に引き揚げ、それを料理して夕食を待った。みな、ソワソワと落ち着かなかった。なにしろひさしぶりの米の飯である。それもスシとは！

五時半ごろにはスシもでき上がり、さっそく兵舎のなかにならべられた。一人五個あてで量こそ多くはないが、箱ズシあり、にぎりズシありで吸い物までついていた。膳のうえには他の料理もならんだが、それらもいつもよりは多い目であった。みなは歓声を上げ、ため息をつき、しばらくはながめている者が多かった。

「食べようか」

と先任下士官がいって、みな一斉にハシをとり、

「うまい、うまい」

と言いながら平らげていった。本当にいい味だった。

食事が終わったところで、山本兵長のところへ礼をいいに行く。山本兵長は片方の足をひざの上に上げてあぐらをかき、タオルがわりのボロぎれを肩にかけて、うちわがわりの麻の葉でバタバタあおいでいた。そのとき、山本兵長は町のスシ屋のおやじ気分にひたっていたのであろうか、

「いや、おおきに、おおきに。よい材料がないんでねえ」

と、山本兵長は恐縮したように低姿勢であった。

すしの一件があってからしばらくすると、まえまえから飼っていたニワトリがようやく卵を産むようになった。このニワトリは山で放し飼いにしていたのだが、たいして遠くへも行かず、兵舎の下でポツリポツリと卵を産んだ。はじめのうちは汁に浮かせて食べていたが、あるとき高田兵曹が、

「だれか茶碗むしをつくれる者はおらんかなあ」

と、みなの顔を見わたした。だれも返事をしなかったので、

「オレがつくろう」

と私がいった。

「本当につくれるのか」

と先任下士官はいぶかったが、

「大丈夫です」

と私はいいきった。

こうして、おつぎは茶碗むしをつくることにきまり、私は卵を三十個になるまでためこんだ。一人当たり二個の勘定である。すこし多すぎると思ったが、栄養があっていいだろうと予定どおりにしておいた。

当日は先任下士官が部下を二人つれて鳥を撃ちに行き、ハトやインコを五羽とってきた。ひさしぶりの遠出であった。当番が獲物をさばいて、茶碗むしには骨のない肉ばかりを入れることにした。

畑へ行った連中はイモやナスやカボチャ、カボチャの新芽、さやまめ、里イモなど、畑にできているものをかたっぱしからとってきた。

森兵長が主計兵からもらってきた粉醤油に塩をくわえてダシをつくり、それを缶に入れて卵を割ってといた。私の指示でべつに用意した五合入りの大碗に野菜を切って入れ、鳥の肉

をのせて卵の入ったダシをかけた。

「これで後はむすだけでよい」

と言うと、あまりにかんたんなので、

「ほんとうに大丈夫かいな」

とみなはさかんに心配している。

大碗は大きなブリキ缶に入れて蒸した。みごとでき上がった茶碗むしは、イモをかじりながら食べたが、これまた大好評であった。

「こんなうまいものが簡単にできるのなら、またつくってくれ。内地へ帰ったらオレもつくって食べよう」

と高田兵曹までがいい、みなで、その後もしばしば茶碗むしをこしらえた。とくに高田兵曹と岡島兵曹は、「茶碗むし、茶碗むし」といってよくつくったが、やはり鳥肉の入らない茶碗むしはまずかった。

11　脳にきた男たち

そうこうするうち、突然、八百蔵中尉からの命令がとどいた。「先任下士官以下七名をのこして二小隊全員をあげて一小隊へ帰ってこい」というものであった。みなは一瞬、おどろくというよりガッカリした。

そのころ、一小隊からくる連絡兵がとどける情報は悲惨なものばかりであったからだ。農園労働がきびしく、疲労のために病人がつぎつぎと出るが、病気になっても農園労働を強制されるので、状況はわるくなる一方で、働けなくなった病人には食事さえあたえられない、という情報すらあった。

一小隊へ帰るということは、二小隊の兵隊にとって、死を意味するほどの深刻さをもっていたのだ。とくに若い兵隊にとっては深刻な問題だった。というのは、こんど八百蔵中尉のご指名からはずれ、のこされた六名の者は、いずれも私のような召集兵の下士官ばかりで、いってみれば、たよりがいのあるベテランばかりだったからだ。

命令があまりに急だったので、ニワトリは七羽のうち五羽を生きたまま持って行くことになった。いざ出発となり、みなは後ろをふりかえりふりかえり、肩を落として山を去って行った。手をふりながら見送る私たちにも、送る言葉は「がんばれ」という一言以外なかった。

彼らが去ったあとの兵舎はガランとしてしまい、やむなくみなは一班の兵舎に集まって住むことにしたが、そのさびしさはかくせなかった。

去って行った戦友がのこしてくれた農園からは、充分すぎるほどのイモが収穫できた。倒れてくさった大木のなかに、土もないのに大きなイモがゴロゴロでてきて、その意外さに歓声を上げたこともあった。

私たちは食べるだけのイモを掘り起こし、そのあとはかならず植えつけをしたが、イモをぬいたあとの黒土がバサバサの砂地に変わっていて、おどろかされたものである。

人影がまばらになって、ガランとした山の兵舎での生活がしばらくつづくうち、ついに私は脳性マラリアにかかってしまい、痛みも苦しみもなにもわからぬ境遇になってしまった。

その日、夜が明けてみなが食卓についても私が起きてこないので、先任下士官がよびにきたところ、いくらよんでも起きない。体にさわってみるとひどい熱で、おどろいて軍医をよんでみると、すでにマラリアが脳にきていて、軍医も「もう助からんぞ」といって帰って行ったというのである。その後は、先任下士官が一人で介抱してくれたらしい。

私は身動きひとつせず三日間くらい寝ていたらしい。その間、先任下士官は夜もほとんどやすまず頭を冷やしてくれたとか。四日目に軍医がきて、私がまだ死なずに生きているのを見て、首をかしげたという。

六日目からようやく熱が下がりはじめたらしく、七日目にはどうやら意識が回復したが、脳性マラリアということで、戦友たちは私が廃人同様になるのではないかと心配していたという。

「頭の半分がしびれるう」

といって私が頭をコンコンたたいていると、みなは、やはりといった面持ちで顔を見合わせていたというが、やがてそんな私にも高田兵曹の声が聞こえてきた。

「おい、梅岡兵曹、いよいよ頭が狂ったどう」

「そら、あれだけの熱がつづいたんだ、すこしくらいヘンになってもしんぼうせにゃ、命がたすかったんだから……」

と、岡島兵曹がいっている。

「オレ、どうもないで……」

と、私がみなの方をむいていうと、疑いぶかそうに見つめている。

十日間がたっても頭の右半分のしびれはとれず、押さえるとぶよぶよしている。先任下士官に千枚通しで突いてデキモノの汁を出してくれとたのんだが、そんなことはできんと断られた。自分でしぼったが汁がすこし出ただけでうまくいかず、もう一度、先任下士官にたのんだ。

彼は、

「こんなことしてもいいのか」

といいながら、恐る恐るしぼり出していた。

それでも日がたつにつれて頭のしびれはすくなくなって、体もしだいに回復していった。しかし、体力だけは病気前のようにはならなかった。

軍医はというと、私の顔を見るたびに、

「あんな大病をオレが治してやったんだぞ」

とさかんに恩に着せる。人に聞いたところでは、たいして親切でもなかったというが……私も心の中ではそう思ったが、もちろん口には出さなかった。

その軍医は、イモが食べたくなるとよくやってきた。軍医がくると先任下士官は、カヤクのたくさん入ったおかずのような汁とイモを士官室に運んでいた。軍医が常食としている米の飯や缶詰、乾燥野菜の汁などには、私たちの食事のような新鮮さがなかったのである。しかし、私たちは軍医が食べているような、軍から支給される食糧はこの三年間、ほとんど食べていなかったのである。

「自給自足で生きて、こんなに長くなるのは世界にも例がない。ナポレオンもエジプトで糧道をたたれたが、こんなに長くなかったぞ」

といって、一小隊の准士官がおかしな自慢をする。

私たちにはもう、家庭も戦争もはるか遠くのことのように思えたが、ときおり急に故郷が無性になつかしくなって、こみ上げてくるものをおさえきれず、思いあまってしまうことがあった。

ある昼休みに突然、高田兵曹がテントでつくったリュックサックに毛布をつめこんで立ち上がった。

「オイ、梅岡兵曹、帰ろう。引き揚げて内地へ帰ろう!」

と真顔でいう。岡島兵曹がこわばった顔をして高田兵曹をみつめている。

「しっかりしいな」

と大声でいって、私は高田兵曹の肩を強くたたいた。ようやくわれに返って気落ちしたようにすわり込んだ高田兵曹、それを見ている岡島兵曹も目に涙をため、泣きそうな表情であった。

12　さらば先任下士

みなが行ってしまってから一ヵ月ほどたったころ、一小隊から連絡兵がくるようになった。あるとき、一段とやせた村田兵長が連絡兵としてやってきて、先任下士官と話し込んでいたが、心なしか元気がないように見えた。みなは村田兵長をつかまえて、

「おい、元気か」

と、一小隊へ行った戦友のことをたずねていた。どうやら渋山兵長が病気になったらしい。

「かわいそうになあ」

といいながら、先任下士官は、

「今日は生のイモしかないが、これを炊事場で焼いて食べろ」

と、イモを三個、村田兵長に渡した。村田兵長は生のままむさぼり食べた。

三時ごろ、私たちはいつものように農園の作業に出るために腰を上げた。帰りのしたくをしている村田兵長に、先任下士官は、「途中で食べろ」といってイモを持たせていた。

その夜、先任下士官は、

「一小隊は地獄やなあ」

ともらした。一小隊では各自に農園開墾のノルマがあって、それが終わるまでは休ませな

いということや、作業中に見つけた小さなトカゲをわれさきにとうばい合って、生きたまま口中に入れることなど、先任下士官の口から出るのは暗い話ばかりであった。

とくに、渋山兵長の話は悲惨だった。

みなよりも年をとっていた渋山兵長は、一小隊のきびしい労働と、すくない食事のために体力を消耗し、仕事中に倒れてしまったのであるが、横根甲板下士官が、こいつはナマケモンだといって引き起こして仕事をつづけさせ、顔が真っ青になっているのを見て、やっと止めさせたというのである。

仲間が兵舎まで送って行ったが、渋山兵長の食事はその夜からとめられたらしく、みながすこしずつわけていたが、やがて渋山兵長はそれさえ食べなくなり、水だけをもらっていたらしい。みなの食事もすくなく、渋山兵長は気をつかったのである。

渋山兵長はすこしずつ弱っていき、自分ではほとんどなにもできなくなって、みなに迷惑がかかるからといって縁の下におりて寝るようになったが、横根甲板下士官はそれをふんだりけったりしたとか、その横根甲板下士官に渋山兵長は、「カンニンしてくれ、カンニンしてくれ」と手を合わせていたという。

「一小隊は地獄じゃ」

と先任下士官はまた、ため息をついた。

そのうちに村田兵長も姿を見せなくなり、かわりの連絡兵もこなくなった。私たちも相変わらず農園の作業に出て、昼休みをとってから夕方まで農園で働いていた。

こうして八月に入ったある日、陣地から空をなにげなしにながめている私の目に、敵の複葉機がうつった。翼の下には『日本降伏』と書いてあったのだが、ただながめていただけの私はそれを気にもとめなかった。

複葉機は陣地の上を二回ほど飛んだが、私は農園の作業に出るために大した注意もはらわず、そのまま兵舎へ引き揚げた。

その翌日の午後、ひさしぶりに一小隊から連絡兵がやってきて、「全員引き揚げて一小隊へ帰ってこい」という命令をつたえた。あとのことは下の防空隊に申しついでこいという命令だったので、防空隊に連絡すると、ひきつぎの兵が一人やってきた。

やがて申しつぎが終わって、いざ引き揚げとなると、みんな急に元気がなくなった。一小隊の地獄のような状況を知っているからである。それでもとにかく、私たちは山を降りることとなった。

みなの頭のなかは、一小隊についたときのことでいっぱいだったらしい。この間に、先任下士官が気落ちして沈んでいる私たちをのこして、爆雷で魚をとりに出て行ったことを、まったく気づかなかったのである。

そのとき突然、爆雷の炸裂するものすごい音が聞こえてきた。私ははじめて先任下士官のいないことに気づいて、すぐに飛び出した。見るとフラフラになりながら、先任下士官が海中から岸の方へ歩いてくる。みなが駆け寄って、いまにも倒れそうな先任下士官を抱きかかえた。

「ばかやなあ、あんた。なんでこんなことするのや」

「一小隊へ行ったら、もう魚も食えないだろうから、最後にと思って……」

と、息もきれぎれに先任下士官はいった。

当時、私たちは爆雷を持ってしばしば魚とりに出かけていた。海に投げ込むさいには爆雷の導火線をできるだけ短くして、海の底に沈んでしまうまでに爆発させなければ効果がない。しかし、古い導火線はしめっていて火がついたかどうかなかなか確認できず、まだまだと思っているうちに目の前で爆発してしまうことがよくあった。犠牲者は顔がめちゃくちゃになって即死している。

おそらく先任下士官も火がついていることを確認できず危ないと思ってすてたものの、手をはなれると同時に暴発したのであろう。胸には爆雷の中につめてあった小石がめりこんでいた。

高田兵曹が防空隊の兵舎へすっ飛んで行って、軍医をたのんだが、今日はおそいから明日つれてこいという返事しかもらえず、「よくイモを食べにきていながら……」と、くやし涙を流しつつ帰ってきた。

その夜、先任下士官は、「苦しい、苦しい」と、うなりとおした。顔から血の気がなくなり、「苦しい、水をくれ、水をくれ」といいつづけた。こんな重病人に水を飲ませれば、すぐに死んでしまう。「だめだ」という私の手をにぎり、力なくひっぱりつづけた。顔は苦しさに引きつったままである。

「水をくれ、水をくれ」と苦しそうにあえぐ声にしんぼうできなくなって、いったん私は先任下士官のそばをはなれたものの、私の名をよぶ先任下士官の悲痛な声に、たまらずそばへ行った。

「あんたに水を飲ませたら死ぬよ。あんたが起こしたことなんだから、がまんしてくれ」

と私はいったが、腹の底では泣いていた。

先任下士官はうなりつづけた。

長いながい夜が明け、まちかねたようにみなは先任下士官をかついで防空隊の医務室へつれて行った。すでに死相の出た先任下士官を医務室にねかせて、私たちは外で待った。先任下士官はモルヒネを打ってもらって、「ああ、らくになった」とよろこんでいたそうである。本人は死ぬなどとは思っていないらしかった。

「十時までもったらいいほうだ」

軍医は高田兵曹にそういった。私たちは医務室のそばの木の下で涙を流していた。

「みなによくしてくれたのに……」

といった高田兵曹の言葉に深くうなずきつつ、そのまま頭が上げられずにただ涙を流すだけだった。

先任下士官の内臓は爆雷のために、めちゃくちゃになっていたという。高田兵曹はそのことを一小隊へ報告に行ったが、その重傷の先任下士官を防空壕へあずけたまま、全員ですぐに帰ってこい、という返事しかもらってこなかった。

私たちは医務室の先任下士官に心がのこった。もうだめだとわかっているが、あれだけ世話になった人である。このまま見すてて行くにはあまりにも申しわけなかった。あの死相の出た顔を見るのがつらく、おそろしかった。それでも私たちはここにいたかった。しかし、命令とあればどうしようもなく、私たちは後ろ髪をひかれる思いで医務室のそばをはなれ、一小隊へと向かった。

13 〝一小隊村〟の災厄

一小隊へ着くと、待っていたように作業の命令がくだった。同時に私たちはそれぞれの作業班にふり分けられた。

私の配属された班は十三名からなっていた。そのなかには二小隊の久田兵長もいた。先任下士官は私と同年兵の上等兵曹であった。岡山県出身のこの人は徴募兵でありながら、三年の満期後に海軍を再志願して上等兵曹になっていたのである。

この班にはもう一人、私と同年兵がいた。この戦友は現役時代に潜水艦に乗り組んでいて盲腸をわずらい、開腹手術をしたものの盲腸の位置がわからないといって、腹を開けたまま港に帰って海軍病院にかつぎこまれたという経歴の持ち主で、大いに私を歓迎してくれた。

しかし、あとから班に入る新参者は、あまりよろこばれないものである。そのうえ、この班はほとんどが岡山県と広島県の出身者であった。私のとなりの兵隊は岡山県で自転車屋をしていたといっていたが、彼は他班からきた者を露骨にいやがった。もちろん、私の方でもおもしろいわけがない。二小隊からこの班にきた久田兵長ともうまくいかないらしい。彼はすみの方で小さくなってすわっていた。

私たちの仕事は高射砲を分解して、山の上にすえかえる作業だったが、高射砲の足を一本引き上げただけで、その日は終わった。

夜になると、一人おいてきた先任下士官のことが思い出されて、なかなか寝つかれなかった。分散した二小隊の連中はどうしているだろうかと考えたり、これから先、この隊はどうなるのだろうか、と思うとなかなか眠れなかった。

翌日、ふたたび砲の引き上げ作業がはじまった。午前九時にみなうちそろって作業についたが、十時には二小隊の六人だけになっていた。一人去り、二人去りして、気がつくと六人になっていたのである。

指揮者の酒保長はこまった顔をしていたが、六人ではどうにもならなかった。危険な山の中腹にへばりついて、高射砲の足がすべり落ちないようにするのがやっとであった。

そんなとき、かつて輸送船のなかで、「極楽へ案内してやる」といった戦友がやってきた。私はこの戦友の名前も班も知らないが、よく私のところへやってくる。

「こんなあぶない腹のへる仕事はやめとけ。山の上へ行くと、向こうの海岸にアメリカ兵がたくさんきているのが見えるぞ。こんな砲一門では、もう戦争にならん。どうせ死ぬんならラクして死ななあかん」

この日もそういって、手を引かんばかりに私をさそった。酒保長はニヤニヤ笑っている。私がことわると彼はなおもしばらくさそったが、やがてあきらめて行ってしまった。

作業がほとんどはかどらないまま、昼休みになった。

酒保長は私と同郷の兵庫県の人で、山陰の岩井温泉のちかくだというので、私は、そのむかし父が岩井温泉に五十日ほど湯治に行った話をすると、自分も三、四歳のころ身体中に吹き出物ができて、どこの温泉にも入れてくれなくなって、馬の入る温泉に祖母に入れてもらって治ったという話をしながら、なつかしいオラが村の温泉自慢へとうつっていった。

午後は作業も中止になるだろうと考えていたところ、どうしてどうして、高射砲を山の上に引き上げる作業はつづけられた。

こんどは作業員が逃げ出さないように、指揮者が現場につきっきりでいたが、またいつのまにか前の六人になっていた。けっきょく、この日はなにもできなかった。だが、逃げた作業員に罰をくわえたり、注意することはなかった。

翌日には作業が変更になった。こんどは農園の仕事である。

私はその日、朝から頭が重かった。それでも、申し出て聞き入れてくれるようなところではないので、そのまま仕事をつづけていた。だが、赤道直下の太陽に照りつけられて、十時半ごろにはフラフラになっていた。もう仕事をつづけられそうにもない。そのむねを横根甲板下士官にいうと、おもむろに体温計をとり出して、これで計ってくれという。

「三十九度四分ですなあ。もうちょっとです。四十度になったら休んでもらいます」

そういって横根甲板下士官は、私に作業をつづけさせた。しかし、ついに体が動かなくなってしまった。カンニン袋の緒をきらした私は、

「お前しろ！」

といって、甲板下士官にスコップを投げつけた。

「八百蔵中尉の命令です」

「だめだ」

「そんなら私がします。あんた、帰るのだったら、こちらの兵舎へ行ってもらいます」

そういって横根甲板下士官は、ふだんとはちがう反対の方向を指さした。フラフラする足どりで、私はそちらの兵舎へ行った。そこはふつうの兵舎の半分くらいの大きさで、裏は林になっていた。

だが、そんなことはどうでもよかった。私は焼けつくような兵舎のパネルに引っくり返って、そのまま寝込んでしまった。一度気がついたのは午後三時ごろで、頭の上には小指ほどのイモが四本入った碗と、イモの葉が二、三葉入った汁がおいてあった。これが昼食なのであろう。

私はそれに手をつけず、また眠り込んでしまった。つぎに目をさましたのは、もうすっかり暗くなってからで、頭の上にはまだ碗がおいてある。しかし、なかのイモは八個にふえていた。やはり小指ほどの大きさである。

汁も以前よりたくさんあった。のどがかわいていたので汁を口にしたが、にがくて飲めたものではない。海水で味つけしてあるらしい。

　これが話に聞いていた、一小隊の病人食だった。こんな食事が何日もつづくのか、いよいよわざわいが私にもふりかかってきたと思ったが、このときはまだ病気の方が気がかりで、そばにおいてあった毛布をしいて、もう一度寝ようとした。

　しかしながら、なぜか頭がさえて、つぎからつぎへと不安がよぎり、こんな食い物でいつまで生きのびられるだろう、と深刻に考え込んでしまった。二小隊のもといた地点へ帰れば食べ物はあるだろうが、見つかれば銃殺である。物音ひとつしない暗い兵舎で、考えれば考えるほど悲観的になっていった。

　ずいぶん苦労してここまでやってきたのに、最後にはこうして兵糧攻めか、と思いつつ、しぜんと亡くなった戦友たちのことを思い浮かべていたそのとき、なにやら人のいる気配を感じた。

　だれだ、こんな夜ふけに？　こんなところにだれも来るはずはない。しかし、だれかがいるような気がしてしかたがない。身を起こしてそちらを見ると、なんと、暗い林のなかに燐が燃え、そのなかにたくさんの戦友の顔が浮かんでいたのである。みな、なぜか下を向いている。

　私は、「出た！」と思ってすぐに目をとじ、腰のお守りをむしりとって胸の上においた。もういちど確認する勇気も元気もなかった。自分が食糧攻めでもうだめだ、と思っているやさきであった。このお守り袋には成田不動尊、石清水八幡宮、伏見稲荷大社、伏見の竹田北向不動尊、名古屋の水天宮、それと氏神である御香宮のお守り札が入っていた。

私はお守りに祈った。私は意地でも生きのびたかった。八百蔵中尉にたいする意地でも死ねなかった。生きるため必死になって般若心経をとなえはじめた。

14　物いわぬ隊員名簿

もういちど目を開けて見る気にはならなかった。ただ目をとじて経文をとなえつづけた。

そして、いつのまにか眠ってしまったらしい。

「おい、梅岡兵曹、おい！」

つぎの朝、私は後藤兵曹に起こされて目をさました。

「これを見てくれ。これがきのうの昼と晩の食事だ」

私は後藤兵曹の顔を見るなり、そういって碗をさししめした。

「ほう、聞きしにまさるひどいところやなあ」

といって、後藤兵曹は汁のなかに指をつっ込んで、なめてみる。

「これはひどい、にがくて飲めん。よし、これから主計科へ行って二人分の食事をもらってくる」

後藤兵曹はこういって出て行った。彼もまだ食事をしていなかったのである。しかし、すぐにもどってきた。

「いま、イモ掘りに行っているから、帰るまで待ってくれといったよ」

といった。と、そこへ横根甲板下士官がやってきた。

「きさま、人が病気のときにひどい扱いをしてくれたなあ」

顔を見るなり、私はいった。

「すみません、すみません。あれは八百蔵中尉の命令です。私や馬谷さんがたくさんイモを入れましたんやけど、八百蔵中尉が四つだけにしたんです。今日はたくさん食べてもらいます。すみませんがイモ掘りに行ってください。農園に河野兵長がいるから、そこでたずねてください」

そういい終わると、横根甲板下士官は出て行こうとしたが、ふと足をとめてふり返った。

「ああ、そうや、わすれとった。もう戦争、すみましたんや。明日、兵器をアメリカ軍におさめますから、手入れしておいてください」

そういって、横根甲板下士は出て行った。

「助かった！」

と、思わず私はいったが、後藤兵曹は納得のいかない顔をしている。

「捕虜になったら、もうすこしましなもんが食えるだろうよ」

と私はつけくわえた。

「本当に大丈夫かいな」

後藤兵曹はなおも心配している。

「大丈夫……戦争が終わったんだから、捕虜を虐待することもせんだろう」

そのあと私たちはイモ掘りにでかけた。農園へついて小屋の外から声をかけると、河野兵長が顔を出した。真っ黒い顔に紫色の大きな斑点ができ、赤くくずれてうみが出ている。二小隊にいたときの面影はなく、やつれはてていた。その彼にイモ掘りにきたというと、イモのあるところを教えてくれた。

そこでは子供のこぶしくらいの大きさのものばかりだったが、夕食のぶんも明日のぶんもとった。

「これだけあれば大丈夫や」

といって二人でイモをかつぎ、途中、河野兵長に声をかけて引き揚げた。

兵舎へ帰りついてさっそく、飯盒を三つつかって湯をわかし、朝食の準備にとりかかった。私はすでに返却してしまっていたが、後藤兵曹はまだ塩をもっていた。

食事が終わると急に気がゆるみ、戦争も終わったという気分で心がかるくなった。戦争が終われば餓死の心配もなくなり、故国へ帰れる日もそう遠くはないはずだ。私にはいまさらのように心の底からうれしさがこみ上げてくるのだった。

夕食のとき、主計科へ汁をもらいに行った後藤兵曹が、ムギをもらって帰ってきて、いきなり、

「これをたいて食おう」

といって、すぐに洗って火にかけた。私がイモを洗っている間に、彼はどこからかオタマジャクシをすくって、汁の中に入れている。夕食は、イモとムギとオタマジャクシの汁であった。

私はいぜん食欲がなくてイモだけを食べたが、後藤兵曹はいずれにも口をつけた。

「こりゃ、あかん！」

といってムギを途中で吐きだした。つぎにイモを口に入れ、オタマジャクシの汁をそそぎ込んだ。

「ああ、しぶい。これはのどが通らん」

後藤兵曹はこれも吐きだすと、あわてて湯で口をゆすぎ、飯盒の汁をいまいましげにすてた。けっきょく、後藤兵曹もイモだけの夕食となった。

食事がすむころ、岡島兵曹が毛布をかついでやってきた。

「ここで寝るぞ」

「どうしたの、そんな顔して……」

後藤兵曹が岡島兵曹のさえない顔を見てたずねた。

「みんな米の飯を食って、うまいうまいとさわいでいるのに、オレにはくれんのよ」

「イモでも腹いっぱい食ってがまんしなよ」

「イモはたくさんだ。いらんよ」

しばらくしてから後藤兵曹がポツリといった。

「やっぱり、あいつらだけで食べていやがったんだなあ」

岡島兵曹はあきらめきれずに、いつまでもブツブツいっている。

「おい、もう横になろう」

まず後藤兵曹が寝て、私たちも兵舎の入口ちかくに毛布を三枚ならべて寝た。

翌朝、食事が終わってから、私は岡島兵曹と隊内をブラブラまわってみた。ガランとして兵舎にちかづくと、片隅でだれかがかがみこんでいた。

「おい」

と声をかけると、ふり向いて口に指を当て、

「しっ」

と合図をする。なにものかを捕らえようとしているらしい。佐治兵曹であった。その後ろ姿には、八百蔵中尉に寄りそうようにして威勢よく歩いていた、あの面影はなかった。

そっとちかづくと、佐治兵曹は毛布をおさえてネズミをつかみ出しているところだった。

その彼が、

「いま、ご馳走してやるからな」

といって、ナイフと飯盒を持ち出し、海岸へ出かけていった。

彼は生きたままネズミの皮をむき、首を切りすてて腹わたといっしょに海へすて、のこった肉を飯盒のふたできざみ、海水で味つけして汁にした。

そして、人気のない静かな兵舎でそのホロ苦い汁を三人でわけてすすった。

「ここのみんなはどうした？」

と私はたずねた。

「佐山か」

「いや、ほかの者もだ」

「？……みんな、死んだ」

「ええっ」

「みんな、死んだよ」

弱よわしい小さな声で答えて、佐治兵曹はさびしそうにカン高く笑った。

やはり、一小隊のあの惨状は現実だったのである。佐治兵曹や佐山兵曹も、八百蔵中尉に取り入る以外に、生き残ることはできなかったのであろう。

しかし、昨夜、佐治兵曹と佐山兵曹は二人だけになったこの班の、この兵舎で、どんな話をしながら床についたのであろうか。

二年あまりの間、ここで生き残るための凄惨な戦いがくりひろげられ、ほとんど全員が力つきたのである。なんと悲惨な戦いであったことか。

しかし、それも、もう終わった。あと数時間で、私たちは全員、捕虜となるのだから……。

戦後三十五年がすぎた昭和五十五年の暮れ、東京・新宿区四谷の久保士朗平氏から電話で、

「第十六防空隊員の名簿を送るから……」と連絡があった。私は戦後、十六防空隊員の名簿を入手したくて地元出身の国会議員にもたのんだが、だめであった。厚生省の関係部課にもないのである。そんなときに久保氏からの電話であった。

久保氏は新聞広告でたずねた結果、名簿は元隊長夫人が焼却する寸前だったのを、島根県に住む戦友がもらい受けて久保氏のもとへ送り、それを久保氏が苦労をかさねて各隊員に送るはこびになったという。

そうして翌年の四月十八日、大阪在住のある戦友の経営する旅館に参集することとなった。

そのとき、みながたがいに交わした挨拶は、

「オイ、よく帰れたなあ、もうアカンと思った」

という一言であった。ほかに言う言葉がなかったのである。

挨拶の最後に立った元看護長の吉田氏は、

「気の違った一人の中尉のために、こんなたくさんの戦友が亡くなった。それを毎日見ながらどうすることもできなかった。申しわけない」

と涙をぬぐった。

また、私とともに広東、香港と七年間にわたりともに戦った岡野さんは、

「あの場合、自分一人の生命を守ることがせいいっぱいで、人のことまでかまうことなどできなかった」

と手紙に書いて寄せた。

まったくそのとおりであったが、私は、「戦争が終わって日本に帰るときに着るのだ」といって袖もとおさずに一張羅を大事にしている戦友が、念願もむなしく母が、父が、妻子がまつ故国へついに帰りつくことができず、一人さびしく異郷の地で南十字星をながめながら死んでいった一事を思うと、体の血が逆流する思いがする。

思えば、昭和十八年三月に故国に別れをつげ、ブーゲンビル島に渡ったとき、隊員は士官以下二百七十二名をかぞえた。そのうち亡くなった兵隊は百七十九名で、そのほとんどが餓死であった。

私たち兵士は毎食がイモ四個で、それでは体力がもたないので、魚とりに出てワニに食われたり、爆薬が暴発して死亡した者、なぐり殺された者、イモを盗んで食べた罰により赤道直下の太陽の下に八時間も立たされて狂死した者などなど、悲惨な死をとげた人々は枚挙にいとまがないほどである。このほかラバウルにのこった戦友が十九名、そのほか十名くらい不明の人がいるが、いまはただ、亡き多くの戦友たちの冥福を祈るばかりである。

（昭和五十七年「丸」五月号収載。筆者は第十六防空隊員）

生還なき転進

人跡未踏の大ジャングル地帯九十日の死の彷徨——

蓬生　孝

1　危機せまるマノクワリ

第二次大戦中の昭和十八年十二月、ここは西部ニューギニア北岸の要衝マノクワリである。前はヘールビンク湾の紺碧の潮をたたえた小湾にのぞみ、後ろは幾重にもつづく濃緑の丘を背にした台地に、豪北派遣第二軍司令部が駐屯していた。

軍司令官は知将の評ある豊島房太郎陸軍中将、その隷下の各部、各隊の将兵約二万のバラック兵舎が周辺の森や丘のかげに散在しており、台地の前、指呼の間にはかつて新教布教の根拠地であったマンシナム島があたかも盆景のごとくに浮かんでいた。

そして、この島の真東八十キロにはヌンフォル、百九十キロにはビアクの二島が第一線の守備についていていた。東経百三十四度、南緯一度、同経度の岡山・高松より約四千五百キロへだてている。

ココ椰子の並木がつづく海岸通り、丘のここかしこにのこっている白、赤、青でいろどられた原色の建物、ブーゲンビリアの花が乱れるテニスコート跡、裏山のコーヒー園、バナナ

畑などがオランダ植民地時代の情緒をただよわせていた。

街には「南風」などと看板をかかげた喫茶店もあり、民間人や休日の兵士たちのくつろぎや、ときには軍司令官の乗馬姿も見え、湾の前浜でとれた軍徴用漁船からのカツオの配給もあり、この基地の街はさながら平和なたたずまいであった。

昭和十八年十月、中支・湖南省の常徳作戦に出発する直前に私が転属を命じられた新編成の南方派遣第三師団先遣隊の約三百名が、遠く信陽（河南省）や応山（湖北省）の奥地から出て上海の外港・呉淞（ウースン）で乗船、危険な海上をはいまわって南下し、マニラ、ハルマヘラを経てかろうじてマノクワリに上陸したのは、あたかもこのようなときであった。

豪州の北部地方に再上陸するなどとの噂もあったが、湘桂作戦のため、後続部隊の抽出が不可能になり、しばらく海岸に幕営したのち、全員が軍司令部に編入され、分散せず、そのままバラック宿舎にうつった。私（陸軍一等兵）は副官部に配属され、日課は書記兼使役であった。

私は子供のころ、「ニューギニアには足が短い恐竜がいる……」という話をかたく信じこんでいたが、その恐竜を上陸後はじめての正月の夢に見てしまった。

こんな夢であった。海岸の絶壁を疾走してきたこの恐竜が、突然、真っ逆さまに転落するや、その瞬間に三匹の大ガメに分身して砂浜をすすみ、海に入ると幾十とも知れない小ガメになって、すばらしい朝日の海に泳いで行った。

この初夢を朝の食事に披露したのはもちろんのことで、一同は大よろこび、ことに歴戦の古参兵たちには今年こそは、なつかしい日本に凱旋できそうな正月の吉兆夢であった。

だが米軍の進攻は、このころよりにわかに激しくなり、昭和十九年三月すえの二夜にかけて、北岸のホーランジアに集結していた第六飛行師団の約百機が地上で瞬時に爆撃破されて再起不能、五月すえにはサルミの第二軍第三十六師団が同地に上陸いらい攻防五ヵ月の激戦に敗れ、六月すえにはビアク、七月はじめにはヌンフォル島がともに壮烈な戦闘を交わして全滅し、戦史に玉砕の名をつらねることになった。

当時、ヌンフォル島での砲声が風に乗って聞こえたことがあったが、いよいよ米軍は攻撃の焦点を軍司令部が在るマノクワリにしぼって、上陸戦を敢行してくることまちがいなしと判断される急迫した事態に直面した。

すでに、米軍機の爆撃はひんぱんになり、陸には国武高射砲隊、湾内には軽巡洋艦の迎撃戦の砲声がマノクワリの空にひびきわたり、北方十キロの海岸に米軍の上陸を想定した実地演習が行なわれ、若い将校たちが木や竹を試し斬りして、勇戦の気迫をやしなう姿が見られた。

私たちのバラック兵舎は爆撃のたびに裏山の奥へ奥へと移動し、台湾銀行の出張員は現金をうめて戦闘を覚悟した。

そして、緊迫した戦況に対処するため、軍司令部（戦闘司令所）はフォーゲルコップ半島の頸部地峡にあるイドレへいそぎ移駐することになった。

私の夜間任務は、水際のタコツボ壕に待機して、上陸してくる敵の戦車に吸着地雷をくらわせて擱座させる決死隊であった。これでわが命はないものとこころえ、いささかさびしくもなっていた星月夜に、まったく思いがけなく戦闘司令所要員としてイドレへ転進するよう指名された。

さて、転進の準備といっても、もとより兵器や馬の心配はなく、もっぱらわが身一つの準備であった。

その当時、軍用貨物輸送船のマノクワリ入港はだいぶ以前から途絶していたが、それまでに九隻が入港し、ぶじに陸揚げされた貨物が密林の各所に貯蔵されていた。事態の急迫に応じてこれらの再分散のため、私たちは使役の日がつづいた。マノクワリの兵員二万にたいする三ヵ月分の糧秣というのはこれだったのだろう。

食糧の配分は、残留してマノクワリの守備にあたる部隊にできるだけ多くをのこし、転進者の個人携行食糧は十～十五日分を想定して行なわれたようだが、とくに制限はなかった。だが、一人の負担力には限度があった。なかにはめずらしい物もあった。

私の携行品の主なものは、米を入れた靴下六本、竹筒にかなりの塩、アルミ筒二本の中にマッチ、ほかに魚の小型缶詰五、煉乳の小型缶詰十五。それに天幕、袴、ふんどし、地下足袋、小刀、飯盒、水筒、銃剣、手榴弾などであった。

背嚢に入れていた父ゆずりの御守も、呉淞で買った小冊の『杜工部集』も爆撃でなくし、すべてマノクワリ仕入れになった。

貨物廠の倉庫前に投げ出された木箱につまった小倉羊羹を、

「いまごろこんな物を見せやがって……」

といいながら、静岡弁の兵がくやしそうにふみつぶしていた。

見知らぬイドレへ転進の気持がかたまったところで、マラリアで休養していた中学の先輩、野村兵長（富士市）を訪ね、別れのつもりで缶詰を進呈して宿舎にもどると、中支いらいいっしょだった岐阜出身の召集上等兵がやってきて、

「あした出かけるそうだな、別れだな……」

と口をつぐんで帰って行った。

2　密林の底にもぐる

七月七日、マノクワリの朝は夜明けの星がかがやき、波ひとつない清澄な空気がたちこめた、さわやかな南国の朝であった。いよいよイドレへ出発する同行十五名が、司令部の台地に集まった。大部分はたがいに知った顔の副官部、管理部、野戦根拠地隊などの将校、下士官、兵であり、そのなかに門脇大尉、小松中尉、牛島、柴田両上等兵がいた。目をこらすと、ほかにも出発するいくつものむれが動いていた。あたかもこの朝、サイパン島の日本軍が玉砕した午前四時四十五分ごろのことであった。

私の場合、それまでにも、また出発の間ぎわになっても、この転進の道程、食糧の補給、到着予定、統率者、イドレ事情、ましてサゴ椰子を伐採して現地自活をする計画など、いずれもまったく教えられないまま、ごく漠然とした口づての知識で出発した。この実情は、ほかの者もおなじであったらしいが、いかにもあわただしく実施した転進であった。

前途のことは不明ながら、私は入念につくった手製の背負子（しょいこ）をおい、新品の編上靴をはいて集合した。ことさらにたかぶった心持もなく、体力も充実していた。

一行が軍用トラックに乗り終わると、両掌いっぱいに恩賜のタバコがくばられたが、その感激もなく、となりの上等兵に進呈した。車は司令部宿舎の横を下るとただちに右折して、出入りの多い海岸ぞいに快走し、水の中まで根をはっているマングローブや爆撃で頭をなくした椰子林をぬけているうちに、道は意外にはやく行きづまって、車をすてざるをえなくなった。

門脇大尉が笑顔で先頭に立ち、気楽な三々五々の行軍で昼ちかくにアンダイ川に着いた。この日はおちついた気分でゆっくりした午後をすごし、川の中洲にあった軍製材班の床の高い空き小屋に転進第一夜をおくった。満天の星座のなかに、南十字星も北斗七星も清らかにかがやいていた。その夜は、日本では七夕祭りの夜であった。

翌朝は快晴。だれかがつれてきた一人の男が、朝から道案内についた。飛行機と炎暑をさけて早く出発したが、その日最初の川の中洲に三人のならんだ死体があった。屍臭はなかったが、目は虚空に開いたまま、細い素足がぶかぶかの靴の中に入っていた。この遺棄された三人の落伍者の死体に、みずからの力で歩いて行く以外に生き残ることができない、この転進の容易ならぬ前途をたちまち思い知らされた。

連れのパプア案内人は、ときおり姿を消してはまた追いついてきたが、彼の聴覚は私たちより数倍も鋭敏であった。木陰にうずくまって動かない彼を待って三、四分もたつと、ようやく爆音が聞こえてきた。

視覚もまた私たちに倍していただろう。土地の住民はビアクやヌンフォルの戦闘も、マノクワリのあわただしい動揺も敏感に知っていた。

密林をぬける間道にも、カヌーを渡す潮路にも自在に通じており、この転進の情報はすばやく広まって、私たちの行く手に彼ら原住民の影はなかった。
その日は朝から濃い霖雨がやむことなしに降っていた。そして、転進はまだはじまったばかりだというのに、はやくも先行者の銃、鉄かぶと、銃剣、弾薬盒、行李、なかには米までがすてられていた。 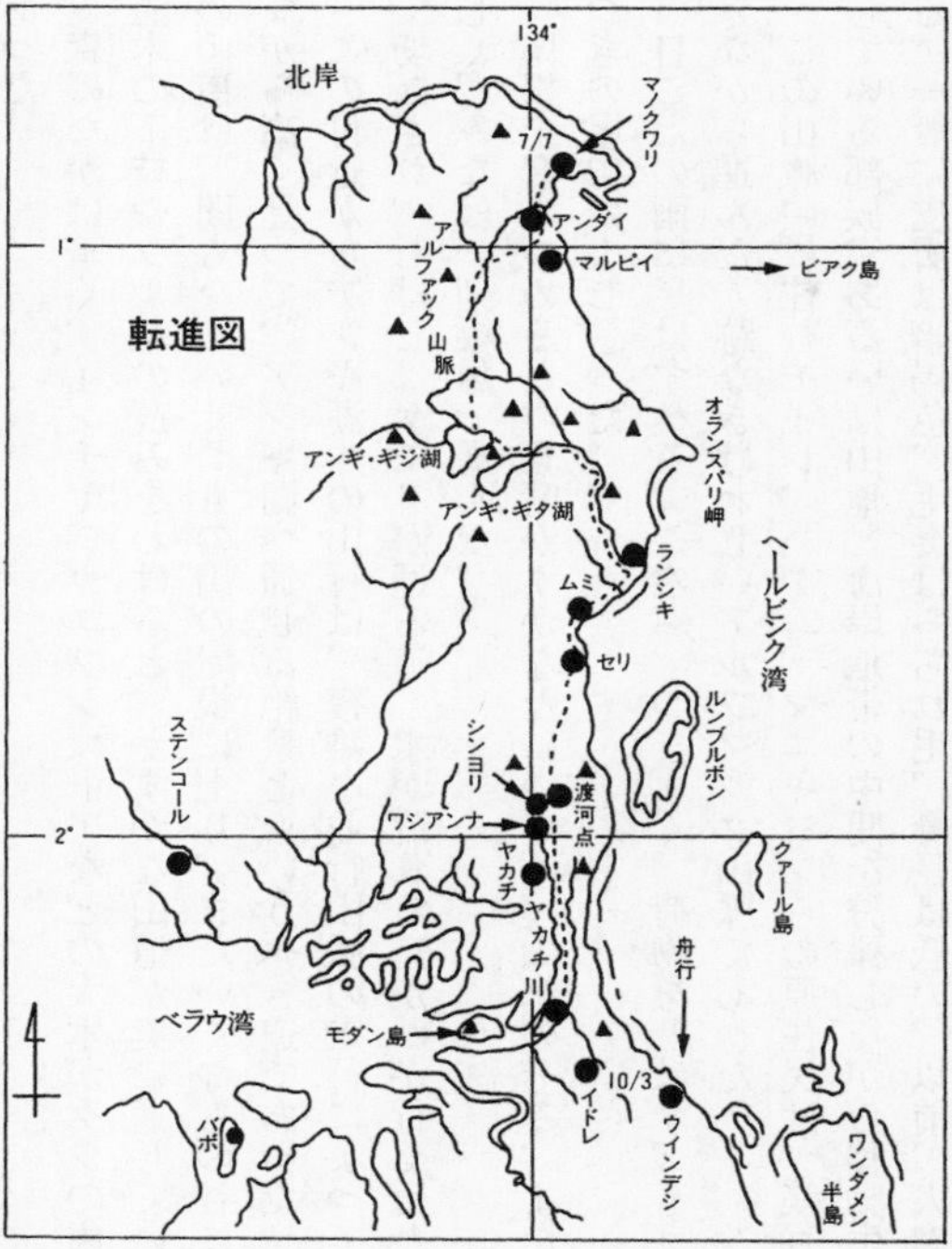
そして昼すぎたころ、歩んできた海岸ぞいの道はにわかに波打ちぎわに近寄ってせまくなり、密林がのしかかるように迫ってきた。このまま海岸ぞいに進むか、密林の中へ入るか思案の地点であったが、道標らしいあざやかな木のけずりあとがあったので、躊躇なく合点して密林に進入した。マルピイ集落ふきんであった。

森のなかは暗く、インチヤ、カユブシマトアなどの大木がクシの歯のように密生しており、灌木の下枝やツル草の茂みをわけると、かすかな山道が奥に通じていた。あるかないかのこの山道は、間もなくいくつもの山の屋根に上り、またいくつもの谷に下ってとぎれとぎれしながら高く登って、アンギ湖へ通じる絶景ともいうべき道であった。

この付近からアンギ湖への山行は、複雑な並行山脈の走行によって川も道もいたるところで切断され、しばしばケモノが通る道、水が流れる道がわが行く道となり、尾根はせまく嶮しく、みなは一列縦隊で進んだ。

尾根を登りつめると、見晴かすかなたにつづく連山をのぞみ、また谷に降り、そしてまたつぎの尾根によじ登った。

日ごとの雨に足はすべる、ころぶ、つまずく。荷物をとばす、もうどうにでもなれとあえぎながら進んだ人跡なきけわしいアルファック山脈であった。

この山脈中に住むモイレ、ハタム、マニキヨンらの原住民は、渓谷や山中に漂泊の生活をしている部族、あるいは山地と海岸地帯の中間を狩猟しながら移動生活をしている部族である。一般に皮膚は暗褐色、毛髪はちぢれ毛、身長は低い。以前、人肉を食べる宗教的な習慣があったともいわれ、迷信ぶかく、臆病であると聞いている。

この行軍の途中で、彼らの山越えを見た。

真っ黒い全裸の一群が、椰子の実を割った器におさめた火ダネをかかげて、たがいにホーホ、ホーホとこだまするかけ声ではげまし合いながら、風のような音をたてて暗い急坂を一気によじ登って行く光景は、原始密林の中に生きていく人間の生活の原型を間ぢかに見るすさまじいものであった。

海岸からのパプア案内人の姿はいつの間にか消えていたが、〝海パプア〟の彼らが〝山パプア〟の領域に入ることは大きな危険だったろう。

晴れた日の太陽は、密林の空地に七つの色とりどりのさんぜんたる光芒（こうぼう）を放って、夢幻の世界をつくっていた。転進者たちはこんな日だまりに出会うと、じっと天をあおぎ、爆音も、転進も、はかないわが身の現実もわすれて、しばしの憩いをむさぼった。

夜ごとの寝場所は、山の尾根や森の空地をさがして数人が天幕をつないで設営したが、清水がわいているところはとくにうれしかった。

3　血を吸う山ヒル

行軍が進むにつれて山気が下がり、夜営の寒さが気になりはじめたころから、マノクワリを発つときに欲ばって携行した煉乳を夜ごとに分けて飲むようになった。これは私たち一行の体力の回復源となり、まちかねて手を出す一同の顔がいかにも可憐であった。

あるとき、新品の大型天幕のなかで、毛布にくるまった十五人ほどの者がまだ日中であるのに、ゆったりした雰囲気でたむろしていた。

たくさんの食料品や器材をかかえた軍医部一行の大休止であったが、こんなことをしていてよいのだろうか、行き倒れになってしまわないだろうかと思いながら追い越したが、気のゆるみが死につながるのがこの転進であった。

さいわいに、行き倒れの遺体はほとんど見なかったが、とくに、大きな行李を背負ったり二人でかついだりして転進した高砂勤労隊や、インドネシア兵補部隊の落伍者が多くなった。六月すえか、あるいは七月そうそうにマノクワリを出た荷物運搬部隊であったのだろう。途中で見た軍医部の荷物も、この部隊が搬送したものだろうか。たいへんな重労働である。こんなときに、大きな私物行李をかつがせていた将校もいた。

疲労と空腹がかさなり、山の空気が稀薄になるにつれて、私も消耗してきた。ツエも何本か取り替え、休憩が多くなり、連れの者たちからもおくれ、背負子の帯が肩にくい込んで息が苦しかった。ときおり意識がもうろうとなって虚脱状態になったが、こんなとき首やのどをなでると、やわらかいぶよぶよの袋になった山ヒルを一つか二つ、つかむことがあった。

山ヒルは、人間の血の気をかぐと樹上から雨のように降ってきた。入念にはらい落とすのだが、それでも残ったのが時間をかけて吸血し、満腹するとコロリと落ちた。あるときは、体をふこうと裸になると、腰のまわりに五つも六つもたまっていた。足装束をしっかりしないと下からも入ってきたが、この山ヒルはじつに気味わるい相手であった。

天幕をかぶって行軍の途中、密林のなかの小高い段丘に、灌木の細枝をこまかく編んでつくったとんがり帽子形の入口一つの低い小屋があった。

その中に、もうもうと立ち込める煙をかこんで、山パプアの女たちがたむろしていた。おりからの降る雨もあって、見てはいけないものを見てしまったような恐怖感がわき、いそいで立ち去ったが、〝禁男の家〟だったのであろうか。

ある尾根をめざして登って行く途中、豪雨の流れすじになってできた平坦な場所で、「OKTOBER」とあり、その下に「1936」ときざんだ大木を見た。アルファック山系に入って初めての文字であったが、オランダの調査隊がきざんだものだったのだろう。

このころから落伍者が急にふえはじめ、隊列はみだれて前後し、間隔はさらに間遠になった。私も脱力感とともに遅れることが多くなった。マノクワリを出発したときの十五名は、いつの間にかばらばらになっていた。だが、とぼしい土地感ではあるが、もうかなり高いところを歩いているようだった。

間もなく、小さな火口湖の岸を通って疎林をぬけると、にわかに視界が開けて礫石がたまった川原にでた。水はかれて見えないが、火山岩の岩肌を見ているうちに、

〈これはアンダイ川の上流だ！〉

と思った。密林に入ってからはすっかり忘れていたアンダイ川にここで再会したのだったが、懐かしいものに出会ったようなうれしさがあった。

この川原をさかいにして山々のいただきは低くちかづき、谷は浅くゆるやかに、森は低い針葉樹や灌木に変わった。昼は太陽の直射をうけたが、夜はかなり寒くなり、星がちかくに

見えた。同行の牛島上等兵が、「日本の十一月だな」といった。

落日を真っ向からうけて、その日最後の砂地の尾根をいそいでいたとき、立ち枯れた古木の穴から大きな純白の蘭（らん）の花が一つ、こちらの顔を見すえるようにのり出していた。思わず近づいて見入ると、花の奥深くからあふれ出る清純な香りが浴びるようにただよってきた。いまも心に残っているアルファック山中孤独の名花であった。

背丈の低い灌木や細草が生えたこの砂地をさらに急ぐと、四方の峰々が一斉に真近くなり、冷たい山気が立ち込めている高い頂上に達した。それは、「歩いてついに天にいたった。もうこれ以上、登るものはない」とでもいいたい昂然とした気分であった。星たちが輝きはじめると、山頂の夜気がにわかに冷えてきたので、天幕の中に入った。

翌日もつづいて晴。朝はやくに下った山の尾根はそのまま小径に変わり、まもなく丈の低いアシ、カヤ、マコモに似た水辺の植物が密生した湿原を進むことになった。湿原の中は冷たい清水で、底は小石でふみこたえがあった。ときには腰までもひたったが、草は意外にやわらかく倒れたのでたいして苦にもならず、一キロほど進むと水がきれて砂地になった。

ふり返ると湿原は、私たちが進入したところから遠くはるかにつづいており、大きな湖水が一面に見えかくれして光っていた。これが行軍中に名を知ったアンギ湖、アンダイ川ちかくの海岸から密林に入って十六日目の到着であった。

砂地をさらに一キロちかく東に進んだとき、もう一つの湖の一角にでた。岸ちかくには一人の男が丸木舟をサオであやつっており、砂地にはまわりをアシかマコモの苫（とま）でかこい、屋根もおなじもので厚くふいた二、三の低い円型ワラ積み式の小屋があったが、付近にはイモやトウモロコシをつくる原住民もいただろう。

この二つ目の湖もかなり大きく見えた。ちなみにこのアンギ湖は、大きさも形も似通っている二つの湖をあわせた呼称であって、東にギラ湖（女湖）、西にギジ湖（男湖）がたがいに近く向かい合ってタンブロケ山（二四四〇メートル）を抱いている。

もとは一つであったのか、はじめから二つであったのか不明だが、アンギ湖の東にはメセノエック（二三〇〇メートル）、ブロンティエ（二二〇〇メートル）、アプロックス（一六〇〇メートル）、西にはシンガメトリ（不明）、トロッグメリ（二六五〇メートル）、センセンメシ（二七六〇メートル）、北には無名山（二六八五メートル）、メサブリエ（二七〇〇メートル）、テンプロッキー（不明）、そして南にはガモンガ（二五四四メートル）、ホジョブサラ（二三〇〇メートル）、シンメリ（二四〇〇メートル）の山々があり、全体としては南側が開けてなだらかに傾斜している。

湖はこれら遠近の山々にかこまれた盆地に水をみたしてできているが、元来は陥没湖であろう。両湖の海抜は一九〇〇メートル、ギタ湖はおよそ縦七キロ、横三キロ、ギジ湖は縦七キロ、横六～三キロと推測され、前者は四国、後者は九州に似た形状である。

私はギジ湖の北岸にたどり着き、中間の砂地をすぎてギラ湖の北岸に出たのだった。この北岸をつたって東に歩いているうちに突然、湖水が細く外に流れ出ている個所にぶつかった。〈アッ、これは大きな川の源流だ。これを下れば海に出れる！〉と直感した。

あるはずがない地図がほしかった。でも自信があった。私は夢中で背負子をおろしてはだしになり、流れ出る水を相手に何回も何回も足ふみした。そして、おどろいて立ち見していた同行者に、

「オイ、これをたどって下れば海に出るぞ!」

とさけんだ。

4　戦友たちよいずこ

下りは速かった。あるかなきかだった細流はまもなく、一筋の谷川となって行方のたしかさを鮮明に見せてくれた。私たちはこれを何度も左右に横切って、道に迷う心もとなさもなく下って行くうちに、大きな川（ランシキ川）の主流と思われる渓谷に落ち合った。その涸れた河床は深くえぐられており、ひとたび豪雨になれば、奔流が両岸の崖をかんで怒り下る恐ろしい川になりそうであった。

急に高度が下がったためか、ときどきおかしな症状がでた。意識がぼやけ、全身の力がぬけて惰性にまかせて歩いているうちに、郷里の街角、そのとなりの商店、銀行、病院とつぎつぎに幻覚がわき出てくる夢遊歩行におちいった。気がついたときには、高さ三〜四メートルもある断崖から墜落していた。こんなとき、不思議にけがはなかった。

アンギ湖から南下する道（渓谷）はいくつもあったろうが、正しい道は要所要所で落ち合って、しだいに本道らしく太っていった。不運な道をたどった者は行きづまって倒れ、幸運な道を下った者はめぐり合って、さらに明日からの同行者になった。私たちがたどり下ったアンギ湖の細流は、やはり正しい道であった。

こうした幸運な道をとった者のみが、しだいにランシキ川の砂礫の洲に出てきて、日々の行軍をつづけていった。

ある夜のこと、

「ホーショウさん、ホーショウさん」

と呼ぶ声が近づいてきた。どうして自分がいることがわかったのだろうか、と不審に思いながら川上をすかすと、泳ぐようにゆれてくる人影があった。あやうく腕をつかんでみると、中支からいっしょの情報班の中尾上等兵であった。

中尾さんは体も性格も、いわゆる軍隊にはもっとも不向きな人柄のインテリであった。情報班から落伍して一人で追及してきたが、たまたま私が属する副官部の者がちかくにいるのを知って、私の名をよびながら歩いていたのだった。

情報班が私たちの先を歩いていることがわかったので、私は鉄かぶと、手榴弾、弾薬盒、私物もすて、身軽になって朝早く発つようにすすめ、二人ならんで眠った。彼もまた精一ぱいの力でここまできたのだった。

朝起きたとき、すでに中尾上等兵はいなかった。そばには昨夜の約束どおりのものがすててあった。むしの知らせであったのか、私がすてられたセルロイドの石鹸箱を開けると、紙につつまれた小さな西洋人形と腕時計がならんでいた。この石鹸箱は以後、長い間、私の背負子に入って各地を転進し、復員して十六年後、母とともに豊橋のご遺族をたずねてお渡しした。

その後、私たちは平地に下るにつれてますます大きくなったランシキ川をはなれ、大木がそろった密林の小径を小半日ほど歩いたころ、海に入る直前のランシキ川にふたたび出ることができた。川幅は約百メートル、大小の石ころがまじる川原の真ん中をアンギの水をあつめた清流が瀬音も高く流れ、潮風が海の香りを吹き上げていた。私たちは思案するいとまもなく、このすばらしいランシキ川に一泊して元気を回復することになった。

ちかくに出没する敵魚雷艇のことも知らず、まだ日のあるうちに流れに体を沈めて、頭の先から爪先まで洗い、略帽、衣袴、ふんどし、靴下、脚絆、地下足袋などを存分に洗濯して心身ともに壮快になった。そして、残りすくなくなった米を出し合い、缶詰を開け、最後の煉乳を温めて、その夜の同宿五人は、マノクワリ出発いらいはじめて満ちたりた夕食をとり、全身の節ぶしをのばして上り下りの寝息も高く熟睡した。

ランシキの集落は、私たちのいる地点からやや北にあって、マノクワリから海岸に沿って八十五キロである。海岸を南下し、オランスバリ岬を越えてきた陸行者も、アンギ湖を越えてきた陸行者も、このランシキを経由してさらに南十キロにあるムミに集結することになる。

目ざめると日光が天幕の中に射し込み、潮騒が聞こえてきた。きのうの川原をわたっていくと、防暑帽の日よけを長くたらした年輩の将校が、流れに架けた丸木にまたがってぶつぶつつぶやきながら、水にのばした両足をゆすっていた。

「マラリアだよ、きのうもいた」

と連れの一人がいった。

ムミまでは人手のはいった平坦な道がつづき、なれた郷里の田舎道を思い出させるはずんだ行軍であった。七月二十九日午後、ムミ着。マノクワリを発って二十三日目であった。

ムミの集落は海に面した平地にあり、後背に二つの山、標高六七〇メートルと五七〇メートルの間を峡道が奥に通じていた。戦前にオランダが開拓したそのあとを、日本の南洋興発がひきついだキャッサバイモ、落花生、綿花などの栽培農場があり、簡易飛行場もあると聞いたが、その方向にカポックの並木がつづいていた。ランシキとともにヘールビンク湾岸の知名地で軍のムミ支隊があり、今回のイドレ転進についても、この地の役割を重視して軍の高級副官が所在していた。

軍司令部が意図したムミの任務は、つぎの二つであったと思う。

一、転進部隊に食糧を補給する。

二、転進部隊を掌握し、その休養ならびに出発を調整する。

食糧の補給は、第一線守備隊となって残留したマノクワリ部隊を優先することは当然であり、また、当時の戦況ではマノクワリからムミへの食糧輸送はきわめて困難だったので、ムミにあった食糧を充当するしかなかった。しかし、私がうかがい知ったかぎりでは、当時の食糧のたくわえはごくわずかだった。また、滞在中に補給されたものは飯盒の中子(なかご)に二杯の米と塩だけであった。

さいわい農場へ出ればキャッサバイモが手に入り、これで携行食をつくり、満腹もした。この農場で自由にイモ掘りができたことと、四日間の滞在で体力を回復したことが大きな収穫であった。

農場のはずれにあった宿舎はがんじょうな木造で、土間をはさんで左右に床があり、四十人ほどの転進者が雑多に休んでいた。私たちが高級副官に挨拶したあと、この仲間に入って行くと、副官部のN軍曹、U上等兵、暗号班のO兵長、M上等兵に再会した。ここでは、マンデー(水浴)、炊事、昼寝、つくろい、なんでも自由であったが、心の奥に、前途がわからないつかの間の休息といった感じがわだかまっていた。

農場のはずれの留守番小屋の棚には、ほこりをかぶった洋風の湯呑や大皿がのこっており、茶褐色の小皿にひかれてうらを返すと「LUXEMBOURG」と読め、すこしばかり西洋の感触を味わった。

早川上等兵は、呉淞の兵站(へいたん)宿舎で船待ちのころ親しくなった心にのこっている戦友で、ゆったりした体軀にえもいわれぬ風格をそなえていた。肌合いのちがう軍隊生活にはなじめないようであったが、たがいに気心が合った。

この早川上等兵に会ったのは、ムミを発つ直前であった。「潰瘍と水虫でこんなだよ」といって軍袴がはち切れそうにふくらんだ両脚を見せた。その場かぎりの治療だけで休んでいた彼と、親しい話もせず心残りのまま別れたが、その後、イドレではついに会えなかった。とどまってぶじに日本に帰ったのだろうか、あのときの印象がいまもあざやかである。岡崎の生家をたずねる約束もはたさないままになっている。

さて、ムミでの出発調整であるが、転進者はバラバラな状態で到着したので、ここで人員の掌握を確実に行ない、前途の実態に適した小人数のグループをつくり、統率者をつけて出発させるべきであった。なお、マノクワリからの舟行者も一度はこのムミに上陸あるいは退避して、さらに舟行と内陸行に分かれた。

私がいた当時の出発は、いままでいっしょだった者同士はまだしも、たまたまムミ滞在中に知り合った者どうしの任意出発であった。しかし、もっとも大切なイドレまでの道程や地形、食糧補給やサゴ事情、特別注意事項などについての説明や情報の提供が滞在中も、出発にさいしてもまったくなく、宿舎には一枚の地図も貼(は)ってなかった。このことは後日、ほかの転進者からもしばしば聞いたおなじ実情であった。

こうしてムミを出発した陸行転進者は、やがて間もなく密林、湿地帯に入り、奈落の歩行難におちいった。

ちなみにムミは、マノクワリから海岸づたいの陸行組にも、また私たちのようにアンギ湖越え迂回組にとっても、ともにイドレへの通過地であった。おなじマノクワリからムミをめざすならば当然、前者が常道である。後者は前者より約三十五キロも長距離であり、しかも起伏のけわしい山岳行であった。

ただ、前者には米軍の攻撃、とくにオランスバリ岬ふきん海上での危険があったが、後者にはまったくなかった。はじめ私たちも前者の常道をとるはずであったが、この敵襲を大きく恐れていた心理事情と、途中、偶然にマルピイ集落ふきんで道標を発見したことが、その場の即決動機となり、結果としてアンギ湖迂回経路となった。まえもって確たる転進路の計画も、地形の知識もなかった場当たりの採択だったのが大きな岐路となった。

この転進前に、軍のアンギ湖よりベラウ湾北岸にいたる進出経路の調査隊が派遣されていたとのことで、最初のアンギ湖迂回組は、かならずその情報を持って出発したと思う。そして、私たちはただその足跡をたどってアンギ湖へ達したのが実情であった。

ちなみにこのアンギ湖越えの経路は、私たちのころが最盛期で、まもなく中断したようである。海岸行にくらべ長距離であるのみならず、体力の消耗があまりにも大きすぎたためである。また、アンギ湖からほかの河川をたどってベラウ湾北岸へ進出した人々についても、まったく寡聞である。

5　死の渡河点で

ムミに滞在した五日目の朝に爆撃があった。私たちもそれが動機になって、一日はやくムミを発ったのだ。

せまい砂浜をつたって進むうちに、アシやマングローブの根が出口をふさいだ川があった。これをわたって二、三の無人小屋がならんだセリというところへきたとき、軍の暗号班長が乱数表をなくした責任をとって自殺したことを聞いた。このような混乱のなかにもかかわらず、おしむべき命を絶って軍律にこたえた若き中尉の心のうちを哀しく思いやった。

砂浜はまもなく疎林の小さな岬に変わり、ちょうど上りつめると、クチバシを血に染めた真っ赤な野生のニワトリが足もとから飛び出した。おどろいて行方を見ると、目の前の下り斜面に四十人か五十人かとも思われる転進者が、散兵のようにうつ伏してたおれていた。敵の銃撃とも見えず、日射病とも思えない、なんとも見当がつかない凄惨な現場をただ見入るばかりであった。

岬を越して二度目の砂浜を行くと、一人の将校が肩にもたせた軍刀に両手をあずけ、あぐらをかいて沖を見つめていた。近づくと意外にも、熊本の五高で同窓の椎崎軍医中尉であった。

「おい、椎崎君じゃないか、こんなところで何をしているんだ」

と私は声をかけた。すると彼は、

「飛行機が迎えに来るから待っているのだ」

といって沖を見つめたまま動かなかった。

「そんなことがあるものか、いっしょに行こう」

と、くり返しさそったが動かなかった。あたりに連れらしい人影もなかった。

たぶん悪性のマラリアに冒されていたのだろう、彼は日本からの飛行機の出迎えを信じてついに動かなかった。私は同行者にうながされながらふり返り、ふり返りして立ち去ったが、これが彼との永別であった。砂浜にのこったシルエットがいまもなお鮮明で、なぜ強引につれて行かなかったかと悔やんでいる。

こんな悲しいことがつづいたのち、海岸からはなれてアンギ湖の南麓斜面の末端地帯に入った。まばらな木や竹や草が生えた高さ二百～三百メートルくらいの丘陵が輻湊している合間を、やがてベラウ湾最奥地の湿地帯を形成する幾本もの川の源流が南に走っている地形であった。これを西進すればカルトス丘陵地帯につらなる。

私たちはこの丘陵地帯を四、五日南下した。午前は雨、午後は晴れ、歩きながらタケノコ、ゼンマイ、春菊などの野草をさがして夕食のたしにした。硫黄分がしみ出している個所に出会ったのもこの地帯で、ときには遠くの丘のいただきに槍を立てた原住民を見たり、焼畑の跡を通ったこともあった。

私たちと前後していた門脇大尉の一行と天幕をならべて野営したとき、原住民の男たちがさげてきた野生バナナやタロイモを塩と交換したが、大尉が見せた軍刀よりも私たちの手にするパラン（蕃刀）をほしがった。しきりにねだられたが、これはジャングル行軍になくてはこまる道具なので、手まね足まねで断わると、さびしげに肩を落としてもどっていった。

彼らは丘陵地帯に住み、住居はほぼ単独で丘の頂上に建て、新しい焼畑地をもとめて、ときには一家、集落をあげて移動する習慣がある。原始的な攪拌農耕でタロイモ、甘蔗、トウ

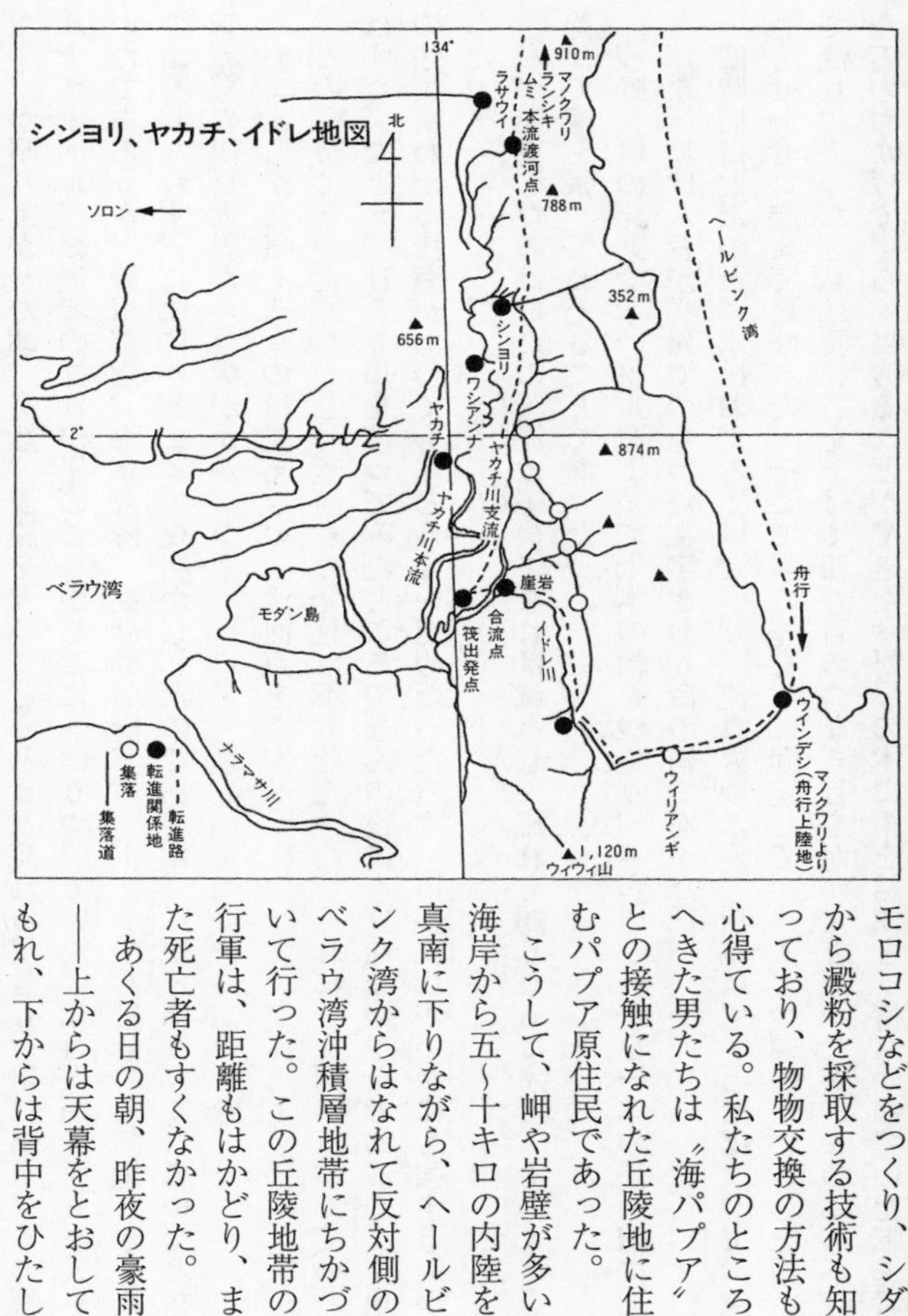

モロコシなどをつくり、シダから澱粉を採取する技術も知っており、物物交換の方法も心得ている。私たちのところへきた男たちは〝海パプア〟との接触になれた丘陵地に住むパプア原住民であった。

こうして、岬や岩壁が多い海岸から五〜十キロの内陸を真南に下りながら、ヘールビンク湾からはなれて反対側のベラウ湾沖積層地帯にちかづいて行った。この丘陵地帯の行軍は、距離もはかどり、また死亡者もすくなかった。

あくる日の朝、昨夜の豪雨――上からは天幕をとおしてもれ、下からは背中をひたした——が晴れ上がった朝、突然、濁流をうってとうとう流れる氾濫した川に出た。その幅八十メートル、転進者の群れが岸のここかしこにへばりついていた。二百人か二百五十人もいたであろうか、陸軍部隊、海軍部隊、高砂勤労隊、インドネシア兵補隊の各転進者が昨夜の雨でわたれず、ここにとどまって夜明かししたのであった。私がとほうにくれていたとき、管理部の浅野大尉から召集がかかった。

「おまえしか元気そうなのは見えない。渡河点をさがせ」

との命令であった。しかし、渡河点の発見は不可能だった。それにもう調べはすんでいたはずだ。たとえ、ひとり川を渡ってみたところでなんの役にも立たなかったであろう。土地の住民がわたる浅瀬があっても、とうていだめだったろう。川の流れがいかにも強すぎたからだ。

私が発見したのは、この濁流は午後になれば減水し、流れも弱くなるはずだ、そのときを待って綱を張ってわたることであった。

浅野大尉の発案で木のツルをよって十本の綱をつくり、さらにこれらを一本の長い綱に仕上げた。動ける者が必死でつくった文字どおり命の綱であった。

四時間ほどたつと、水はおどろくほどへり、流れもゆるみ、川幅はずっとせばまって、深さもせいぜい腰までになった。そこで綱の先を木に固定して、一人ずつ綱のつなぎ目を抱いて流れに入った。私は腰に石を下げて四つ目のつなぎ目をかかえて入ったが、このぶら下げた石のおかげで、らくに渡ることができた。対岸の木に綱を結ぶと、待ちかねていた転進者が立ち上がった。

　こうして一時は、とほうにくれた渡河は成功したが、渡り行く者を見ながら、ついにとどまってしまった者も多かった。上空にははやくも私たちが定期便と称していた敵機が見えていた。

あのとき、渡河点をさがすため、岸辺の遺体から流れでる黄色い体液をふんで川上に進んだはだしの実感は、いまも執拗にきえない。

私は、その後の経路より推して、この渡河によりヤカチ川本流をその上流で左岸にわたったと考える。密林をぬけてシンヨリへ……。

　川をわたると周囲は一変して、うっそうとした大密林であった。密林の中は、大木と灌木が陰湿な地面を隙間なくうめ、無数の倒木が巨体をおりかさねており、光はとざされて昼なお暗く、闖入者を拒否していた。

　どの大木もいくつかの板根を張って幹をささえていたが、土壌が浅く根が下にのびることができないためだろう。頭上からは数知れないツルがたれ下がり、山ヒルが降り、地面には万年筆の形をした黒光りの毒虫がころがっており、コケなどの陰花植物や茎が大木になるもの、ツルになるもの、ほかの木に着生するものなど各種各様のシダ類がはびこっていた。あたかも密林の中の適者生存の原則にかなったものだけの世界であった。

　私たちは、密林の中での方角がわからず、ただ先行者のかすかな足跡をたどって進むのみであったが、小休止ができそうな日光が当たっている場所や、天幕を張って寝れそうな、水にちかい乾いた場所がほしかった。

日光が当たる場所にはかならず休憩者がいた。そして余力ある者は立ち上がり、ある者はそこで落伍し、また、ある者はそこでたおれてしまった。

こうして、つぎつぎに日光の当たる場所が、先行者の足跡によって結ばれていき、後進者への道標となった。天幕を張って一夜をすごす設営地もこの路線にさがされ、死亡者もこの路線に多くなっていった。こうした道が二本、三本とできても、どこか日光の当たる場所や、水の渡り場などで別れていた者と再会したり、新しい同行者ができた。不幸にしてこの路線からはずれた者は迷いに迷ってついにたおれ、野営地が見つからない者は猛烈な不安や焦燥感におちいり、立つ力をなくした。

転進者を消耗させた大障害の一つは、大小無数の倒木であった。踏むとひざまで没する朽ちたもの、乗ってもびくともしないもの、おりかさなったもの、水に倒れて橋になっているもの、大小さまざま千差万別だったが、それぞれの消耗に比例して、跳び越える、上に乗って越す、上に腹ばい木を抱いて越す、やっと越してところかまわずすわり込む、ついにそのままになってしまう。

こんな倒木越えが十日、十五日とつづくうちに、転進者はちりぢりばらばらになり、前後の間隔が大きく開き、死亡者が累増した。

赤道直下の高温多湿な密林、湿地帯を日々に憔悴していく体力で歩いたこの転進では、だれもが病気につきまとわれていた。どの病気もついには歩けなくなった。この転進で歩けなくなったら最後だった。

よどんだ生水、くさった食物は大腸炎に直結した。不消化のまま流れ出る大便や血便がやむことなしにつづいてたちまち衰弱、貧血になって歩けなくなった。

多湿な密林のなかの蚊(か)は、人間に敏感に気づいて来襲し、小便をするとそのにおいを好んで棒のようになった。マラリアにかかると、高熱、悪寒、下痢、食べられない、ついには歩けなくなった。

皮膚は抵抗力がなくなっているので、黴菌は小さな傷口からたちまち蔓延して、南方潰瘍や、えたいの知れない皮膚病になり、臑(すね)、腿(もも)、股(また)、まれには全身にひろまって歩けなくなった。

毎日の泥土や水たまり行軍のため、水虫はだれでもやられたが、ひどくなると袴(ズボン)がぬげなくなり、下腹にまではれ上がってついには歩けなくなる。

大腸炎、マラリア、潰瘍、水虫、日射病、飢え、焦燥、そしてこれらの合併症に苦しんでたおれた転進者の実情は、とうてい筆につくしがたい。

力つきてついに歩けず、泥土に坐してすぎ行く私たちを見すえていた者、朽ちた大木の穴にひとりいた瀕死の者、飯盒のふたをかかげて水をもとめていた者、いま亡くなったばかりの者、水にうつ伏して腐爛した者、二、三日前に亡くなった者、無数のウジが全身にくらいつていた者。そして、ひんぱんなスコールが腐肉を流して白骨をのこした。

ひとり木のほこらや倒木のかげにのこった白骨、二人、三人ならんで水辺や灌木の茂みにのこった白骨、相擁したまま天幕の下にのこった数人の白骨など、数多くの転進者の悲惨なありさまにたいして、私は語ることばをしらない。いくども落涙しつつ、この一事を記すばかりだ。

そして、ある者はのこされた天幕を、ある者は靴を、ツエをいただいて前に進んだ。

この実態は、シンヨリ、とくにヤカチ一帯に入ってさらに凄惨になり、おびただしい遺体、遺骨が私たちの道なき道のしるべとなってくれた。

6　生きるための三ヵ条

もともとこの転進は、イドレ周辺のサゴ椰子を目当てにして、ただちに現地自活ができるとの発想だったので、転進者は途中、必要な食糧、おそらく十～十五日分を個人携行しただけでマノクワリを出発した。

そのうえ、中継地ムミでうけた食糧もごくわずかだったので、いまや飯盒の中子(なかご)に半杯、手の平に一杯の米を持っていた者がはたして何人いただろうか。

夜ごとの炊事は、まず米粒をかぞえてきめ、無意識にイドレへ着くまで食いのばす計算をしてのこした。

この転進が惨憺たる失敗に終わった最大の原因は、はじめから終わりまで食糧のうらづけがまったくなかったことである。

ある日暮れ、低い人影がムササビのように動いていた。よく見ると、死者の間をぐって持ち物をさぐっている盗人であった。

またあるときは、倒木のかげに待ちぶせていた二人から、彼らの粗製レンペン（サゴ澱粉を焼いたもの）と私の塩とを交換させられた。おかげで翌朝はフンづまりになり、ついには指を突っ込んでほり出すしまつで青息吐息をついた。

密林の中に泥棒が横行し、ユスリがはじまった。そして、昼といわず夜といわず、背嚢や飯盒の盗難が頻発してきた。

そんなある日、いまにもスコールがきそうな午後、密林の薄明が急にひらけて、先に通じている空地にでた。その真ん中に、たった一人、中支からいっしょの沢田軍医中尉が、行李に腰かけていた。奇遇であった。

「沢田軍医殿！」

「おう、おまえか、ここがシンヨリだ……永田があっちにいる。行ってやってくれ」

沢田中尉はあごで向きを指した。

永田上等兵は、雑嚢をまくらにして地面にならべた丸太の床に目をとじていた。もう何日もこうして野ざらしでいたようだった。

「永田上等兵！　おれだ！　先遣隊のホーショウだ！」

と声をあげると、衰弱した顔のくぼみに二つの眼が開いた。そして、

「水をくれないか」

と手をのばした。水筒を口に当ててやると、待っていたように飲んで、

「ああ、うまかった」

と満足した。そしてしばらく間をおいて、

「日本の将来はどうかね」

とかすかにいって目をつぶってしまった。

これはいくども聞いた彼の言葉であったが、余命もいまつきようとする彼の口から、はからずも聞いた憂国の一言であった。彼は私よりずっと年長で、東京で家庭を持っていた。小柄で瘦身（そうしん）の補充兵で、この戦争にたいして否定的な見識を堅持していた。

水筒に水をたして立ち上がり、軍医に容態をつげてふり返ると、スコールの前線が足もとを打ってきた。

ほかにも二十人か三十人くらいの患者が丸太の床にあおむいていたが、沢田軍医はここで患者を収容していたのか、さらに転進の途中だったのか、一人でがんばっていた。

「そっちへ行けば、ヤカチだ」

という軍医の言葉を背にうけて、私は同行者を追った。

この付近は、いままでの密林がそのまま下って、湿地帯に移行する地形であったが、この湿地帯はヤカチ川本流にそそぐ直前の幾本もの細流や泥流が接近しているところであった。

私が見たシンヨリには、住民も集落跡も見えず、後日に知った食糧の補給所も、誘導の日

じるしもなかった。

ムミ出発いらい同行の私たち六名――U上等兵、S上等兵、高砂勤労隊員三名、年長の私――は離れずに行軍をつづけた。夜は、勤労隊の三名は彼らだけで設営したが、さいわいに六名とも健脚で寡黙だった。昼はもくもくと歩き、夜食にかわす言葉もみじかく、起床も敏捷(びんしょう)であった。

私たちには、一貫して実行した習慣があった。

一、毎日の行軍を早目にきりあげて設営にかかった。水に近く、かわいた高みの場所をえらんだ。つぎに、天幕を入念につなぎ、かならず側溝をほり、寝床はできれば炊事火のあとに、木や草の葉をできるだけあつくしいて、安眠と防水につとめた。

二、手足をはじめ全身を清潔にした。衣袴、脚絆、地下足袋など、できるだけ洗って炊事の残り火でかわかし、水虫ではれた両足の燻蒸(くんじょう)を励行した。

三、敵機を心配して、炊事はできるだけ暗くなってからはじめた。火食を励行し、昼間の行軍で生水はけっして飲まないよう努力した。

これらの習慣は、当時の実情よりしてその実行はきわめて困難だったが、私たちのグループであったればこそ、なしえたものだと自負している。

なお、私は毎日の行軍中に、通りすがりの大木の裏側にまわってキクラゲを採集する特技をおぼえた。一日の終わりには飯盒の外ぶたいっぱいにもなる収穫があった。夜の炊事にわけてよろこばれたが、これはその後もしばらくつづいたサゴならぬ現地自活であった。

7　生ける亡者たち

沢田軍医と別れてまもなく、大きな川にぶつかった。たまたま干潮時だったので、水面に露出した岩や浅瀬、大小の流木をたよって対岸にわたることができた。見れば、これらの流木に乗ってヤカチへ下る近道をねらって潮待ちをしているかなりの人数の転進者がいた。

このあたりの川は蛇行しているが、引潮時には急流となって、流木も倒木も一気におし流してしまう魔物になる。こんな川に体力も思考力も消耗した転進者たちが僥倖を賭けようとする不幸な姿であった。後日、陸行が終わりちかくなったころ、こうした転進者がヤカチ川の本流、支流を海に流れていく姿を見ることになった。

この川を渡って数日たったころから、いままでの密林は湿地帯に、そしてさらに低湿地帯になり、マングローブやニッパ椰子が旺盛に茂るベラウ湾最奥地のジャングルに変わった。

空は、いままでよりもずっと明るく開け、直射日光を浴びる場所が多くなったが、この一帯は、大小の水たまり、細流、泥濘、低い泥土の小丘、奇怪なマングローブの根、ニッパ椰子、灌木、そしてマラリア蚊が群生する瘴癘のジャングルであった。

ひんぱんにわたる水たまりや泥濘の水温は、ふしぎな安堵感をあたえ、そのまま死への誘惑となった。

降りつけるスコールは、天幕をとおして全身をずぶぬれにした。ときには小便もそのままもらして、かえって温味をよろこんだ。一過すると、たちまち太陽がぬれた体に照りつけ、悪感に襲われて体温の調節がくるってしまった。

衰弱して補給がない体は、直射日光と蒸し返す高温な湿気に対応しきれず、ついに体内の水分が無抵抗に出てしまう無残な脱水症になり、体力も思考力も失せてしまった。

毎日の日射、降雨、そして潮の干満が行く手の様相をさまざまに変えた。水面が泥土の丘に見え、泥土の丘が水面に見え、水たまりや泥濘がかわいた地面になり、かわいた地面が水たまりや泥濘に変わり、突然、泥川が現われて泥土の丘をめぐり、はいまわるマングローブの根は泥濘や泥土の丘に上ったり水に消えたりした。そして先行者の足跡も断絶した。

私たちはますます迷って焦燥し、錯覚が錯覚を生んでおなじ場所をぐるぐるまわり、転進者を苦しめた迷路のワナにはまっていった。

毎日の骰子の目は、〝生か死か〟だけとなった。

食えるものがなくなった。マングローブの根をとびまわるすばやい木登り魚は、無力になった手にはとうてい捕まえられなかった。ニッパ椰子の実、黒い木の実、無名の木の根、いずれも渋かったり、ひどい秘結になったりしてだめだった。私の特技の木クラゲ採取もとだえた。

そして、防暑帽のアゴひもの皮、雑嚢の革、破れた編上靴などを切って食べはじめた。夜の炊事の残り火で煮ると、ふやけて柔らかくなり、保革油のにおいもかすかににじんで、なにやら本物の肉の妄想がわき、はき出すのがおしくなってのんでしまう。歯ごたえもあり、かみながら行軍している者もいた。黒焼もあったが、いずれも体に害はなかったようだ。私は一度も食べなかったが、チャップリンの映画『黄金狂時代』の場面を思い出した。

やがて、食える物がつきてしまった。

転進者はますます無意識に身軽になって前へ進んだ。行軍の終わりちかくには、わずかに飯盒、水筒、雑嚢、あるいは天幕、あるいは銃剣をおびた着のみ着のままにツエがせいぜいであった。

私の背負子もすっかり軽くなっていた。米、塩、マッチ、いずれもまったく少量、土色にやぶれた袴下、ふんどし、靴下、出したり入れたりしてツルでしばってはいてきた編上靴と地下足袋、それからマノクワリ出発の前日、副官からあずかったなにやら不明の油紙のうすい包みであった。べんりな天幕はいつも背負っていた。

あるとき、ニッパ椰子のかげに腰を下ろした二人の兵補が、ひとまわり大きい円型の飯盒でなにかを炊いているのに近寄ると、異様なかたまりが白い泡をたぎらせていた。〈おかしいな、こんなところで……〉といぶかって見ようとすると、四つの射るような目で見すえられた。

小走りに逃げてつぎの丘に立とうとしたとたんに、銃声が大きな音でかすめ通った。威嚇発砲であった。しばらく伏せていると、元気そうな下士官が走ってきて、

「気をつけろ、狙われるぞ」

といって、また発砲してもどって行った。転進中の野戦憲兵であった。

つぎの丘の木に、幾日かたった二つのさらし首死体がつられていた。残酷な行為にたいするいましめのものであったが、ついに恐ろしい飢えの修羅場になったこの転進を収拾するために、このようなきびしい対応をしなければならない極限の状態に落ちていた。

ますます多くなった死亡者のありさまはじつに悲惨だった。水にひたって膨張している者、地面にふしたままの者、全身泥にまみれてたおれている者、手足を突っ張って倒れている者、なにかを追うように二人前後している者、腐爛した者などさまざまであった。

このように凄惨な数多くの死亡者にたいして、私もまた生ける亡者になり下がり、あわれみの心は麻痺し、毎日を生きいそぐ生存本能にひきずられて、ひたすら歩くのみだった。毎日が生か死か、であったなかでは、情理にも環境序列が生じ、不用、不適なものははやくそげ落ちてしまった。ただ生きてイドレへ着くギリギリの可能性をたどって、異常な毎日をつないでいた当時の赤裸々な自分をさまざまに思いだす。

ひさしぶりに、孤島のような小さい森に入ると、めずらしく水がわいていた。そのそばに休んでいると、同行の高砂勤労隊の二人がにわかに走り出して、前からきた転進者と抱き合って大よろこびであった。二人からはぐれて三、四日まよっていた仲間の一人が、幸運にもここで再会した瞬間だった。彼らは私に、「台湾の神様が助けてくれた」と幾度もくり返し泣いて歓喜した。冷えきっていた私の体に熱い血潮が動いた。

湧（わ）き水に水筒を沈めると、新緑の水ゴケにふれて思いがけない炊事の材料がとれた。水辺の土に潮の干満の線が見え、もう海（ベラウ湾）に近いなと思った。奇しくもここで、ムミ出発時の同行六名がそろって、一名も欠けずに行軍をつづけることになった。ついにここまで来たのだ。どうかそろってイドレに着きたいと思った。

このころになると、地形はほとんどが低湿地に変わり、満潮時には没してしまういくつもの泥土の小丘が起伏していた。

転進者はしだいにより集まってきたが、おそらく歩ける道（地面）が幾本かにしぼられてきたのだろう。そして気のせいか、なにか大きな袋の中に入り込んだ感触だった。

ふたたび六人そろって出発して四、五日たったある日、仲間の一人が、「川だ、川だ」と朴訥（ぼくとつ）にいって立ちどまった。ずいぶん大きな川だった。ニッパ椰子やアシの葉で気づかなかったが、すぐちかくを流れていた。そして、たどってきた低い小丘がつきたところで、はじめて小さなサゴ椰子林にぶつかった。幾人かが水に入って伐採していたが、近くにあったサゴ小屋跡に十から十五人くらいの転進者が横になっていた。

こんな大きな川だから、おそらくヤカチ川だろう。でも本物のヤカチ川かどうか、右岸か左岸か確認したかった。小屋にいた下士官にたずねると、

「ここからサゴ椰子のイカダでイドレへ行くのだ」

と、つぎの一人もおなじ答えで、二人とも喜色であった。

ほかの者もおなじ情報を持ってきた。一人はサゴの生澱粉を両掌にのせてきた。ヤカチ川かどうかわからなかったが、これで立地事情はかなりはっきりした。

その夜、天幕のなかでの終着地イドレへ向かう鳩首会議の結果、明日は朝はやくから全員でサゴ椰子五本を伐採して、イドレ行きのレンペンとイカダをつくることをきめた。

後日、私の判断では、ヤカチ川本流をその上流で渡河して以降、私たちはヤカチ川本流、ワシアンナ、ヤカチの集落、現地住民、あるいは誘導のためのイドレからの出先など、いずれにもまったく接触することなく、ずっと南下してヤカチ川の支流（固有名詞不詳）右岸のある地点に直接、到着したのであった。

8　あれがイドレだ！

朝になってみると、ここまでいっしょにきた高砂勤労隊の三名が見えなかった。彼らはおなじ勤労隊の仲間の方へ走って行ってしまった。そして、二名の兵が同行をもとめてきた。ここまできて否応はなかった。去って行った三名には水行の幸運をいのった。

私たち五名は深いアシの密生をかきわけ腰までひたって、猛烈な意気込みで銃剣やパラン（蕃刀）をふりかざしてサゴ椰子の伐採に立ち向かった。ようやく一本を倒し岸に引き上げて幹を割り、あらいズイをとり出して襦袢（シャツ）やふんどしに包んでつぶし、水でさらして飯盒の中に沈澱したわずかな澱粉を手にしたときには、もう日暮れにちかく、くたくたに疲れてしまった。一日じゅう必死の食糧獲得の重労働であったが、イドレへ発つ希望にささえられた。

第二夜目の鳩首会議で、新たに同行することになった二人が、レンペンを持っていることを告白した。それで、昼間つくった澱粉でレンペンを焼けばイドレまで食いつなげる計算になった。はじめから頭のいたい問題だったイカダ用サゴ椰子の伐採は、昼間の経験からしてとうていおぼつかなかったので、ほかの連中が倒したものを探そうという不確かな結論になった。

せっかく死物狂いで切り倒しても、未熟な幹には澱粉をつけたズイが入っていないものがあった。さいわい、そんな不用な幹をさがして意外にはやく、長さ四メートルの五本をそろえることができた。この成功は私たちの心を明るくしたが、すでにここでまる二日も滞在していたので、気力があるうちに、はやくイカダを出したかった。

第三夜目の鳩首会議は、あす午前中にイカダをつくって、日暮れに上げ潮に乗って出発することにきまった。

ところが、だいじな日の朝から私のマラリアが出て、高熱になってしまった。澱粉採集で体を冷やしたのが原因だったが、一日じゅうなんの役にも立たず、申しわけないことであった。「しっかりしばれ！　しっかりしばれ！」とうわごとを並べていたそうである。

みなのおかげで頑丈なイカダができた。私のマラリアの熱はうそのようにひいた。

このときを期して、昨夜、最後の米つぶを投じた雑炊の飯盒を出してイドレ水行のぶじをいのった。心せかれながら、各自の装具をイカダにしばりつけ、ニッパ椰子の葉柄でつくったカイをのせ、偽装を終わって出発の勢ぞろいができた。

よく晴れた夕焼けのヤカチ川支流は、おりからの上げ潮が川幅を大きくひろげていた。イカダはかるく流れに乗ってアシの岸をはなれた。敵機の発見を気にしながら、五人の漕ぎ手は一所懸命であった。日が落ちた黒い波間を力漕また力漕した。

だが、おどろいたことには、翌朝になってもきのうとおなじあたりを漕いでいた。一晩中こぎ通したのになぜだろう。落胆することも忘れたほど不思議なことであった。

イカダは、上げ潮に乗って上へ行き、引き潮でもどっていたのだ。どうやら漕ぎ手が居眠りをしていたらしい。これでナゾは簡単にとけた。やむなくイカダをかくして熟睡した。もし、引き潮が強かったら海へ流されるところだった。

二度目の出発。きのうとおなじ美しい夕焼けであった。五人がイカダをひき出そうとしたとき、一人の男がひょろひょろと近寄って、米をのせた掌をささげていった。

「私は軍医部のN中尉です。どうかいっしょに乗せてください。お願いします。日本へ帰ったらなんでもいたします」

と、切々たる懇願であった。一同には反対もあったが、乗せることにした。イドレ水行の同乗者は六名となった。

こんどは、上げ潮に乗って左岸にわたり、力漕して遡行四時間もすぎたとき、屹立した大きな断崖が川を分断している個所にきた。迷ったが、イドレは川の東にあると聞いていたので、夜明けを待ってたしかめることにし、岩はだにたれていた丈夫なツルに手さぐりでイカダをつないだ。

ところが翌朝、目がさめるとイカダは、昨夜さかのぼったヤカチ川支流よりずっと小さな川をゆっくり東に流れていた。

これこそ、天の御加護というのだろう。私たちがアカス（ごく小さいブヨ）になやまされながら眠っている間に、イカダは川の流れに押されてツルが切れ、偶然にも小さい川の方へ流されたのだった。幸運にも、これが目的地に通じるイドレ川であった。

川は、いままで跋渉（ばっしょう）してきたジャングルのなかの川をずっと大きくしたものであった。蛇行する泥土の両岸がつづき、ニッパ椰子やマングローブが生えており、流れる濁水は潮の干満により、かなり高低した。私たちの心には安堵感がわき、日中は飛行機をさけて、岸にそってニッパ椰子の下をゆっくり漕ぎ、かつ休み、もっぱら夜を漕ぐ時間にあてた。

途中で、へさきに灯火をつけた軍司令部の勝又大尉のカヌーに会い、イドレへ行けることをたしかめることができた。あるときは、のちにベラウ支隊長になった馬場大佐の小舟や、ほかの転進者のイカダに会った。朝方、イカダにおどろいたワニが土手からつぎつぎに大宙返りを打って、水に逃げて行くめずらしい生態を見たりした。

こんな安らいだ水行をつづけて、ヤカチ川支流を発って四日目の午後三時ごろ、川の左岸土手が開けたところに、『第二軍司令部』と記した細く低い棒杭がぽつんと立っているのを発見した。私は拍子ぬけした心持で、〈ああ、ここか〉と納得して淡々と上陸した。

すぐ右かたわらにアタップでふいた小屋があり、そこからまっすぐに一本道が荒れた農場をぬけて、その先の小高い森に消えていた。その森の中に軍司令部があるのだろうと思った。

ほかの者たちも、イドレに到着した感動の表情もなく、あたかも転進はまだ先につづいているようなかっこうで、かんたんな言葉をのこしてそれぞれに去って行った。寝てばかりいたN軍医は、みなに一言のあいさつもなく真っ先に消えていた。

私もひとり森に向かった。

十月三日午後三時、イドレ着。七月七日の払暁にマノクワリを発って八十九日目であった。

9　地獄の二丁目

まっすぐにのびた一本道は、百五十メートルくらいで小さな谷川にぶつかり、それを渡るとすぐ上り勾配(こうばい)の浅い密林に入った。この谷川は、岩肌の多い丘陵の奥から流れ出て、密林のなかを斜めに下ってイドレ川にそそいでいた。

司令部関係の事務舎屋や宿舎は、およそこの谷川にそって散在していたが、屋根も床も階段も、すべて木とツルでつくり、屋根やまわりをアタップでふいた仮小屋で、宿舎の床上は寝所、床下は炊事場、便所ははなれて別棟だった。

そして、これらの仮小屋のあいだを木の根だらけの小径が起伏して通じていた。空は大木の枝葉におおわれて暗く、太陽の光がそこかしこにもれて地面を明るくしていた。

私は副官部に直行して、ひとりいた松本少佐に到着を報告し、転進中ただ一つ後生だいじ

に持ってきた、せんべいのように薄くなった油紙の包みをとどけた。少佐は不審げに受けとりながら、

「ありがとう。手紙だよ。おまえで二百三十人目だ」

といった。私は、副官部が掌握した二百三十人目の到着者だったのだろう。

副官部の宿舎には、先着の山本嘱託、中野雇員、沢田兵長らがいて親切にむかえられたが、つきぬ話も早々に切り上げてイドレ第一夜を眠った。

思えば、初期（七月下旬から九月上旬）のイドレ到着者は、マノクワリより終始舟行で、あるいはムミまで空行、舟行または陸行し、そこより舟行で、いずれも米軍の海、空からの攻撃をかわしてウインデシに上陸し、イドレに到着したのだったが、イドレに集結した軍司令部は戦闘司令所としては、ほとんどまったく機能していなかった。将兵ともに毎日を生きるための食糧さがしが仕事で、荒れた農場あとがその舞台だった。

イドレも食糧に窮していた。

以前からの広さは知らないが、私が知った範囲のこの三井農林の農場あとは、二百メートル×四百メートルくらいのくずれた楕円形で東側をイドレ川が、西側を森と谷川がかこみ、両端は細くのびて先につづいていた。なかに数本の農道と側溝が通っていたが、すでにもとからの家らしいものも、住民も見えず、いたるところ雑草が生い茂っていた。

このような農場あとに残っていたキャッサバイモ、さつまいも、バナナ、パパイアなどを対象に農耕使役班が組まれ、夜は実包をこめた哨兵が立って大切にしたが、到着時の臨時支

給はなく、私たちへの当座の配給は皆無であった。

動ける到着者はだれも、さっそく食物をさがしにまわった。夜はイモやバナナ、パパイアをねらい、昼はくまなく潜行して野生春菊、ぜんまい、おくら、キノコ、タケノコ、かんこん、バナナの根、やわらかい木の葉を採集した。これがイドレでできた現地自活であった。私も到着の翌朝から現地自活にでた。

子供のころ、母親から、「キノコやタケノコ、わらびは栄養分はないけど旬のものだから食べなさい」と教えられたが、私は丘陵地帯、ヤカチ川支流地帯の一部、そしてイドレを通じてこれらの植物をさがして食べてきたが、イドレにきてタケノコ、キノコ、ぜんまい、春菊、かんこんなどいずれも伸びが非常にはやいのを知った。

たとえば、木の芽でも一夜に二センチも三センチも伸びるものがあることを不思議に思い、なにか力を出す要素があるにちがいないと考えて、自己流に生長素と名づけて採集した。転進中にとだえたキクラゲ採りは、イドレへきてから自分だけのかくし場をさがしあてて、ときどき見まわって採集した。

だが、めぼしい採集はなかった。いたるところ雑草をかぶって野生化した農場の作物は、しだいに萎縮してなくなり、不思議に草をたたいてもバッタは出ない。谷川の石を返してもカニは現われなかった。

たまたま川をわたって遠くへ現地自活にでた者が、「ジャングル草」を見つけてにわかに活気づいた。小さなサトイモの葉柄に似たクキの皮をはいで、うすい塩ゆでにすると、どろどろになって満腹できた。このジャングル草もまもなく遠くまで行かなければ採れなくなり、元気な者だけが出かけた。

到着して二十日ほどたった十月のすえに、キャッサバイモ、さつまいものツル、塩などの配給があった。また、正月に掌にいっぱいほどの米の配給をうけたことが印象ぶかい。その後の配給の記憶はないが、食事はこれらと現地自活の野草類との雑炊であった。毎日の大便は高くつもるが粘着力がないので、雨が降ればたちまちくずれ、風が吹けば散ってしまった。だが、転進中とちがって行軍がなかったので体力の消耗はへった。

ヤカチからの転進者の到着はつづいたが、いずれも消耗しきった姿だった。なかには、略帽も背嚢も銃剣も飯盒も脚絆もなく、裸足で、細った体を宙に反らして、ツエをにぎってきた者もあったが、精神力で到着したとしかいいようがない崇高な姿であった。

おなじイカダで着いたS上等兵、ヤカチ川支流で別れた高砂勤労隊の三名、ムミからときおりいっしょになったおなじ勤労隊の葉君、いずれもイドレに着いて亡くなった。彼らも精神力で着いたのだった。

イレドの岩間の水洗場に、落葉のようにかさなってたおれていた数人の到着者、彼らも精神力で到着したのだった。

十月もすえに近いころ、森のなかの明るい日射しの坂道に腰を下ろしていた中尾上等兵に出会った。ランシキ川の洲で別れていらいの再会であった。突然、彼はやせた顔に大きな目を開いて、

「ホーショウさん、いまごろ、本郷の銀杏はきれいでしょうね」

といった。私はすぐには返す言葉がなかったが、もう半月もたてば、あの銀杏は金色に染まり、烈風に散る。その落葉をあびて学生たちが通っている晩秋の風情を思った。

すぎしよき日を想っていた中尾さんも、別れて間もない日に亡くなった。真面目に精一ぱいがんばった中尾さんは私より三、四年の先輩である。


十一月中ごろから、イドレ川の上陸地の空に大きな鳥が舞うようになった。腐爛した遺体となって到着した転進者のイカダが流れ着いてたまるためであったが、ほかのイカダやカヌーの離着に支障が生じると、そのつど悲惨なイカダ解き作業が行なわれた。

農場に出るときにわたる谷川の日だまりには、日光浴やシラミ取りの病人がならび、夕方には砂に足を入れたまま残っている者が目立ってきた。

非情なことを書きつづけることをゆるしていただきたい。それは全身浮腫や栄養失調で亡くなった到着者のことである。何日も動かずに寝ていると体がむくんでくる。目尻や手足の指のあいだ、傷口などに小さなウジがわいてくい込む。そしてもうろうとなった神経で、長い時間をかけてウジのところへ手をのばし、やっととどいても、そのまま亡くなってしまった戦友が何人もいたのである。

あるとき、農場のバナナ畑あとに正装した兵士がたおれていた。あたかも魂はわが家に還って、一家の団欒を楽しんでいる安らぎを連想させた年配者の顔であった。家庭を持った召集兵が、妻子を思う心のうちこそは、私たちにはとうていはかり知れないことであった。

10　最後の大発艇

せまい森のなかに異常な出来事が多くなった。ある准尉は一夜でかさぶたが全身にひろがり、呼吸困難で亡くなった。となりの戦友を銃で撃った者、発狂する者、必要もないのに夜中に非常呼集をかける将校などである。遺体の埋葬も体力がおとろえるにつれ、くやしいがつい浅くなり、雨や野ブタにあばかれた。宿舎は湿気のためにくさって突然にくずれ落ちた。

私の体力も気力もいちだんと衰弱してきた。ひんぱんに出かけた現地自活も間遠になり、宿舎にひとり寝てうつらうつらとしている時間が多くなった。気力も弱り、なにをする気も起こらず脱力感が体中にまわってしまった。

森の谷川に下りてマンデー（水浴）をする裸体は、痩せこけて胸の肉は落ち、肋骨は浮き上がり、腰骨は両手でわれそうに細った。水にうつる頰骨は突き出し、笑うとくぼんだ目が動き、じっと見ていると、出征のとき名古屋駅で見送ってくれた母の顔がかさなってきた。かき消すとまた浮かんできた。

また、ひとり宿舎にふせていると、なつかしい愛馬〝勝連〟が夢に出た。

昭和十七年十二月の暮れから正月にかけて厳寒の中支、大別山脈で行なわれた作戦中の夜間行軍のときであった。

隊列からはずれていなくなった初年兵をさがしているうちに、本隊からすっかり離れてしまい、行くべき方角がわからず、この馬とともに真っ暗な川原の砂上に進退きわまってしまった。そのとき、この馬の鋭敏な聴覚によって、あやうく敵中捕虜になるところを助けられた終生わすれえない恩をうけた山砲輓馬（ばんば）である。ともに征くはずであった常徳作戦に出発する直前に、たがいに心残りのまま別れて私は南方に向かった……。

軍馬の復員は聞いたことがない、勝運よいずこに果てたのか。

いつか、おなじ先遣隊でマノクワリに上陸した竹内兵長（岐阜県出身）が、私の顔をじっと見ていたが、その後に会ったとき、

「お前も死ぬかなあと思った」

といった。さいわい私は、しだいに元気になった。

ある日、憲兵隊から呼び出しがかかって行ってみると、二人の豪州軍将校――大尉と見習士官がいた。飛行機が不時着陸して捕らえられ、ステンコール（ベラウ湾北岸最奥）からイドレへ送られてきた二人にたいする通訳が私の役であった。

北村憲兵少佐は、「日本の武士道精神で尋問するように」と、それだけを私にいったが、二人もまたりっぱな異国の軍人であった。敵意などといった感情はまったく出ず、もし自分が二人の立場だったら、はたしてこんな落ちついた応答ができるだろうかと、通訳の途中で何度も考えさせられた。

尋問は昼間のみ四日間、少佐の訓示どおりに終わって宿舎にもどった。

後日、北村少佐はマヌス島(パプアニューギニア北部)に送られたと聞いたが、私は東京で弁護参考人として喚問されたとき、少佐のあのときの言葉をわすれずに証言したものである。

またあるときは、ひどい下痢のために入院することになった横山曹長(副官部)を背負って、密林のなかの兵站病院に向かった。衰弱した曹長は、「すみません、すみません」とくり返し礼をいった。

この第百二十五兵站病院は、百二十五人が入院して百二十五人亡くなったと噂されており、入院すればかならず死ぬと敬遠されていたが、当時の実態を直截に表現した言葉であった。

密林を切りはらって、木とツルとアタップでつくった仮病棟には、重症患者が隙間なくふせており、床下からの糞尿の臭気と、異様な湿気が充満していた。食糧も、薬もないのに元気になれるはずがなかった。横山曹長はまもなく亡くなった。

この病院に寝たままになっていた山本嘱託(副官部)を見舞ったことがある。頑丈な体格をしたむかし気質の退役陸軍大尉は、生気のない顔で、

「水をください」

といった。見ると、寝ながら手がとどく大木の幹に、鉄かぶとを結びつけて雨水をためていた。

しばらく瞑目していた嘱託は、枕にしていた袋のなかから紙につつんだ勲五等旭日章と東京の留守宅宛の手紙、そして横においてあった布で巻いた軍刀を私にさし出した。余命を知

った嘱託はわたす人を待っていたのだろう。となりの患者は枕もとを走るネズミの子をすばやくつかんで手料理していた。

勲章と、令息が陸士に入ることを希望した嘱託の手紙は少佐副官にわたし、軍刀は私があずかった。この軍刀は後日、バボ島（ベラウ湾）でトウアル（ケイ諸島バンダ海）に転進する海軍兵曹長に請われて進呈し、稀有の清酒一本をいただいた。

患者の後送も行なわれた。ある日、マノクワリで知った一人の上等兵（失名）がたずねてくれ、

「明日、後送されることになったから知らせにきた。世話になった、これを使ってくれ」

と、小指ほどの竹筒につめた脂肪をくれたが、ヤカチのジャングルで見た異様なかたまりを直感して、丁重に返した。

イドレははじめから食糧のたくわえも補給もなく、サゴ澱粉もなく、サゴ澱粉をあてにした現地自活など、とうていできるところではなかった。

この実態を知ったイドレの軍幹部は、自滅をさけるため、かねて調査してあった明るいベラウ湾のバボ、コカスなどへ九月下旬より分駐をはじめ、私が到着してすぐの十月十日前後から年初にかけ、参謀長もイドレをはなれ、各部、各隊もあいついでひそかにイドレ川を下って行った。軍司令部は昭和二十年二月のはじめ、イドレを発った。

年を越すと無人の小屋がふえ、農場には人影がごくまれになった。同宿者も入院や当番兵となって離れ、私一人だった。

かくて軍司令部はイドレを去った。

シンヨリ、ヤカチ方面からの陸行到着者は十一月に入るとほとんどなくなり、マノクワリあるいはムミから舟行して、ウインデシに上陸したまとまった人数の到着者があったが、いずれもイドレを出て行った。昭和二十年になってから着いた年輩者ばかりの建築隊約三十人（山梨県出身と聞いた）は、早々にサゴ澱粉があるナラマサ地区に移行したと聞いたが、そのまま消息を絶った。

四月中旬の深堀游亀中将一行の到着は、一行がイドレを去ったあとで聞いた。

イドレは、ベラウ湾へ出るためのただの通過地になった。

こうして、いままでいた者は去り、来た者はとどまらず、さらに来たる者はついになく、食糧も薬もなく、武器もない。密林のなかの小屋はくされ落ち、径はツルでおおわれ、逃げ去った住民の襲撃を心配する事態になった。

無人になった密林のなかは、たちまち気根が樹上からたれ下がり、地面に着くとそれから生え上がって周囲にからみつき、森のなかの様相を変えて私たちに錯覚を起こさせた。

倒木、とくに大木が深夜の静寂をひきさいて身近に倒れるすさまじいひびきは、身にしみる恐ろしさであった。農場は雑草やツル草がますます跋扈して入れなくなった。

のこりわずかな数になってしまった私たちの行動範囲は日々にせばまり、夜ごとに火をかこんで肉親の安否や帰国の日をうらなうなどして、たがいにさびしさをまぎらわしたが、ついには黙してどうにもならない孤独感にとらわれてしまった。

イドレはすてられた。

たがいに、いわず語らずのうちに自滅を覚悟していた昭和二十年五月すえのころ、エンジンの音を低くおとした一隻の大発艇が、マングローブの下枝をくぐって入ってきた。聞けば、イドレの残留者を収容し、撤収を確認するためにバボ支隊から派遣された最後の大発艇であった。

日が暮れるころ、この大発艇に乗った者は十五名。私は意識してかぞえた。軍司令部の副官二、軍医一、下士官・兵十二（うち副官部の兵は当番兵のF、Uと私）、計十五名であった。みな無言で声をだす者はなかった。私は力強いエンジンの始動音を聞くと、骸骨のように細った体を天幕につつみ、物思うひまもなく眠ってしまった。

目がさめると、大発艇は朝日にかがやくベラウ湾の波をわけて、バボちかくに進んでいた。ちなみに、昭和十九年九月下旬ごろからイドレを脱出して、ベラウ湾のカシラ、カソリ、バボ、キナム、イナワタン、ルンバティ、ウバダリ、コカス、ファクファクなどに分駐した転進者は、ひきつづき死亡者をだしたが、おおかたは体力を回復して逐次バボとコカスにうつり、終戦後に乗船してソロンに集結した。なお、前記のF上等兵は、苦しんでいた潰瘍のためバボに着いて間もなく、私と二人でいた農場小屋で夜明けにおしくも亡くなった。バボ支隊の引き揚げ時の死亡者は二十三名であった。

私は、昭和二十一年一月、サンサポールの戦闘をへてソロン地区にいた第三十五師団の生存者とともに、ソロンより関東丸に乗船、セレベス島にわたり、ムサシ、ベンテンをへてマリンプンに到着した。

同年六月、同島パレパレ港を出帆し、和歌山県の田辺に上陸して復員、郷里（富士市）の駅に下りて富士山をあおぎ生家に帰った。

炎ゆる日や　祖国は真北五千キロ

なお、終戦時の軍司令部の所在地はセレベス島シンカンであった。私はベラウ湾のコスカで、三日おくれて終戦の報を聞いた。

11　犠牲者八千八百余人

第二軍のイドレ転進にくわわってマノクワリを出発してから二十五年後の昭和四十五年六月、私は西イリアン・マノクワリ飛行場に立った。

目にせまる濃緑の丘も台地も、紺碧の海も、往時とすこしも変わらない姿であった。そのかなたのアルファック山脈の峻峰たちはうす紫にかすみ、ひくく乱れてヘールビンク湾に落ちている山々はアメ色にはえていた。

なにごともなかったようなこれらのたたずまいを見たとき、わが思いは胸にあふれ、落涙し、脱帽して、ただ佇立するばかりだった。

ビアク島を中心につかわれているビアク・ヌンフォル語では、イリアン（IRI＝大地・AN

＝熱い）は、〝熱い大地〟という意味だそうだが、マノクワリからイドレへの転進は、東経百三十四度零分、南緯一度零分から二度零分の熱い大地をひたすらに南下したのであった。マノクワリ、アンダイ、アンギ湖、ランシキ、ムミ、セリ、シンヨリ、ワシアンナ、ヤカチ、ウインデシ、そして目的地イドレは、いずれもこの経線上にある。

ちなみに、以下参考数値であるが、二十五万分の一の米国製地図（Survey Directorate H. Q. SEALF 1947）その他によるマノクワリ〜イドレ間の推測距離は、東経百三十四度線上の直距離では百七十一キロである。

㈠、終始舟行してウインデシ上陸、あと陸行、イドレでは二百十五キロ。

㈡、海岸ぞいにムミまで（九十五キロ）陸行、あと内陸行、イドレ水行では百九十七キロ。

㈢、アンギ湖を越えてムミ着、あと内陸行、イドレ水行では二百三十二キロである。

なお、㈡、㈢において、イドレ水行せず到着した者があったかもしれないが実例を聞かない。

転進は各人それぞれに複雑な方法や経路をとったので、実際の踏破距離は平面図上距離よりかなり長くなる。図上百キロが、ある人には百三十キロ、またときには百五十キロにもなる。

たとえば、マノクワリ〜アンギ湖〜ランシキ〜ムミまでの踏破経路の図上距離は百三十キロであるが、毎日の行軍は山に登り、谷に降りるものであった。とくに、アンダイからアンギ湖までは北岸に向かって、険阻な分水山脈が急角度で走行しており、そのため私たちがたどったヘールビンク湾側からの経路は随所に分断された。

おびただしい犠牲者をだし、転進をまったく挫折にみちびくことになる前記ヤカチ川本流の上流渡河地点は、ムミより約六十キロであるが、密林や湿地帯がはじまるこの地点からシンヨリ～ワシアンナ～ヤカチ～イドレ間を、飢えと病気にたえながら迷路をきりぬけた転進者の踏破実距離と、つぎにしめす図上距離との間には、もとより大きな差があるのみならず、単位一キロにたいする体力の消耗差も莫大であった。

犠牲者七千人とも推定されているこの地帯、すなわちヤカチ川本流の上流渡河地点よりシンヨリ、ワシアンナ、ヤカチ、ヤカチ川支流とイドレ川合流点、そしてイドレまでの各図上距離は、十二キロ、六キロ、六キロ、九キロ、そして九キロの計四十二キロである。

また、この地帯の密林、湿地帯の図上幅員は、ヤカチ川本流の上流渡河地点よりシンヨリ、ワシアンナ、ヤカチ間のそれは四～五キロ、ヤカチからヤカチ川支流とイドレ川合流点間のそれは六～八キロである。

そして、もっとも難渋したのは右のうち、ヤカチ川本流左岸とヤカチ川支流右岸にはさまれた縦三十三～三十七キロ、横三～五キロの細長い袋状の密林、低湿地帯であった。満潮時には泥土が点々とのこり、干潮時にはわずかにつづいて泥丘となった。

この本流、支流は相離れ相近づいてたがいに蛇行曲折し、両者の間隔は、場所によってはずっと接近しており、スコールや潮の干満によって網の目状に細流を張るので、歩行はきわめて困難であった。おそらく、平常は現地住民も通らないところで、サゴ打ちの時季にはカヌーで直接、自分の持ち場にたっする地帯である。「のたれヤカチ」というのは、この地帯のことをさすのであろうが、私は前記の合流点よりさらに南、某点よりイドレ水行したが、この地帯の通過に四十五日を要した。

ちなみに、ここでいうヤカチ川支流（固有名あるが不詳）は、ヘールビンク湾側の山岳丘陵から流れ出るイドレ川をはじめ、幾本かの川を合わせてヤカチ川本流と併行して流れ、両河口は約三キロの間隔でモダン島南岸水路の最奥に放流したあと、合流して同水路に通じている。

この第二軍司令部および、その直轄部隊のイドレ転進は、一部の六月すえに先発した者をのぞき七月三日より開始、七月中旬にかけて密集的に出発したもようである。その経路は前記（転進距離について）のように大別される。ただし、㈠にはムミまで陸行または空行、あと舟行でウインデシ上陸、イドレ着をふくむ。

その所要日数は、㈠のごく少数、もっとも幸運者で十〜十四日、㈡の終始陸行者では百日をこえた者もいた。私の経路は㈢であったが、八十九日を要した。

ちなみに、軍司令部の移動は、七月五日、マノクワリ発ムミ着（空路）。九日、ムミ発。十二日、ウインデシ上陸（舟行）。八月三日、ウインデシ発。六日、イドレ着（徒歩）の計三十三日であった。

このような経路と日数をたどった出発者、犠牲者および到着者の各数値は、やはり推定概数にとどまらざるをえない。

私が知ったかぎりの出発者は九千八百人、一万人、一万二千人などである。犠牲者はムミ、ヤカチ、イドレ、ウインデシ地区で五千二百人、シンヨリ、ヤカチで五千人、あるいはイドレ地区と一括総称して六千二百人、八千人である。いずれも大づかみな数値である。

いずれにせよ、当時の実情よりして正確な各数値の把握、とくに犠牲者のそれはとうていできなかったはずである。前記の犠牲者数も区々概数であり、地区、期間、員数の掌握などの遺漏、重複はさけられないことであった。まして転進経路別のそれらの数値の把握は、なおさら不可能である。

私がいたイドレ副官部でも、このあたりの数値を確実にしえたとはとうてい考えられない。なお、私が見た範囲の戦史叢書にも、この方面の犠牲者数の納得できる公的なものは見当たらない。

数年前、豪北方面戦没者慰霊祭のおり、この転進の収拾に努力された元軍参謀伊代茂氏から聞いた出発者九千八百人、到着者九百八十人、すなわち犠牲者八千八百二十人を指標としてとりたい。

イドレでの死亡者数については、まったく寡聞である。私が知っているだけで三十人をくだらないが、あえて二百人前後と推定する。べつに、ナラマサ地区に移った到着者はほとんど全員死亡したと、同地区よりの生還者から聞いている。

なお、高砂勤労隊、インドネシア兵補部隊およびインド人兵補部隊の各数値についてもほとんど不明であるが、昭和十九年六月二十九日、マノクワリを出発した第一陣の陸上勤務第三十七中隊約三百人は、ヤカチ到着二十名、最後にのこった一名も空爆死して、全滅したという記事がある。

12 軍司令部プランの怪

転進の最終地だったイドレは、イドレ川がヤカチ川支流に合流する地点からさかのぼって約九キロのイドレ川左岸に位置する。ただし、川は蛇行しているので、実際にはもっと長い。到着者はここにあった荒廃した農場に上陸し、これを横断して丘陵の密林のなかにバラックをたてて各部、各隊ごとに分駐していた。

このイドレ丘陵(仮称)は、南北十四キロ、東西六キロの細長い巻貝状をなしており、露出した岩石は石灰岩に思えた。

丘陵は西側に高く片寄り、急勾配で低湿地帯に落ちているが、この低湿地はヤカチ川支流までつづいており、ニッパ椰子やサゴ椰子が群生するところである。

東側は、西側の高地が東に向かってしだいに傾斜して平地につらなり、イドレ川左岸に接している。農場は、丘陵の中央東側のこの平地にイドレ川にそってあり、反対側は軍司令部関係の宿舎がある森に接していた。

北側は急に細くなり、その一部がひくく開けて低湿地帯につらなる。

南側は、尖端状をなして急角度でくだり、至近距離にあるつぎの丘陵のウイウイ山（一一二〇メートル）との間に峡谷をつくっている。イドレ川は、この峡谷から源流してイドレ丘陵の東側すそを流れ、丘陵から出る数本の谷川を集めながらほぼ北流して、低湿地帯をつらぬいてヤカチ川支流に合流している。峡谷からは、さらに一本の無名川が源流して丘陵の西側低湿地帯をつらぬいて、おなじヤカチ川支流にそそいでいる。

すなわち、イドレ丘陵は、西側がサゴ椰子林があるヤカチ川支流につらなる低湿地帯に接しており、東側はイドレ川をへだててヘールビンク湾側の丘陵地に近接している。そして、散逸したイドレ集落や放棄された農場は、イドレ川が湾曲流して丘陵との間につくった沖積平地にあった。

ちなみに、イドレの図上位置は東経百三十四度零五分、南緯二度十二分である。ここからウインデシへは陸行で、バボやステーンコールへは舟行でともに達することができ、ヘールビンク湾とベラウ湾の最短距離をむすぶ唯一の交通、交易の要地で、かつては里長が駐在した。

だが、軍司令官が知ったイドレ一帯の実情と、かねての情報とはおびただしくことなっており、〝図上の道路、集落はことごとく荒廃していた。調査は、直接調査というよりも地方住民やかつてベラウ湾を通過した人の情報を蒐集する程度のことが多かった〟（「濠北を征く」）。

イドレには、報告された一万人分のイモ畑はなく、ちかくに何万トンあるかわからない澱粉量の椰子林もなかったのだ。

サゴ椰子はイドレ近隣には現地自活の対象になる群落はなく、すくなくともヤカチ川本流および支流の最南部流域地帯、あるいはイドレの南二十五キロの山間から西北流してヤカチ川本・支流とほぼ同地点でベラウ湾に入っているナラマサ川下流域、そして本来は同湾一帯にもとめなければならない。イドレをいでずしてサゴ澱粉の採集は不可能であった。

一万人の将兵がサゴ澱粉を現地自活の対象にして転進したことは、世界の戦史において、ほかにその例を見ないであろう。

軍司令部は、昭和十九年六月上旬に派遣したベラウ地峡調査隊と、ベラウ基地設定隊の報告によって、部隊の移駐直後よりサゴ澱粉で現地自活ができると判断して、転進中に必要なだけの食糧を携行して転進を決行した（前掲「濠北を征く」）が、転進者のなかにサゴ椰子を知っている者、ましてみずからサゴ椰子を伐採して澱粉をつくった経験者が、はたして何人いたであろうか。

ベラウ湾周辺、とくにその北岸の広大な湿地帯は、オセアニアにおいて屈指のサゴ椰子地帯であり、ヤカチ川がベラウ湾に出る地帯の一部もこれにふくまれる。

サゴ椰子は、通常ニッパ椰子の生える湛水地帯と、陸地との中間の淡水や沼沢地帯に繁茂して、しばしば大群落をなしており、この椰子からとれる澱粉は現地住民の主食として消費され、また交易品として重要な役割をはたしているが、私たちにはほとんど知られていない。

この地帯のサゴ椰子は自生しており、熱帯の太陽光線と湿地帯の養分が多い泥水を摂取して、高さ五から八メートル、直径五十から百センチの大きさに生長する。有刺種と無刺種があり、開花、結実すると枯死し、およそ十から十二年の寿命である。

澱粉の採集作業は重労働であり、軍幹部はサゴ地帯に分駐して澱粉を採集するため、兵員の消耗はやむをえないと考えたようであるが、現地住民は彼らの定住地からはなれてサゴ地帯に仮小屋を立て、一年のうち三、四ヵ月を伐採、生産に専従するのが通常であるが、澱粉の採集は素朴な手作業でなされる。

たとえば、まず経験によってえたカンにより澱粉が充実した開花前の花序がめばえた椰子を伐採して、一から一・五メートルの丸太に切り、かたい樹幹を割って内側にある澱粉が付着した軟繊維質のズイをはがし、これを足ぶみ、またはたたいてくだいたものをサゴ椰子の樹幹でつくったトイに水とともに流して、沈澱した粗澱粉をさらに何度もさらして一本から百から百二十キロの生澱粉を採集する。一本で一人八ヵ月ないし一年分をまかなえるともいわれるが、通常は自分の必要量しかつくらない。

彼らは水でとかした生澱粉を煮てまぜあわせて糊状に、あるいは土器にいれて焼き、保存がきくレンペンをつくって主食にしているが、蛋白質も脂肪もビタミンもほとんどない澱粉食料である。少量だが、湾の西端にあるソロン港から他地方に移輸出もされている。

なお、現地住民のあいだには、サゴ椰子林の領有について、きわめて厳格な所有関係がまもられている。日本軍がこのような地帯や集落に進入することが、彼らに非常な敵愾心を持たせることは当然なことで、土地の事情を熟知していた彼らが、この転進の誘導や澱粉の供出にはたして協力的であったかいなか、おおいに考えさせられる。

ちなみに、当時からあったと思うが、ムミ、シンヨリからイドレへたっする集落道は、ヤカチ川支流の左岸湿地帯とヘールビンク湾側丘陵地帯との接線にそって、湿地帯をさけて通じている。前記（転進距離について）のシンヨリ〜イドレ間より約十三キロ長く、死亡者もでたであろうが、〝のたれヤカチ〟の犠牲はさけえたと思う。

到着した転進者が、イドレやその近隣において自活計画にサゴ澱粉の採集を実行したことは、見たことも聞いたこともまったくない。イドレの実情を知った到着者は、かねて報告されていたベラウ湾岸での採集をめざして、いちはやくイドレを出た。

もし、あるとすればナラマサ地区であるが、同地区にでた到着者は死亡したと聞いており、採集の実情も不明である。

ベラウ湾岸に出て分駐した転進者には、サゴ澱粉のかわりに栽培され、採集が容易なキャッサバイモ（タピオカ澱粉）があった。ほかに魚貝や海岸植物の幸もあり、バボ、コカスには備蓄保管食糧もあった。

極言すれば、サゴ澱粉の採集は宙に浮いて、手つかずの計画に終わった。

13　まぼろしの如くなり

第二軍の最前線だったビアク島は、陸、海、空の全戦力を駆使して、ニューギニア島の北岸進攻作戦を躍進的に西にすすめてきた米軍が、最後のとどめをさす島だったので、攻撃は熾烈をきわめた。日本軍は死守して戦い、千田真敏海軍少将、葛目直幸陸軍大佐以下約一万一千名の将兵が、鬼神も哭く戦闘をくり返して玉砕した。ちなみに、これよりマッカーサー大将は、マノクワリ攻撃をすてサンサポールを撃ち、北向して比島作戦に専念した。

戦後、この島を訪れたとき、白く頑丈な屏風岩がつづいているモクメル海岸に、さびついた鉄舟、軽戦車、火器、車両、機材が当時の戦闘のはげしさをそのままに、打ち上げる波しぶきをかぶっていた。

ある日、ビアク島に定住してカツオ漁業を経営していたO氏（沖縄県出身）が、一つの洞窟を案内してくれた。私はマノクワリの軍司令部にいたとき、ビアク島の戦況が危殆に瀕し救援不能になっていることを聞いていた。また終戦後、敵の二重三重の火砲にかこまれた洞窟内の兵士たちが、夜襲をくり返して玉砕したこの島の記事を読んでいたので、その洞窟だと思ってしばし躊躇した。

『五月、日軍旗ヲ焼キ〇〇ハ自決シ、全員突撃ヲ以テ重囲ヲ突破スルニ決ス、動ケザル患者ハ自決ヲ命ゼラレタリ、夜―決行セラレタリ』（「濠北を征く」ビアク支隊浅野寛中尉の遺品、日記の一部）

いよいよ洞窟へ着くと、当時、おなじ第二軍にいた私が生きて日本に還った申しわけない負い目の気持が昂進して息苦しくなり、拒絶されているようにさえ感じた。

急な九十九折の細道をくだると、突然、暗くしめった二、三千人も入れそうな洞窟が目の前いっぱいにあった。

合掌して、「みなさん、ご苦労さまでした」と言おうとすると、にわかに嗚咽がこみあげて全身がふるえだし、絶句して土下座してしまった。西洞窟というのだろうか、円天井で昼なお暗くしめっており、鬼哭啾々とした洞窟だった。かろうじて上にもどり、小さな慰霊碑『昭和三十一年一月日本国政府建之』に長い黙禱をささげた。

風に押されてふり返ると、洞窟の丘に沈む夕陽があった。

潮風よ語り部となり吹きつづけ　ビアクの島の戦の丘に

（昭和五十四年勅題「丘」に詠進）

ちなみに、中支からいっしょだった平島達雄中尉は、マノクワリから二度、ビアク島潜行を敢行して戦死した。

第一回は、軍命令により、全滅に瀕した友軍との連絡をはたし、島かげに舟艇を発見して奇蹟的に生還した。

第二回は、この生還のまさに数日後、再度の渡島をもとめた痛恨の支隊長命令であった。中尉はすでに生還絶望の運命を熟知し、最後の挺進隊長として壮烈な武運に殉じた。昭和十九年九月すえと推定する。御霊のご冥福を心からお祈りしている（元第二軍情報班、渡辺盛雄氏談を主にして記）。

ホテル・ビアクにもどって第二軍のイドレ転進のことを同氏に話した。

「そのことでしたか。私は聞いてはいましたが、やはりそうでしたか。土地の人は〝まぼろしの行軍〟といっています」

と、謎がとけた顔であった。土地の人とはマノクワリ、ランシキ、ムミ、ウインデシなどの住民で、あの当時、毎日毎日、海岸をつたって行った大勢の転進者の姿を見たか、口づてに聞いていた人のことであろう。

彼らには、そのように見えたかもしれない。

おなじ服装、おなじ色をした人間が、毎日、あるいは組をなし、あるいは三々五々、なにかにつかれた者のようにひたすら歩いて、風のように通りすぎて二度ともどってこなかった。あの転進者の行列は、まぼろしの行軍に思えただろう。

数十年前、一万の将兵と友邦の協力部隊が虚空の軍司令部をめざして、西部ニューギニアの山河を跋渉してマノクワリからイドレへ転進した。私もその転進にくわわってアンギ湖に上り、ランシキ川を下り、丘陵をぬけ、シンヨリ、ヤカチの密林や湿地をさまよってひたすら歩きつづけた。そしてそのほとんどがたおれ、ごく少数が到着した。

生死の境をからくも乗りこえてイドレに着いた者と、はかなくも転落してたおれた者との間に、どのような差があったのだろうか。

二人の間には、大きな運命の差と、小さな自力の差があった。天の配剤ははかりがたい。

人間の本性は善とも悪ともいわれるが、根は一つ心の中から生え上って、どちらも生き生きと活動し、闘い合う不滅のエネルギーである。この二つを正しくコントロールしていけば平和がつづく。

だが、この二つの力のバランスはつねにくずれやすい。これが平和の宿命であり、生きる人間が背負っている業（ごう）であろう。

転進にたおれたすべての人々は、この業に殉じて平和を回復し、今日のいしずえとなった。心から霊のご冥福とご遺族のご多幸をお祈りする。

数十年の月日が流れて、その足跡が絶滅したいま、このイドレ転進は〝まぼろし〟に化そうとしている。そして、いまもなお心に反芻しつづけている私でさえも、人生の合い間を一過したまぼろしであった、と思うことがある。

だが、還らざるあのおびただしい戦友の死の無言の揺さぶりが、年ごとに強く惻々（そくそく）と身にしみてくる。恒例の秋の祭日に集まった一にぎりの生存者たちは、今年もまた、この思いをひめて別れた。

あえて記す。

人間が生きているかぎり戦争はなくならないかもしれないが、人間が生きているかぎり、平和への努力はけっして熄（や）まない。すべてを滅ぼしつくす核兵器、これにつづく新兵器の完全廃絶をかならずなしとげなければならない。

ある歴史書のギリシャの頁に、テルモピレーの陸戦の碑文が記されている。

〝見知らぬ旅人よ、行きてラケダイモン（スパルタ）の人に伝えよ、われら命に服してここにねむると〟

――不遜であるが、このつたない私記が、すこしでも往事をつたえることができればと願ってこの一文を終わる。

（昭和六十二年「丸」十二月号収載。筆者は第二軍軍司令部副官部付）

若き獅子たちの絶叫

密林にほえた十五センチ榴弾砲／小隊長の手記——横林弥門

1 守るも攻めるも十五榴

昭和二十年四月二十九日——天長節。ひさしぶりに大隊将校全員にて会食し、気炎をあげる。しかし、食事中にも敵の砲声がとどろき、ものすごい弾着音が絶え間なくひびいてくる。タロキナ、ガゼレ両地点より上陸した米豪軍に痛撃をくわえるべく、一大奇襲作戦を決行したものの失敗に終わったわが軍は、強固なABCD各地点からなる防御陣地をつくり、ここで敵の攻撃を食いとめようとしていた。しかし、火力も劣勢なら空軍力も皆無というわが軍が、どれほどささえられるか、おおいに疑問のあるところであった。

敵機による空襲はいぜんとして毎日のようにつづけられ、敵はしだいにA拠点にせまり、われわれの死闘も目睫の間にせまりつつあった。

五月二日、A拠点に殺到する敵を撃攘するため、ついにわが野戦重砲、九六式十五センチ榴弾砲部隊に射撃命令がくだった。いよいよわが重砲の活躍するときが到来したのである。

いまや師団（六師）のもっともたよりにしているのは十五榴であり、また敵がもっとも恐

ブーゲンビル島要図

れているのもこの十五榴で、それゆえ敵もわが十五榴陣地の捜索には必死だったようである。

指示は、

「二日の午後五時に陣地を変換し、明朝三時を期して三十発を発射せよ」

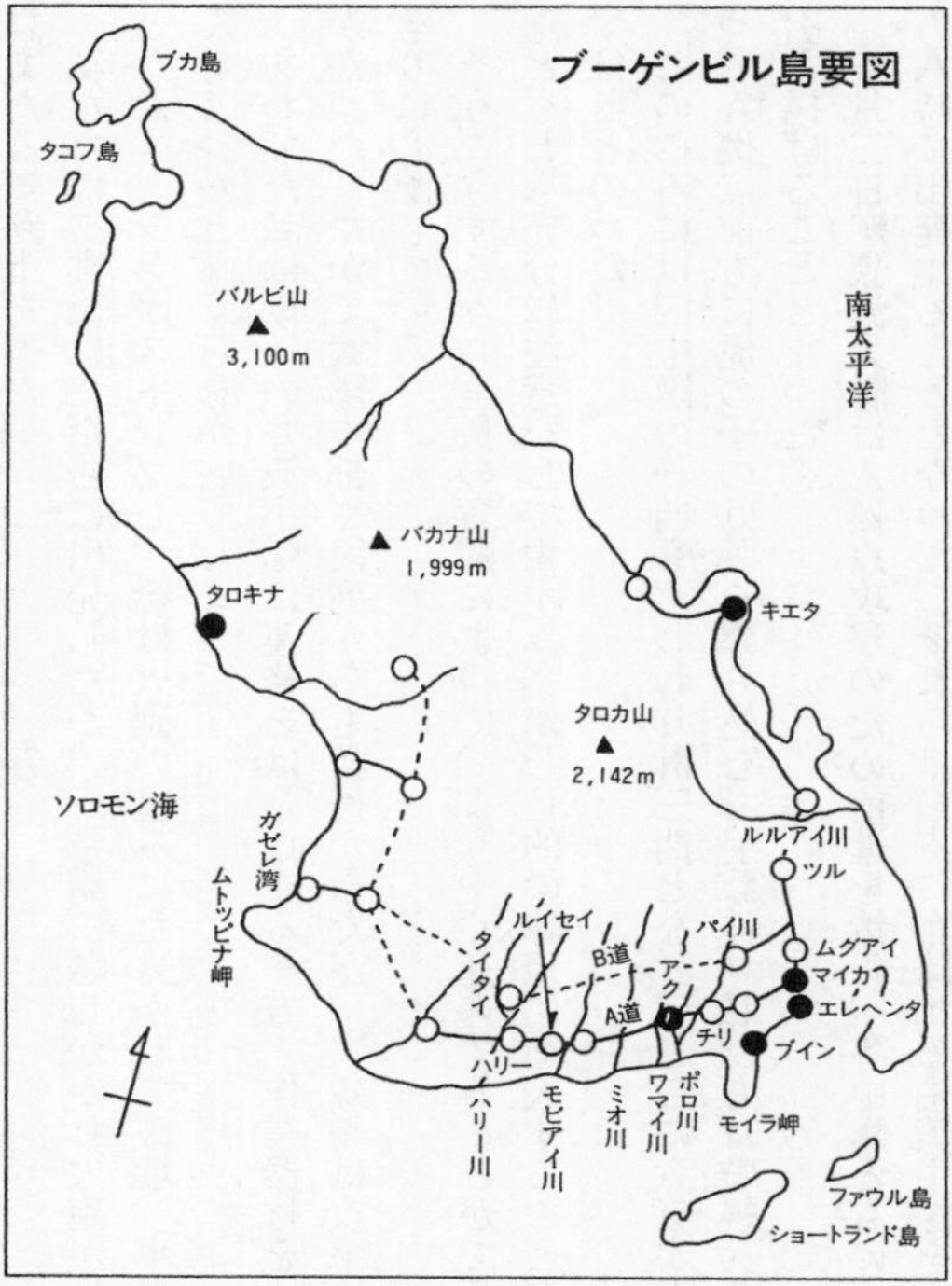

というものであった。

そして、これには砲二門が使用されることとなり、一門は私、もう一門は井波三郎少尉の指揮下ときまった。かくして牽引車もひさしぶりに始動され、陣地偵察もぬかりなく、道路もまた大隊総出で補修された。陣地は四キロ前方の第四中隊陣地と、その中間にあたる道路上だった。

私たちは夕食後にただちに出発したが、一号橋にさしかかり火砲が橋梁に乗ったと思ったとたんエンジンがストップし、橋は火砲の重みにたえかねて破壊、車輪は河のなかへ落ちこんでどっかとあぐらをかいてしまった。

あわてた私は後続の井波小隊に連絡をはしらせる一方、作業器材をつかい復旧作業にとりかかった。やがて大隊本部や段列からも救援がきたが、大隊長は攻撃に間にあうかどうかしきりに心配している。

そうこうするうち全員の奮闘によって、ようやく通過することができた。その後は後続部隊ともども充分に注意をしてすすみ、ぶじ目的の陣地に進入することができ、射撃準備もまずはととのった。

このころには四中隊の一門もくわわり計三門となり、さらに意気が上がった。砲三門をもってA拠点前方に虎の子の巨弾を撃ち込む。射撃後、私たちは監視兵をのこして、ひとまず引き揚げることとなった。

五月三日、猿渡大隊はA拠点攻撃のため前進を策し、各中隊ともに編成を割りなおして夕方八時に出発することとなった。それらはC点に布陣する柏葉中隊を主力とする伊藤、佐野両中隊であった。

この日の午後、わが第五中隊長矢吹朗大尉は状況をみつつ四中隊陣地に前進したところ、午後三時ごろになって大隊命令をうけた。

「ルイセイ地区の歩兵第二十三連隊より軽機数梃を受領して歩兵大隊に交付すべし」

そこで私は、六名の部下をつれて五、六キロ後方の二十三連隊へ受領に行くことになったが、あいにく途中で雨がふりだした。しばらくぶりで行くタイタイ道も、以前とはまるで様相がかわっている。

とにかく、軽機を受領して夕暮れせまるころ帰路についたが、〝今夕〇〇時に交付すべし〟というワクをきめられていたため、早駆けでルナイ集結地へとむかった。

タイタイ三叉路付近は相変わらず、敵の長距離砲による弾着がたえまなくつづき、炸裂音があたりをゆるがせる。これより一ヵ月をへたころには、この砲声をおおいに恐れ、小心よくよくとおびえるにいたるのであるが、このころはまだ比較的に敵の砲列もはなれていたせいか、遠くの花火の音ぐらいにしか思えず、無感情なものであった。

三号陣地ちかくに到達したとき、松山雪夫軍曹の牽引車がやってきた。今夕にする射撃のための弾丸を運搬しているのだという。とにかく射撃時間に間にあうようにと大急ぎで前進する。

ところが、陣地ちかくになって発射音がとどろいた。はやくも射撃がはじまったらしい。軍曹のくやしがること、〝オレの火砲をだれが撃ったのだ〟――と。

大隊長の到着をまっている各歩兵中隊は、ルナイ三叉路西方に集結していた。柏葉光雄中尉は道路の真ん中にすわりこんで各中隊長、小隊長らとともに大見栄をきっている。座の中ほどにカナカ煙草をおいてプカプカやっている。私たち一行が近づくと、そこここから声がかかった。

「よう、横林！」

「やあ、伊藤中尉殿。元気でやってください」

「うむ、なにもいうことないよ。心は明鏡止水だよ、中嶋中尉の軍袴の件、心配かけたな、もうケリつけたからな、なんにも後くされがない。いつでも死ねるよ」

まったく明朗そのものであった。そこには柳沢兵重准尉もいた。五中隊の下士官、兵もみな元気である。牛山政行軍曹、伊藤茂夫伍長、坂田房義兵長などなど——みなしっかりやってくれと心の中でいのる。

これらのうち永劫の別れとなったものも幾人かいた。このときの光景はいまも眼前にちらつき、私にとって永久にわすれられない一瞬ともなった。

軽機交付のお役目をはたした帰路、三号陣地にたちよってみる。小隊長井波少尉、分隊長池上覚伍長という臨時編成で射撃を終わり、火砲手入れの最中であった。

「火砲異状ありません！」

という相川平治伍長、芳賀芳雄兵長、河俣千代美上等兵、村田英臣上等兵ら四名の砲監視員にあとをたのんで、井波は私とともに八号陣地へと向かう。ごきげんのわるいときはムッとして話もしない彼、ふたりは五キロの道を無言のまま帰った。

このときより三号陣地に起居するまでの二日間は、中隊長もいないため、井波とふたりで夜も寝られないほどいそがしい日がつづいた。

2　林上空の猛禽

五月四日、まず指揮小隊を一号陣地へ移動、二小隊を八号陣地へ移動させ、一号陣地にいた病弱なものは指揮小隊のいた農園幕舎へとうつした。彼らは栄養失調とマラリアで体力をすっかりなくしていた。給与の関係で農園幕舎にうつしたのだが、のち五月すえごろの中隊転進にさきだち、さらに後方へさがって病院に収容された。

のこった中隊の兵隊はぜんぶが元気で戦闘にたえうるかというと、けっしてそうではなかった。マラリアに苦しむもの、皮膚病になやむものなど、なんともどうしようもないものが多数をしめていた。

海岸方面にある旧指揮小隊の糧秣は、いまや私たちの生命のかてであり、唯一の戦時携行食でもあった。それだけに海岸監視所をひきあげたいま、ぜひともそれを八号陣地へ運ばなければならず、ほかにも通信器材や観測器材もあった。

しかし、そこまでは五キロ以上もはなれているし、悪路のうえに爆撃のため身をかくす遮蔽物もすくなくなっている。頭上にはP43ランサー戦闘機がたえまなく乱舞し、道路上の足跡を見るだけで、低空で追いすがってくるのだからなおさらである。

とはいえ、この一事だけは万難を排して実施せざるをえない。その日の朝がた、私は星敬治軍曹以下数名を旧指揮小隊幕舎へ向かわせたのであったが、午前十一時ごろであったろうか、私が幕舎で井波と「帰りがおそいなあ」と心配していたやさき、いつものランサーにくわえてF4Uコルセア三機が出現して、ものすごいばかりの機銃掃射がはじまった。あわてでとび込んだ防空壕内の砂が弾着のたびにばらばらと落下し、心胆までゆする。

ようやく敵機が去ってしばらくしたころ、星軍曹が姿をみせて報告した。

「ただいまの銃爆撃で観測器材はおおかた破壊されました！　人員に被害ありません！」

「なに、器材が破壊された？　人員には被害はないんだな！」

私はオウムがえしに叫ぶやいなや、現場へかけつけた。きけば椰子林の開豁地を通過中に不運にもランサーに発見されてしまい、めちゃくちゃに銃撃をうけたらしい。現場についてみると、椰子林の真ん中にリヤカーが一台おき去りにされており、あたり一面は焼け野原で、銃爆撃の穴が無数にあいている。しかし、ふしぎにもリヤカーには直撃弾は見られなかった。

その直後、このことについて私が中隊長に報告したところ、だいぶごきげんを損じたようではあるが、思ったほどの風当たりはなかった。人員の損害が皆無だったことがその理由であったろう。

ちなみに、星軍曹は中隊最優秀の下士官で、長らく第一分隊長をつとめたあと、火砲譲渡とともに通信係下士官として最近まで任じていたが、二回目の歩兵大隊編成と同時に給与係下士官となり、通信係には板垣羊吉軍曹がついていた。

このころになると将校、下士官、兵の任務分担はよく変わった。現在の状況下ではそれもしかたないことなのだろう。とにかく遠く満州を出発していらい、厳として変わらないのは第二分隊長、通称〝爆弾分隊長〟の棚留三郎軍曹のみであった。

作戦開始後、火砲のみが前進したが弾薬は八号陣地にあり、そのため射撃するたびに必要量を運ぶこととなったが、一発の重さ三十六キロという十五榴の弾丸を、おとろえはてた体力をふりしぼって運ぶのは、容易なことではなかった。壕から出しては車につみ、車から壕へ、陣地から陣地へ、そして砲側まで何回も運搬するのである。運びながら、「この弾丸をオレは六回もかついだよ」と冗談をいう兵隊までいた。

とにかく射撃に間に合わせるためには、とてものことのんびり運んではいられない。そのほかにもイモも掘らねばならず、いずれの場合にも偽装や上空警戒やらで心身ともにやすまる一瞬とてない。そして動ける兵隊といえば、つねに全員の四分の一か、三分の一にすぎなかったのである。

五月三日の射撃いらい、板垣軍曹以下の通信手は第一線に出動し、観測射撃のための通信連絡に任じているが、砲兵の射撃は通信手の双肩にかかっているといっても過言ではない。第一線と放列の間およそ七キロぐらいのところをつなぐ被覆のわるい通信線を、絶えることない敵弾下の決死的補修に、あるいは延線に、彼らはよくがんばり、通信の任務をまっとうしてくれたものである。

この間にも、米軍はすでにホンゴライ川の線へ着々とせまりつつあり、一方、われわれは射撃、砲の手入れ、偽装、運搬など息つく間もなく、三度三度のイモも掘れず、食事さえろくにとることもできないほどであった。

3 〝虎の子〟の牽引車

五月五日の大隊命令はつぎのようなものであった。

「本日夕刻を期しホンゴライ渡河点にたいし射撃し、敵の前進を阻止せんとす。第四、第五中隊はすみやかに射撃準備をなし〇時〇分C点にたいし試射を実施すべし。所要弾数五発、所要時間三分――これにもとづき第四中隊ならびに三号陣地へ榴弾それぞれ三十発準備すべし」

かくて日暮れと同時に小隊長以下全員（といっても十五、六名）で榴弾、薬筒をにない、灯火もなしに手さぐり足さぐりで運搬作業にとりかかった。

ようやく一両の牽引車に十三発ずつ積載してルナイ陣地へ運ぶ。これが米軍であったなら、五十や百の弾丸はたちまち運んでしまうであろうに、機械力、物量の差はあまりに大きく、これだけをみても勝敗はおのずから歴然たるものがあった。

しかも、せっかく苦労して運んだ弾丸にも何パーセントかの不発弾があった。しかし、兵隊たちはよくはたらいた。食べるものは塩気もすくない三度三度のイモばかり。それでも悲壮な歌をうたいつつ運ぶ三十六キロの榴弾――しかし、不思議と私たちには猛然たる敵愾心はわいてこなかった。勝利ののぞみなき戦闘、言語を絶するうつろなるいまの行動、そして、前途には死あるのみであった。

わが第五中隊で可動する牽引車は二両だったが、火砲の陣地変換はもちろん、弾薬輸送、糧秣、器材の輸送など、なんにでもつかわれた。それも、これまでほとんどつかわれること なく掩体へ収容して、ときおりポッリポッリ始動させるのみで、この半月ばかりはろくに整備もできずに放置されていたのが、にわかに毎日のようにつかわれはじめたのであるから、とうぜん故障が続出する。それをすかしだましつつ使用したのだった。

前記したように、旧指揮小隊の位置にある戦時携行食だけはいそいで運ばないと、これからの戦闘にもさしつかえる。中隊長もだいぶ気がかりのようである。そこで今夕の射撃用弾丸を輸送する一方、松山軍曹にはこの糧秣輸送にあたらせることにする。

一方、私は所要の弾薬輸送を射撃に間に合わせ、いぜん補修も充分でない夜道を千葉良治軍曹の操縦でかえる。もとより敵の潜入斥候には細心の注意はおこたらなかった。

宿営地に帰りついたのは午前二時半ごろであった。しかし、松山軍曹の牽引車はまだ帰っていない。あと二時間もすれば夜が明けてしまう。あわてた私は、ただちに千葉軍曹の牽引車を応援にだすことにする。夜明けまでに帰着しないと、たちまちランサーに発見され、コルセアにまで襲撃されることは必定である。

はたして夜の明けるころ、救援にむかった千葉軍曹が青い顔をしてとび込んできた。

「椰子林の北方で牽引車の履帯がはずれて動かなくなりました！」

さあ大変だ、道路の真ん中で故障とは！　しかも、上空からは完全に姿を暴露しているのだ。きけば、路上の弾穴を迂回しようとしたさいにキャタピラがはずれて擱座してしまったとのこと。とりあえず松山軍曹の車で道路の片側によせて偽装し、糧秣は人力で運びこんだ。すっかり消耗しきった千葉軍曹は、横になったまま動こうともしなかった。

とにかく昨夜からの活動でキャタピラの跡が路上に無数にきざまれていて、まずはこれを消さなければ敵機の発見するところとなり、たちまち宿営地まで追及されて爆撃されてしまう。

やむなく疲労も回復しないままであるが、全員を呼集して作業にとりかからせる。兵隊を休ませねば熱発するし、熱発をおそれて休ませれば、空襲をうけて明日からいる場所がなくなる。まったくこのときほどあせったことはなかった。

こんなことが毎晩のようにつづくと、兵隊の体力は日一日と力をうしなっていく。みなの顔は青黒くなって、以前のような赤銅色をした健康体はどこをみても見当たらなかった。飛行機を恐れてこれほど苦労をさせられるとは――われわれに飛行機があったらなあとつくづく思う。

連夜の牽引車出動のため、わだちのあとを消すのが間に合わず、一号陣地に入れた牽引車がついに発見されてしまい、徹底して爆撃されて無残に破壊されてしまった。同時に通信手一名が負傷した。

さっそく大隊本部にいる中隊長に報告したところ、こっぴどくしかられた。

「中隊長代理の貴様がなんだ。牽引車一両で戦争ができるか！」

まこと面目まるつぶれである。しかし、私の全能力をかたむけたあげくの結果である。さすがに中隊長も最後にはやさしい一言でしめくくった。

「最後の一台はしっかり守ってくれよ」と。

4　狙われた四中隊陣地

この間にも敵の進撃速度はますます急ピッチとなり、A拠点の崩壊もいよいよ時間の問題となってきた。なんとしてもA拠点を死守せよという師団命令がつたえられたのもこのころであった。どうやら、師団長以下の首脳もミオ川以東へはさがらない決心をしているようだ。

五月六日、中隊長は四中隊の位置に定位をおき、曹長ほかの中隊長付属は三号陣地に前進し、私も三号陣地へ所要の兵隊をつれて前進して射撃に専念することとなった。第一分隊長の千葉軍曹は給与係となり、星軍曹は四中隊の曹長職として転任した。そして、第一分隊長は安達泰次郎軍曹となる。

ここにいたり、第五中隊はついに三分された。すなわち、中隊長ならびに中隊長付属は四中隊の宿営地、井波の指揮する第二小隊と段列は八号陣地、そして私の指揮する第一小隊は三号陣地へとうつっていったのであった。

五月七日、中隊長はさらにホンゴライ河岸に前進して敵情捜索にあたることとなり、これには中隊指揮小隊主力もしたがってすすんだ。板垣軍曹の大活躍がはじまった。彼は中隊下士官中でも抜群の成績で中隊長の信任もあつく、通信にかんしては天才的な才能があった。同時に五中隊の通信士はなべてみな優秀なウデをもつ連中がそろっていたので、だいじな作戦には最優先で最後までつかわれたといえる。

五月八日午後三時ごろ、A拠点の防御線があぶないというので、急遽、昼間射撃を行なったが、四中隊の拠る四号陣地と五中隊の三号陣地は接近していたので、射撃となるとたがいに相争うように一発一発をきそい合った。

もちろん、この射撃中にも敵の観測機は陣地上空を自在に旋回している。わが十五榴が射撃するたびにものすごい音と煙が発散する。それがジャングルの上縁を風になびくので、上空から見れば砲の位置など一目でわかるのであろう。別名「竹とんぼ」とよんだこの観測機は低空性能がよく、つねに地上のあらゆる事物の変化を敏感に察知してしまう。こいつに発見されたらまずは一巻の終わりと思わねばならない。集中攻撃をよぶ疫病神みたいな存在であった。

見れば、わが三号陣地が射撃を終わって煙を消去し、ほっと一安心しているのに、となりの四号陣地では、まだ砲撃をつづけている。あやうきかな、「竹とんぼ」はいぜん頭上に舞っているというのに——こんどだけはいやな予感がする。発見されそうである。

そのうち、やっと四中隊も射撃が終わったようだが、それまでの時間の長かったこと。それから息をころしての二十分間がすぎようとするころ、遠方にひびく敵砲の発射音を聞いた。撃ったなと思った一瞬ののち、突然、わが陣地後方三十メートルくらいのところにすさまじい炸裂音が起こった。たちまち爆煙がもうもうと立ちのぼる。つづいて三発、四発と撃ち込まれた。

　みなはあわてて壕内にとび込んだが、あたりは破片の嵐である。それにしても、照準がばかに正確である。やはり先ほどの射撃で、われわれの位置が確認されたらしい。

　つづいてF4Uによる空襲がはじまった。陣地上空にさしかかるや編隊をといて旋回にうつり、獲物をねらうハヤブサのように地上めがけて突っ込んでくる。投弾の一瞬後におこる一大音響と地ひびき、くずれる防壁、まったく生きた心地がしない。
すぐちかくに弾着しているようだが、不思議に三号陣地へは一発も落下してこない。四号陣地とは五十メートルぐらい離れているが、集中攻撃はどうやらその方向にむけられているらしい。敵機はもっているだけの爆弾を投下すると、さっさと引き揚げていった。

　ほっと一安心してあたりを見れば、四周は爆煙にかすみ、ジャングルの万物をなめつくすように東へ東へとただよっていく。おそるべき爆撃後の様相である。
と、一息つくころ、またも爆音と砲撃音である。二回目は前回にましてはげしかった。やがて攻撃を終了した敵機は、夕暮れちかいタロキナの空にむかって、ゆうゆうと帰っていく。われわれはただ見送るのみで、まったくシャクである。

　二回にわたる猛攻により通信線が切断されたのか、連絡はまったくとだえた。

ようやく生気をとりもどして陣地の補修をしていると、四中隊より伝令がくる。きけば四中隊陣地は爆撃によって完全に暴露し、火砲こそぶじだったが負傷者二名をだしたとのこと。

つづいて中隊命令がとんでくる。

「小隊長以下全員で四中隊火砲の陣地変換を援助せよ」

命令をうけて四中隊へかけつけてみれば、同僚の山内明少尉が壕内にどっかり腰をすえて一言、「やあ、ヤラれた……」

という。あとは黙したまま一言もきかない。私には彼の胸中が痛いほどわかった。ややあって、

「観測機が飛んでいるからダメだというのに、中隊長は撃てという。撃てばかならず発見されるのに……まったく……」

とこぼす。夕食のあと、またも四中隊陣地へ行き、陣地変換の準備をする。真夜中にいたってようやく火砲を掩体より引き出し、牽引車に連結して後方の遮蔽度のよいところへうつす。このとき、残弾すべてを三号陣地へと運び込んだ。

翌朝になって爆撃のあとを見ると、百キロ爆弾の穴が無数にあき、ジャングルはみごとに清掃されて青葉ひとつない枯れ木の林に一変していた。これでよく火砲がやられなかったと不思議なほどである。
二、三日前から後方のタイタイ橋付近に構築中の陣地がほぼ完成したので、四中隊の火砲をその中へ入れ五号陣地と称し、私が指揮することとなり、これまでの三号陣地の火砲を四

中隊に申しおくった。同時に中隊長は大隊本部宿営地ちかくにさがってくる。――五月十二日のことであった。

5　せまりくる物量

タイタイからルナイに通ずる道路は、わが軍唯一の幹線道路で、弾薬輸送、糧秣輸送、部隊移動など、すべてこの道路にたよっていた。

その道路を第一線に出動した臨時編成の歩兵大隊の兵隊が、ときおり糧秣受領のためさがってくる。なかには顔見知りのものがいて、かつてトラックの名操縦手坂田兵長もいた。彼はさきに偵察潜入斥候に行ったさいの生き残りの勇士で、いまは草野大隊の勇敢なる闘士であったが、このあと不幸にしてC拠点にて熱発し、ついに立てず自決したという。

敵の進撃速度はいささかもゆるまず、ついにA拠点はぬかれ、ホンゴライ川対岸にせまりつつありとのこと。わが観測斥候の報告はいぜんとして不利な情報ばかりである。このころ第一線の守備についていたのは牟田大佐の指揮する歩兵十三連隊の将兵であった。

さて、五号陣地に入った私以下十名はまったく多忙で、文字どおり寸暇の休みもなかった。これまでの経験から徹底した偽装をほどこし、迅速な射撃を行なうための陣地の強化に狂奔したのだった。

このときの顔ぶれは、分隊長安達軍曹、木村初郎兵長、芳賀兵長、河俣上等兵、村田兵長、今井悦男上等兵、中村恒雄上等兵、村山金次上等兵、太田薫上等兵、放列通信手亀山義雄伍長、斎藤上等兵、それに名二番砲手の相川伍長も編成のなかに入っていたが、熱発のために動けず、彼のみは八号陣地に寝たきりであった。

それにしても、みなよく頑張ったものである。これらの人員で五月二十二日の大爆撃のときまで、よく第一線との連絡を確保しつつ敵の進出を阻止し、充分に効果をあげることができたのである。少数をもって、よく大任をはたしたわが小隊のもっとも充実したときでもあった。

陣地変換のあと、はじめは夜間射撃のみであったが、しだいに昼夜とも射撃をするようになり、その間、弾丸搬送、陣地補修、偽装など八面六臂の活躍をつづけ、夜はきまって弾丸搬送にかかったものである。

もと連隊段列のいたタイタイまで、いくど弾薬搬送に行ったことか。以前のタイタイは各隊の往復で人通りの多い地点であったが、いまは人っ子ひとり通らず、道路も爆撃により破壊され、敵の潜入斥候による敷設地雷まであるという危険な場所となっていた。

夜間の暗闇を利用して搬送に出発する私以下数名を送る中隊長の心配ぶりは、電話を通じての声ながら、手にとるようにわかった。「放列付近の原住民潜入に注意せよ」「夜間の警戒を厳重にせよ」などなど、じつに細かい心くばりであった。

このころより敵は、いよいよ後方に迂回をはじめてきたようである。以前であれば住民も

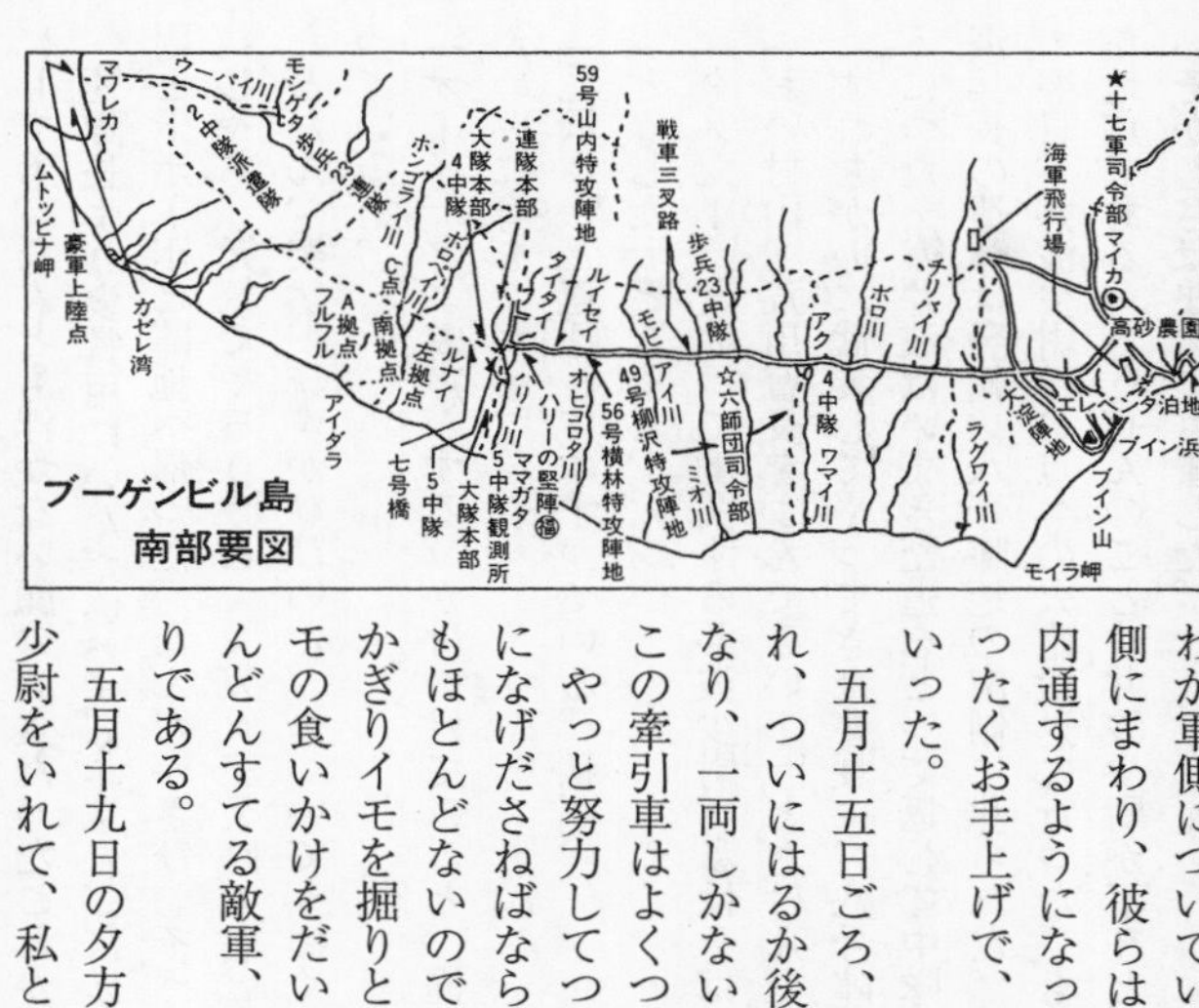

わが軍側についていたが、いざ実戦にかかるころからみな敵側にまわり、彼らは後方に潜入してわが陣地の所在を米軍に内通するようになった。勝手知ったる住民をつかわれてはまったくお手上げで、以後、わが防備もいちだんと弱体化していった。

五月十五日ごろ、四中隊の三号陣地がまたも爆撃にさらされ、ついにはるか後方の五十九号橋まで撤退せざるをえなくなり、一両しかない牽引車の出番となったが、それにしても、この牽引車はよくつかわれたものである。

やっと努力してつくった農園も、これから収穫というときになげださねばならない。しかも、五十九号橋付近には農園もほとんどないのである。四中隊の連中もおそらくは可能なかぎりイモを掘りとったことだろう。イモを背負いながらイモの食いかけをだいじにする日本軍、レーションの新品もどんどんすてる敵軍、その物量差はますます差をひろげるばかりである。

五月十九日の夕方、中隊長は観測斥候から帰った中村喜六少尉をいれて、私と井波少尉をよんで会食してくれた。それにしても、なんとも浮かない顔の会食だったことか……。

連隊長より褒賞用にいただいた酒をすこしわけてもらい(兵隊にまわすために)、井波少尉とトボトボと陣地へ帰った。なんだかさびしそうな井波少尉だった。

「じゃあ、元気でやろう」とママガタ三叉路で右と左にわかれをつげ、私が五、六十歩いったとたん、突然、銃声がひびいた。つづいてうめく声……。さては待ちぶせにあったかと思っていると、

「オーイ」とよぶ声がする。かけつけてみると、滝沢茂兵長がたおれている。井波少尉がけんめいに身をかがめて、

「滝沢!」と連呼してゆすっている。私が、

「どうした」ときくと、

「ダメだ!」といって慟哭する井波少尉。私はそばの兵に、

「おい村山、荒川曹長をよんでこい!」とさけんだ。

すれちがいに武装してやってきた曹長に、八号陣地の棚分隊長ら数名に担架を準備するようにつたえ、井波はいまきた道をとって返して中隊長に報告に行く。八号陣地に運ばれた滝沢兵長の遺体は翌朝、八号陣地の南側に葬られた。

翌日、井波少尉はC点への火砲搬送に行った。もとより第一線であり、敵が出没する危険な地点である。とうぜんのごとく井波少尉が不在となった八号陣地は、私のかけもちとなり、いそがしさはまえにもました。

6　殊勲分隊長の涙

ホンゴライ渡河点の敵は、わが軍の必死の抵抗により一歩も前進できなくなっていた。しかし、われわれが渡河点防備に全力をつくしているとき、敵ははるか南方を迂回し、突如としてC点に出現し、そこを占領するや七号橋付近にまで進出するようになった。

七号橋は三号陣地（四中隊の放棄した陣地）より百メートルほど前方にある。二日間の予定で帰るはずの井波少尉は、この不意の状況変化のなかで、杳として消息を絶ってしまった。

このような状況下に五日間が経過した。この間にも七号橋付近での会敵による銃声がたえずひびいてくる。同時に、いぜんとして頑強に射撃をつづけるわが十五榴陣地を発見せんものと、敵機は執拗に上空を旋回している。

このように、たえず頭上にある敵機の目をかすめて射撃することはきわめてむずかしかった。目にみえて体力を消耗する兵隊、彼らは昼となく夜となく任務以外のときはすべて身を横たえていた。そして、動作もしだいに鈍重になっていった。

このようなありさまであったが、私は射撃に間にあわないようなときには心を鬼にして、人間味などひとかけらもないほど冷酷に指図をした。兵隊たちにもさぞかし非情な小隊長であったろうと思う。しかし、こうでもしなければ、たちまち怒濤のような米軍のまえに屈してしまうのだ。そうなればただ、死あるのみである。

かくして五月二十二日――火砲最後の日をむかえることとなった。前記した、大爆撃のあった最悪の日である。

この日、私は中隊長によばれ、八号陣地にある第二分隊火砲の陣地変換の命令をうけ、恩賜の酒「月桂冠」をちょうだいして半分を五号陣地へおき、あとの半分をもって約四キロはなれた八号陣地へ行こうと、ママガタ三叉路南方の椰子林にさしかかったとき、突如としてわが十五榴の発射音を聞いた。

射撃命令が下ったな、と思いつつ引き返そうとしたが、陣地変換の準備をしなければならないので、そのまま八号陣地へと向かった。あとから考えれば、おそらくこのときが私の生死の別れめだったのだろう。引き返していたならば、確実にやられていただろうからである。

八号陣地で棚軍曹に恩賜の酒をわたし、今夕の陣地変換について細部を指示する。おりから頭上にたっした敵機ランサーを見上げると、まさに発煙筒を投下するところである。

と、しばらくするとタロキナ方向よりF４Uの逆ガル翼の編隊がやってきた。そして五号陣地付近の上空を旋回したかと思うと、爆弾を投下しはじめた。すさまじい地ひびきが連続しておこり、たちまちあたりは阿鼻叫喚のちまたとなる。

空襲は二回にわたって行なわれたが、いずれもわが部下十名のいる五号陣地に対してであった。敵機が去ったあと私が陣地にかけつけてみると、陣地をおおう緑はすっかり枝をはらわれて、太い幹ばかりがかろうじて残っているだけである。

見れば陣地後方、道路の左側五十メートル地点に通信士の亀山伍長と斎藤上等兵がいる。亀山伍長が悲痛な声をしぼってさけんだ。

「小隊長殿、申しわけありません。火砲がやられました！」

「なに、火砲がやられた？　命中したのか！　通信の連絡はだいじょうぶか！　……中隊長に報告しろ、分隊長はどこへ行ったのか？」

矢つぎばやに人員の安否をたしかめたあと私は、

「よくやった、よくやった」

と亀山伍長の手をにぎり、夢中でふりたてていた。そこへ分隊長がとんでやってきた。陣地へ行ってみると、無残にも付近一帯は爆弾の穴だらけ、堅固につくった掩蓋に直撃弾が命中し、砲身は中天をむなしくにらみ、脚は折れて車輪ははずれ、火砲ぜんたいが半分ほど土中にうまっていた。

もちろん、側壁にある弾丸はすべてうずまってしまい、通信壕も入口の半分がふさがれていて、内部には今井上等兵が鼻部から後頭部にぬける貫通銃創をうけて即死しており、村田兵長は薬筒置き場のなかで窒息しかかって意識不明といった惨状であった。

さらに分隊長も火薬ガスのため視力を一時的にうしない、芳賀兵長、太田上等兵はこれまたガスのため皮膚がただれていかにも苦しそうである。木村兵長、村山上等兵、中村上等兵らは耳がすっかりだめになっている。

私はただちに中隊長に報告するとともに、衛生兵を呼集して応急手当をしたあと、援助兵力の到着をまって死傷者を後送させた。そこへ中隊長から電話がはいる。

「もしもし、横林か、よくやった。大隊長は泣いてよろこんでいる。ただいまの射撃で敵の戦車の進出を阻止することができた。火砲はどうした、なに？　火砲は破壊された？　状況をくわしく知らせろ！」

「もしもし、中隊長殿。横林は申しわけありません。かんじんの射撃のさいは八号陣地に行っていておりませんでした。分隊長をほめてください、分隊長を……分隊長以下、まったくよくやりました！」

そばで分隊長がワアワア泣いている。

「小隊長殿、すみません。火砲が……火砲が……」

火砲を生命とたのむ砲兵にとって、たとえそれが不可抗力であったとはいえ、それを失ったことは身をきられるよりつらかった。いまや健全なる者は傷ついた戦友を介護し、戦場における唯一の人間的場面が現出しつつあった。

ふり返って、この悲運の状況を再現すればつぎのようなことになる。

私が八号陣地へ出かけてまもなく射撃命令がかかり、射撃目標を七号橋にとった。命令の全容は、

「ただいま七号橋に現われ前進しきたる敵戦車にたいして連続射撃をせよ」

というものであった。つぎの瞬間、あらかじめきめられた諸元によって射撃が開始された。

この敵戦車を渡らせてしまえば、旧四中隊陣地あとにいる大隊本部までわずか百メートル

内外しかない、たちまち蹂躙されること必定である。上空に敵機ランサーが旋回しているが、いまやそんな敵機などかまってはいられなかった。連続射撃あるのみである。

とにかくめちゃくちゃに撃ちまくった。一発放つたびに砲口より上がる煙はもうもうと陣地に低迷し、たちまちランサーに発見されることになる。敵機の銃弾はわが砲口前方より、土煙りをあげて砲側の今井上等兵にせまり、命中弾をあびせていった。

ここで全員は壕内に走り込んだが、そのあと飛来したコルセア機の投下する爆弾は、的確にわが陣地を破壊していった。一弾は掩蓋に命中して火砲をつぶし、その爆風によって薬筒が一挙に燃焼し、そこから生じた火薬ガスは壕内に吹き込んだ。危機一髪！　村田上等兵ひとりをのこして、全員はちりぢりになって壕をとび出していった。村田上等兵のみは神経痛のため急には足が立たず、多量のガスのために窒息しかかった。ただちに八号陣地に収容して手当がほどこされたが、ついに絶命にいたった、というしだいであった。

結局、この戦闘で戦死二名、負傷三名の損害をだした。そしてこの日、二小隊をくり出して土中にうまった弾丸を発掘して八号陣地に運び、火砲の部分品を破壊するなどして、あとしまつが終了したのは夜もおそい深更のことであった。

なおわるいことに、極度の疲労から木村兵長、中村上等兵の両名はついに熱発し、第一分隊はとうとう一名も立てなくなってしまったのだ。このあと八号陣地にたどりついたものの、幕舎は撤収してすでになく、やむなく七号陣地の旧掩体内へシートをしいて、ようやくのことと身を横たえることができた。ここにいたり中隊は、ついに火砲一門となってしまったのである。

7　ハリーの堅陣つよし

一方、敵軍の進撃はこのころよりさらにはやめられ、ついに七号橋が突破され、敵砲弾は八号陣地付近にたえまなく落下するようになった。

大隊本部も旧露営地へ引き揚げるとともに、状況は敵の潜入斥候がいつわれわれの陣地に現われるかわからない、という最悪の事態におちいっていった。

野戦休息地に寝ていた脳傷患者の竹市勇兵長、爆傷している鮎沢泰蔵上等兵の両名がついに絶命し、はじめ百五十名をかぞえた中隊も、その後の派遣、戦死、後送などで五、六十名にへってしまった。しかも、そのうち熱発して身動きできないものが三分の一もいたのである。

五月二十五日ごろになって、火砲坦送にでかけて消息をたった井波少尉がぶじにひょっこりと帰ってきた。彼は手に負傷しており、食糧もなく、食うや食わずで彼我入りみだれる第一線を彷徨していたらしい。

また、これよりさき五月三日に敢行されたA拠点攻撃で、猿渡大隊（草野少佐の代理）は野砲の仙波大隊とともに攻撃を敢行したが不成功におわり、おびただしい死傷者をだした。

伊藤中尉、佐野健治少尉の両中隊長が戦死、柏葉中尉は頭部と両足、腹部をやられて重傷を負い、小隊長柳沢准尉も頸部をやられて負傷した。そのうち五中隊関係の戦死者は伊藤中尉のほか、宮本義則軍曹ら十名がかぞえられた。

五月二十五日、いよいよ状況が悪化するなかで、夜陰を利用して第二分隊の火砲を五キロ後方のジャングル内へ後退させることとなった。おりあしく雨中のなか、ぬかる道をおかして間断なき砲撃下を苦心惨憺、ようやく遮蔽度の良好な地点をさがしておしこむことができた。

五月二十六日、「現火砲位置で放列をしき射撃すべし」という連隊命令がとどいた。そこで一晩じゅうかかって射撃準備をすすめたが、ついに射撃するにいたらず、そのため火砲の位置を敵に発見されることなく、かえってぶじ安全という皮肉な結果を生じたのだった。もし、このとき射撃していたなら、またまたさきの五号陣地以上に損害をだしたであろう。

その翌日、火砲をモビアイ川の手前に後退させて数名の砲監視をおき、中隊は五十六号橋陣地にいた連隊段列の火砲を申しうけて布陣することになった。この陣地こそ、私にとって忘れられない痛快なる一幕の舞台となった五十六号特攻陣地である。ここはママガタの八号陣地よりはなれること七キロばかりの地点にあった。

このとき八号陣地には負傷中の井波少尉と、負傷が快癒して退院してきた柳沢准尉が若干の兵とともに、残務整理と農園のイモを収穫するためにのこっていた。

五十六号特攻陣地への布陣にあたっては、各人の装具、弾薬、兵器、糧秣、そのほか運搬しなければならないものが多数ある。これらはいずれも夜間を利用して観測車につみこみ、牽引車でひっぱったが、例の一両だけのこった牽引車はここでも大活躍をみせた。

牽引車はとことんこきつかわれたが、一方で、私たちもすべての行動が夜間にかぎられたので、五月二十五日ごろから二十八日ごろまでは、一睡もすることができなかった。また、新陣地には食糧がまったくないので、八号陣地の農園のイモをできるだけ運びこんだ。

この間、三号陣地から後退した四中隊は、五十九号陣地にはいって射撃を続行していた。そして、井波少尉は大隊本部へ転属となり、中隊付将校はついに私ひとりとなって、話し相手は皆無という状態になってしまった。

しだいに接近する敵は、すでに至近距離に出没しはじめていた。そこで、危険となった八号陣地の柳沢准尉以下全員を後退させ、准尉と五号陣地で奮闘した安達、木村、芳賀らをモビアイ川の手前まで後退した火砲の監視にあたらせる。

さきにポロペイ川を第一線としたわが軍は、敵が進撃するにつれてタイタイの線まで後退し、佐藤大隊は一号橋付近、草野大隊はわが第五中隊のぬけた八号陣地付近に陣をしいた。

しかし、敵の猛攻はやすむまもなく一挙にタイタイを突破してきたので佐藤、草野両大隊の守備線は三日ともたず後退を余儀なくされ、六十号橋に陣どる二十三連隊の㊋部隊がいまや第一線となった。

その福田連隊の陣地は〈ハリーの堅陣〉といわれただけあって、さすがの敵も正面からの攻撃速度がにぶったようである。

いぜん敵は観測機やら偵察機でわが陣地を捜索し、そのあとF4Uコルセアの編隊をおくりこんで爆撃を敢行してくる。ついで地上から戦車を先頭にたてて進撃してくる。さらに後方からは大量の砲弾をおくりこんでくるのであるから、まったくのところわが軍は手も足もでない。

それにたいして、わが軍の軽機と小銃弾にはなんと不発弾の多いこと、また手榴弾は百パーセント不発というありさまで、敵にあるていどの被害をあたえられるものは残存する十五榴二門と、野砲三門のみであった。

それもごくかぎられた射界で、なおかつ敵の空襲をおそれつつの射撃であるから、その効果のほどはおよそ知れようというものである。

敵は前進すると同時に幅のひろい道路をきりひらいて、後方より兵器、弾薬、食糧をつぎつぎと奔流のごとくおくり出し、最前線をがっちりとかため、着実に攻撃の手をのばしてくる。これらの補給ぶりはまったくのところ、わが軍とは雲泥の差があった。

8　戦車おそるべし

このような悪化をたどる戦線で、孤軍奮闘の観のあるわが十五榴陣地にひょっこりと、師団参謀長の江島大佐が視察にやってきた。きけば砲兵出身とかで、意外なほど歳をとった、のんきな父さんそっくりの風貌をしている。

五月二十八日から六月八日まで、わが中隊は五十六号陣地で嵐の前の静けさというべきか、ときおり射撃をする以外は比較的らくな気分ですごしていた。なかばヤケぎみ、いや、こうなったら矢でも鉄砲でも……といったハラのすえようであったかもしれない。

とにかくサゴヤシの澱粉を採取したり、南蛮唐がらしで腹をみたし、夜間を利用して陣地を補強しつつ後方よりくる榴弾をさらに各陣地に前送したり、ときおりは射撃をする。けっこういそがしい毎日ではあったが、陣地移動がないだけに、気分的にはいささかの余裕があったようである。

そもそも防御戦というもの、防御にたつ側は前まえから堅固に陣地を構築し、射撃のための準備万端をととのえて、小人数の兵力と少数の兵器をもって敵を迎撃し、十二分なる効果をあげるべきであるが、いまの私たちはとにかく後退が急で、いつも射撃をしながら現在の陣地の強化をはかるしまつで、陣地がようやくととのったときは敵の進撃をうけて後退を余儀なくさせられ、せっかく完成した陣地も放棄せざるをえない、といったことをくり返していたのである。

ホンゴライ川の十三連隊による防御、ハリー川における二十三連隊の防御などは、かねてより周到な準備をしていたために、強大な敵をはばむことができたのであった。が、そのため敵はこれらの陣地を迂回して進撃してくるようになった。

われわれの五十六号陣地がようやくととのうころ、敵はやはり〈ハリーの堅陣〉を迂回して、ハリーと五十六号の中間点あたりに出現してきた。

このため師団司令部も、わが野重連隊本部も後退して行き、大隊本部はアクの二中隊のいる地点まで後退してしまった。

そして、さらに四中隊までも山内少尉以下七名を現陣地（五十九号）にのこし、主力は後方はるかマイカへと後退していった。

まず戦車を先頭にする敵の威力はすさまじいばかりであった。この戦車による猛攻には、わが急造の陣地はかたっぱしからつぶされていき、いまや師団をあげて戦車の出現をおそれるようになっていたのだ。

山内少尉がのこされたのも、じつにこの一事に起因していたのである。つまり、このもっとも手ごわい敵の戦車を撃破するための特攻隊として残留することとなったのである。これは十五榴の火力をもって敵戦車を目標に直接照準し、あらかじめ照準線を決定しておいて、約百メートルの至近距離から一発で射止めようとするものであった。

これには、野砲や山砲のような軽快な火砲を使用すれば方向転換なども容易だろうが、それらの火砲では破壊力も小さく、とうてい敵戦車の厚い装甲をうち破ることはできない。他方、鈍重で機動力にかける十五榴では、最初の一発が成功しないかぎり、撃破はほとんど不可能といってよい。とくにジャングルのなかとはいえ、敵の空襲下では二発目、三発目はまったく期待できないのである。もし、初弾が不成功におわったなら、機動力のある射撃速度のはやい戦車砲により、逆に完膚なきまでたたきのめされてしまうこと必定である。

そこで師団は最後の手段として、特攻隊と称する〈砲兵の斬り込み隊〉を編成し、その成否に師団の命運をかけたのであった。

そうこうするうち、わが五十六号陣地にも敵の観測機が飛来するようになった。P43ランサーはつねに上空を旋回しており、敵砲兵による砲撃もわれわれの百メートルほどのところに弾着するようになった。

そして、六月五日になると、意外にも師団参謀長江島大佐、神田八雄参謀、歩兵十三連隊長牟田大佐、工兵連隊長岩中大佐ら、そうそうたるお偉方が十五榴陣地に姿をみせ、以後、わが陣地は特攻陣地と決定された。

すでに榴弾の補給もむずかしくなり、といって、後退しきれない重量級の十五センチ榴弾砲のことである。いよいよここにわれわれの命運決したりの感があった。

そのあと、中隊長と神田参謀のあいだに激論がたたかわされたが、結果は現陣地の右方百メートルの地点に特攻陣地を構築して敵戦車の出現をまつことに決定し、その特攻隊長には私が命ぜられたのであった。

ここにいたって、べつに私にはさしたるおどろきはなかった。そのときの気持を一言でいえば、「ただ全力をつくして、あとは玉砕するのみ」という諦観に似た心のもちようであった。

このころ、さきに私たち五号陣地において活躍した兵隊にたいして、連隊長より賞詞があったが、さしてうれしいという気分はわいてこなかった。しかし、目前にせまった特攻作戦をひかえていささかの心のハリとなったことはたしかだった。

9　巨砲特攻隊出陣す

このとき、わが五十六号陣地の兵力は約三十名をかぞえ、そのほかの兵も連隊本部直轄の輸送隊となって任務についていたが、前線の逼迫とともに輸送任務も不可能となり、つぎつぎと原隊に復帰していった一方、柳沢准尉以下五十三号陣地にあって射撃準備をすすめていた火砲が万端ととのったので、中隊主力は私以下七名をのこして五十三号陣地へと後退していった。特攻隊要員はつぎの七名であった。

陸軍少尉横林弥門、軍曹安達秦次郎、以下、河俣千代美、稲垣要市、杉浦国平、遠山義男、伊藤軍次らの兵である。

五中隊主力が後退したあと、歩兵第十三連隊が付近一帯に陣地を築きはじめ、わが特攻隊の新陣地も工兵隊の支援をうけて構築にうつり、さらに強固なものがつくられることとなり、あたりはにわかにあわただしさをましていった。

その後も「竹トンボ」は毎日のように飛来し、ルイセイ教会付近は砲爆撃で荒れに荒れていった。

六月十日のことであった。完成まぢかい特攻陣地への陣地変換の準備中、いきなり陣地内へ五、六発の弾着があった。たちまちすさまじい爆煙につつまれてしまったが、その瞬間、「うーん」とうめく声がする。だれかやられたらしい。私は夢中で壕内に飛び込んでいた。たったいま耳にした悲痛なうめき声に、いよいよ戦場の終幕がちかいことを痛感せざるをえなかった。そして、砲撃がいやまして恐ろしく感じるようになり、なればなれるほど、経験すればするほど恐ろしく感じるようになっていた。

「やられたあ」とさけぶ声、「殺してくれっ、鉄砲もってこい!」と泣く声。大の男が大声で泣きさけぶのだ。手当をする兵隊もなすすべもなく当惑のていである。この砲撃で歩兵一名と工兵一名が負傷し、わが中隊の中村上等兵が腹部をやられて負傷した。

ところが、この砲撃が終わって二十分ほどたったころ、またも砲撃をうけて、さきほど負傷した兵隊に命中して、みじんになって飛散した。砲撃の悲惨さここにきわまれりの観である。

特攻陣地構築中の工兵は、負傷者一名をだしてからはまったく士気がおとろえ、さっぱり作業をしなくなってしまった。

とにかくこの日の夕方までに陣地を変換する予定でいたので、なんとしてでもかたをつけなければならない。やむなく叱咤激励して、どうやら完成にまでこぎつける。

砲撃は二十分おきにかならずやってきた。しかし、予定の牽引車はまだ姿を見せてくれない。敵砲弾の一服する二十分間の間隙を利用して陣地変換をしようとするが、やたらと重いこの十五榴であり、しかも夜のジャングル道である。ぶじに移動できればよいが、へたをすれば犠牲者さえ出かねない。

その夜、陣地変換をするころになって、にわかに砲撃がはげしくなった。きのう陣地後方百メートル付近に住民の犬が現われたとか、住民が二、三人姿を見せたとかの情報がはいったが、すでにわが陣地は敵に発見されているのかもしれない。

いぜんつづく砲撃下に牽引車はなかなか現われず、砲撃があるたびにしだいにジャングルは清掃され、いつもながらしだいに遮蔽度がおちていく。

十一時ちかくの深夜、ついに松山軍曹の操縦する牽引車がやってきた。ただちに火砲を連結するや新陣地をめざす。このときばかりは幸運にも新陣地に進入するまで、敵弾は一発もとんでこなかった。

これさいわいと特攻隊七名は火砲ならびに陣地の整備にとりかかり、ほかのものは糧秣、弾薬などを牽引車に積載して、旧陣地の撤退準備をすすめる。

そうこうするうちに二十分がたち、砲撃が再開される。と、ただちに牽引車を旧火砲掩体にのり入れる。砲撃は間断なくつづく。

そのとき、「ああん」とさけび声が起こった。だれかやられたらしい。かけつけてみると、逸見貞雄伍長がたおれている。どうやら尻をやられたらしい。すでに意識もほとんどなく、呼吸もよわく、よべども反応はなし。逸見伍長は中隊長が信頼をよせている優秀な衛生兵であった。

ふと隣りを見ると、だれかもう一人がたおれている。まだいるのかと、とっさに近寄ってみれば、なんと相川伍長ではないか。彼は五年兵で、中隊一の模範兵だ。彼も逸見伍長とおなじ個所をやられている。

と、またも発射音がある。私は立ちあがることもできず、ふせたまま顔を上げたところ、四、五メートルはなれた場所にだれかがたおれているのが見えた。無残にも太い小腸がとび出ている。東武市兵長はうつむいたまま意識がまったくない。なんたること、中隊最優秀の兵ばかりをいちどに三名もうしなうとは。おそろしきは迫撃砲の威力である。

掩体に入ってみると、そこでは松田定吉兵長が脚部をやられて重傷だ。なんたること！ただちにみなで逸見、相川、東の三名をつぎつぎと壕内へ運びこんだが、手当のかいもなくついに絶命した。やむなく壕内の一隅に埋葬する。

松田兵長のみは応急手当をして後送すべく、牽引車にのせた。一声も苦しい声を出さず、じっとがまんをする彼、手ばやく介抱をする棚軍曹、さきの伊藤中尉のさいといい、棚軍曹の処置はいつも適切である。

このとき山口軍曹が中隊命令をもって連絡にきた。

「敵砲撃熾烈により陣地変換を中止し、すみやかに牽引車を後退せしむべし」

しかしながら、ときすでにおそし、である。「もはや陣地変換終了して、犠牲四名を出せり」これを聞いておどろく山口泰次郎軍曹。細部は山口軍曹により中隊長へ報告してもらうことにして、のこりの兵隊はすべて明け方をまって徒歩で後退させた。かくして第一線には私以下七名と、陣地構築のための工兵のみがのこることとなった。

夜が明けるや、敵の攻撃はさらに本格化し、砲爆撃は容赦なく陣地周辺に弾着する。

いまやわが軍にとって最大の強敵となった敵戦車を、師団唯一の重火器である十五榴を犠牲にしてまで撃破しようとするからには、その成否は軍の作戦上からも、軍の士気高揚のためにも大きな影響力をもつことはうたがいのないところで、それだけにわが特攻隊の任務の重大さをひしひしと感じたのであった。

六月十一日、後方掩体の完成をいそぎ、また同時に陣地の完成を急ピッチにすすめているところへ、連隊段列の荒井准尉がやってきた。手をあげて応待する私、なにやらあわてたように引き揚げる彼、まったく一言のむだをいうひまもない気ぜわしさである。その彼から一言、佐藤大隊の佐々木純一少尉が負傷したことを聞いた。

翌十二日も相変わらず砲撃はくり返され、敵がいよいよ目前にせまっているのを感じる。迫撃砲の発射音がすぐ近くのジャングルのなかで起こるようになったからである。

この日よりわが特攻陣地は、歩兵第十三連隊へ配属になったことをしらされた。

私たちと行をともにするのは同連隊の藤田中隊であり、同中隊はわれわれの陣地後方五十メートルほどのところに陣をしいている。

10　火の玉と化した目標

夕方になっても、工兵による射界清掃がまだ終わらない。射界が完全にえられないと射撃はまったくのところ不可能なのである。砲口と目標の間に木枝ひとつあっても、瞬発信管はその枝にふれて炸裂し、目標に達することができないのだ。そのためには、現在位置から目標まで丸見えにする必要がある。敵戦車出現を想定する道路上の一点までの距離は約百五十メートルであった。

その夜、不思議と砲声は起こらなかった。さっそく夜間作業にとりかかる。まず、なんとしても射界清掃をしなければならぬ。遅々としてすすまない工兵をはげましつつ、灯火を利用して射界清掃をすすめる。

砲位置から道路上においた灯火がちらちらかすかに見える。帰りたさいっぱいの工兵は、「翌朝きてみます」といってさっさと帰ってしまう。これでは不充分ということは明瞭だが、彼らをひきとめることはできず、翌朝になってあらためて見ると、やはりジャングルの枝にさえぎられて道路はぜんぜん見えない。くるといった工兵はついにこず、やむなく補充兵をはげましつつ分隊長らとともに大木を二、三本切りたおし、木枝をはらってようやく道路を丸見えにしたのだった。

正直なところ、このときはじめて私は全身に気力が充実してくるのをおぼえた。これならかならず戦車をやっつけられるぞ——と自信がわいてきたのだ。

これまでは、師団参謀がどうしても現在地点でやれというから、しかたなく員数的な気持で、「どうにでもなれ、どうせオレはここで死ぬのだ」といささかヤケッパチでいたのだが、ここにきてようやくヤル気になったのである。

じっさいのところ現在地点では、そのあと射撃準備をして、砲撃可能にするまで大汗をかいたものである。しかもこの間、敵の砲撃は間断なくつづいていたのだから、なおさらのことである。

とにかく十五榴の角度をきめて試射の一発を放ち、その弾着点に目じるしをたて、暴露部分にカムフラージュをほどこし、射撃準備万端ととのったときは、さすがにあせりにあせっていた私もホッと胸をなでおろした。

さあ、いつでもこい、やっつけてやるぞ——である。ところがこのころ、私のもとに山内特攻隊の攻撃失敗の報がもたらされた。これで私の任務はますます重くなった。もしも、わが陣地をふくめて二つの特攻隊が失敗に終われば、十五榴による対戦車攻撃はダメだという折りがみがつけられてしまうだろう。そこはわが野戦重砲の名誉をかけても、師団の期待にこたえてぜひとも成功させねばならない。

敵はハリー川をこえ、山内特攻陣地を突破して、いよいよわが陣地の手前の五十六号橋をへだてて対岸にせまり、軽迫撃砲をならべたてて砲撃を開始してきた。まるでカネをたたくような連続発射音がしたかと思うと、一分間ぐらいおいてものすごい炸裂音とともに、わが陣地付近は砲撃の雨にさらされる。

文字どおり指呼の間にせまった敵は、まもなく戦車を先頭にして強力なるクサビをうち込んでくるであろう。その決定的瞬間をまつ私の心は、不思議と冷静であった。どうか戦車がくるように……戦車が姿を現わすまでどうか陣地がぶじでありますように……とひたすら祈った。

さいわいに糧秣は中隊が残していってくれたので、三度、三度、腹いっぱい食うことができる。そのあとどっかと陣地内に腰をすえる。このときだけはまるで天国にいる気分だった。

翌十四日、陣地を補修しているところへ、ひょっこりと井波少尉がやってきた。

「よう、元気か……」

「やあ貴様か、よくきたな、ひさしぶりだな」

同期の出現で私はうれしくなってしまった。きけば彼も十三連隊に配属になって、いまは観測斥候として第一線にきているという。気がついてみると、なんと彼は巻脚絆もしていなければ軍刀もない、まったくの丸ごしである。まったく無頓着なヤツだ。私が、

「オレはここで死ぬからな、あとはたのむぞ」

といえば、

「ばか、なにをいうか。オレを見ろ。あっちこっち第一線に出されているが、このように逃げまわっている。死ぬのはいつでも死ねる。逃げろ、逃げろ……」

と、冗談とも本音ともつかぬ言葉をはく、おもしろいヤツだ。彼の楽天的なところはうらやましいくらいである。

その夜は井波を壕内によんで会食、彼に腹いっぱいご馳走する。十五日、中隊長より連絡があって、煙草をおくられる。

明くれば十六日――午前八時。かすかに戦車の爆音が聞こえてくる。いよいよお出ましらしい。「くるぞ！」と全員配置につかせて、いまやおそしと息をころしてまつうち、やがて緑色にカムフラージュした敵戦車がジャングルの突角に現われ、しだいに全容を現わしてきた。キャタピラの一枚一枚をゆっくり地上におろしつつ、低速で用心ぶかく進んでくる。と、あらかじめ設置した目じるしが完全にかくれた。

「いまだ！」

砲塔を斜めに指向して徐々にすすむ戦車が、みごと射線内に入ってきた。

「撃て！」

ものすごい発射音の直後に、前方に火の玉が光った。みごと命中である。つづいて三発を撃ち込んだ。

「撃ち方やめ！」

見れば、車体前部に大穴をあけ、砲塔は半分ふっとんで真っ黒になって擱座している。

「やった、やった！」――重責をはたしたよろこびがいちどにふき上げてくる。これほどの感激はあとにもさきにも二度とないであろう。

このあと私は、つぎの敵の反撃にそなえて全員を壕内に収容し、一名を藤田中隊へはしらせて成功の報告をする。そこへ井波がとんでやってきた。大よろこびである。

「ようやった、ようやった！」

ついで十三連隊の連中が、つぎつぎと見にやってくる。

射撃が終わって三十分ほどするころ、敵兵が戦車のまわりをうろつきながら、われわれの火砲のある方を指さしてなにやら叫んでいるようだ。どうやら陣地のありかを発見したらしい。

こいつはよい目標とばかり、戦車の周囲をうろつく敵兵を撃つべく藤田中隊に連絡をするが、反撃されるのをおそれてかなかなか撃たない。そのうちとんでもない方向に、擲弾銃を撃ってすましている。わが陣地から見れば、敵の出没は丸見えである。狙撃するにはまさに絶好のチャンスなのに……。

前進不能とみたのか、きょうはこれまでとばかり、敵はすぐ後方のジャングル内で煙をあげ、食事の準備にかかったようである。まことわが軍とは天と地のへだたりだ。食事どきになったら食器をもって、目前の川にまでおりてくるしまつだ。

その彼らはみな上半身はだかである。みごとな体格に真っ赤な皮膚、みるからに健康そうだ。青黒い、やせこけた日本軍とはたいへんなちがいである。

そうこうするうち、師団から連絡がきた。

「横林特攻隊の成功を祝す。火砲破壊をまて、五発の弾丸を前送する。なお機会をねらうべし」と。

戦車のみをねらい、ほかはいっさい撃つな——ということである。酒と煙草がわずかながらとどく。野重連隊からも連絡があり、歩兵十三連隊長からも一言があり、携帯口糧三つのおくりものがあった。十三連隊はよほどうれしかったのであろう。

しかし、敵観測機は相も変わらず上空を旋回し、偵察をしている。そして、ときおり日本軍陣地らしき目標をみつけると、手榴弾のようなものをさかんに投下してくる。その高度は小銃で撃っても命中するほどのもので、

「まったく歩兵の連中なにをやってやがんだろう、だめだなあ」

とくやしがる兵隊たち。彼らの跳梁にまかせていれば、やがては砲爆撃にさらされることになるであろうに……また、逆に発砲してもおなじことになるであろうが……くやしいかぎりである。

その夜は井波を壕内によんで会食し、祝盃をあげた。

「まったくうまくやりやがったなぁ、オイ。連隊一の殊勲者だぞ、いや、師団一じゃないか……」

と一人でしゃべっている。友のうれしがる顔を見て、あらためて私は、ほんとうにやったんだなあと感を深くする。

しかし、神ならぬ身のだれが知る。この五十六号特攻陣地における出会いが、井波との最後となったのである。その後、ついに彼とは会うこともなく、彼はタイタイに潜入して戦死してしまったのだ。

十七日、前方でさかんに敵の自動小銃と軽機の音がする。友軍の斥候と衝突したのか。

陣地は敵の砲爆撃にさらされて、なにも手出しができない。擱座した戦車後方の敵はジャングル中に迂回路をつくっているのか、しきりに木々を切りたおしているのが見える。そし

て――それを撃てない悲しさ。ただただ傍観するよりしかたがなかった。
それにしても、敵の潜入斥候がいつ、どの方向から現われるかも知れないのだ。作戦はようやく一つが終わったが、戦争はいつまでつづくのか、私にとってきょう一日は長いながい一日であった。

11　さらば愛しの榴弾砲

十六日の戦車攻撃のとき、私は熱をだして、どうにも苦しくてしようがなかった。といって、責任上、寝ているわけにもいかない。そんなムリがたたって、その後は十日おきにかならず熱が出るようになった。

私の体力は目にみえて消耗し、かろうじて気力と責任感でもちこたえていた。

歩兵の方は、いつでも撤退できるように、背嚢を背負ってそのときにそなえていた。撤退をまつばかりであるから、敵の報復を計算にいれて、われわれから射撃などするわけもなく、ときのいたるのをひたすら待つばかりのように思えた。

六月十九日、早朝よりF４Uコルセアによる大爆撃があった。歩兵の陣地前方の窪地一帯が、めちゃめちゃにやられた。さいわい、わが特攻陣地はぶじであった。しかし、歩兵中隊の陣地はつぶされるか、あるいは埋没させられて、徹底的にやられた。

爆撃が終わって、やれやれと思っていると、歩兵から連絡があった。「撤退準備をするように」とのことである。〈ヘンなことをいうな〉と不審に思って、藤田中尉のところに内情を聞きにいく。

「爆撃がひどくて、とてもここにはおれない。大隊までいっしょに退りましょう」

ということだった。

なんだ、師団命令ではないのか——私は師団命令がないのに、退るわけにはいかないと思った。それに火砲があるので、そう簡単にはいかない。

藤田中尉にそのむねをつたえて、いぜん特攻陣地にのこることにした。そこへ井波がまたもとんできて、

「まったく、あきれたやつだ。爆撃後だから、かえって安全なのに。しんぼうできなくて撤退するなんて、バカなやつだ」

と憤慨する。そして、

「オレも歩兵に配属できているから、歩兵と行動をともにする。キサマもそんなところにいつまでおってもムダだ。去る準備をしておれ。オレが撤退の手続きをとってやるから……」

といいのこして、去って行った。

特攻要員を守るべき任務をおびた歩兵も去ってしまった。私は第一線におきざりにされたわけである。しかし、私は命がおしいとも、後退したいとも思わなかった。〈いまとなってはただ死あるのみである〉と思った。もはや、いつでも死ねる覚悟だった。なすべきことは

すべてなしたのだ。

その前に、井波の観測による数値をもとに、後方の友軍からの十五榴の射撃があったが、歩兵大隊本部へ弾着したり、不発弾があったりして、なぜかさんざんな射撃ぶりであった。

敵はあいかわらず、戦車の付近を去来している。業をにやした私はなんとしても我慢ならず、ここは独断やむなしと一発おみまいした。あわてふためく敵のようすがよくわかった。すべてを忘れる一時の痛快事である。

その一方で、いつものとおり敵の砲撃がある。こうなると火砲のそばに小さくなっているしかない。そのうち破片が陣地内にとびこんでくる。不運にもその弾片で河俣上等兵が頸部(けいぶ)をやられた。

「小隊長殿、やられました！」

「なに、壕に入れ！　分隊長、つれていけ！」

しばらくあたりのようすをうかがってから壕内に入ると、河俣は苦しそうに、気息奄々である。そして、苦しそうにのどをふりしぼっていう。

「小隊長殿、もうダメです。殺してください。拳銃を……」

キズの状態を見れば、頸部動脈は完全に切断されている。応急処置も不可能だ。顔は真っ青で、呼吸もしだいにおとろえていく。

「よし、みんな陣地の方へ行っておれ！」

私は人ばらいしてからいった。

「河俣、すまない。やるぞ！」

「小隊長殿、お願いします。中隊長殿によろしく……」

そういったかと思うと、彼は最後の力をふりしぼって自決した。白布をおおって合掌する。そこへ分隊長が入ってくる。大切な部下、ただ一人のたよりになる兵隊を亡くして、私はしばし呆然としてしまった。

埋葬が終わってから、各人の装具を整理した。そして火砲の方を見ると、うちつづく砲撃で土砂はくずれ、掩蓋には大穴があいている。

間断なき砲撃は、相変わらずやむことがない。敵は迂回路を通って、さらに前進したらしい。井波がとんできた。

「おい、撃ったのか！」

「うん、あんまりシャクだから発射したよ。それで、豪軍の野郎はまったく出てこなくなったよ。しかし、河俣がやられた」

「そうか。もういいかげんにして、火砲を破壊しろよ。師団に連絡して、返事をもってくるからな」

そういって、また行ってしまった。きょうは二回目だ。分隊長は、

「小隊長殿、このままだとますます犠牲が出るばかりですから、ひきあげませんか」

と弱音(よわね)をはく。たしかに、任務は終わったのかもしれない。守備すべきはずの歩兵もいない。ならば、これ以上ここにいても、ムダというものだろう。生還しても恥ずかしくない、

とようやく決心した私は、

「よし、火砲破壊の準備をしろ。装具は壕から出して、うしろの交通壕へ集積しておけ」

と命じた。しばらくすると、十三連隊から連絡があった。師団命令である。

「横林特攻隊は、その任務を完了した。すみやかに火砲を破壊して後退し、十三連隊長の指揮にはいるべし」

ついに命令がきたのである。これで大いばりで後退できる。井波がまたとんでくる。

「おい、火砲破壊だ。オレも立ち会うぞ」

「うん、見ていてくれ」

そして私は兵隊に、

「分隊長だけのこって、兵隊はただちに後方の通信壕まで行っておれ」

と後退させた。それから破壊装置をセットして、榴繩を壕のなかにひき入れた。分隊長も壕内へ避難させる。かたわらで井波が、

「おい、なにをしている、はやくはいらんか」

とせき立てる。じつはこのとき、私は火砲とともに自爆するつもりであった。分隊長だけを壕内にいれ、私は火砲のそばで弾丸を爆発させ、火砲とともに玉砕しよう、と思っていたのだ。しかし、井波は、

「はいれ、はいれ」

としつこく袖をひく。分隊長も、

「はやくはいってください」

と懇願する。やむをえず、私も壕にはいった。

「引け！」

その瞬間、ものすごい十五榴の破裂音がとどろいた。ぐらぐらと大地がゆれる。火砲の車輪がはずれ、砲身ががっくりと首をおとす。さしもの十五榴も無残にくずれ落ちた。その一発の威力はすさまじく、掩蓋もくずれ落ちて、なかへ入れなくなっている。

「さあ、ひきあげだ」

井波にせき立てられて、通信所にむかう。そこで兵隊をまとめて、歩兵大隊本部までいったところ、歩兵大隊長の赤井少佐から、

「ご苦労、よくやった。ありがとう。連隊長によろしくいってくれ」

との賞詞をもらう。十三連隊の兵隊たちも、みな一目おいたような顔をしている。

軍医がタバコを一本くれた。そこで私はみなに別れをつげ、井波とも離別して、部下とともに十三連隊の本部にむかうことにした。見れば、井波は大隊長のすぐそばで通信壕を掘っていた。

十三連隊の本部に着いて、牟田大佐に申告する。そばに木下少佐もひかえている。そこで師団長の賞詞を頂戴したあと、さっそくつぎの任務を命ぜられた。「分哨に服すべし」というものであった。任地は、本部より二キロほどはなれた旧野戦病院跡であった。そこで私たちは前任の輜重隊の兵二、三名と交替する。

とうとう火砲とはなれるときがきた。火砲のない砲兵——気おちした私たちはもう、すっかりやる気をなくしていた。十五榴とともに行動してこそ、いかなる困難にもうち勝つ張り合いがあった。この火砲といっしょならば、というほど、火砲は唯一の力の源泉でもあった。いかに敵の砲撃にあおうと、いかに危険にさらされようと、火砲にしがみついてさえいれば、なんとなく心強かった。火砲は私たちの心にしっかりと結びついていた。たとえ、射撃のできないときでも、火砲さえあれば、またつぎの活躍の源泉となったのである。

私たちはキョトンと座ったまま、しばらくは無言であった。羽をむしられたにわとりのように、まったく悄然としたありさまだった。「火砲は砲兵の生命なり」という教育が、どれほど強く私たちの頭にこびりついていたことか。このときのむなしさは、いいようがなかった。

やはり火砲とともに死ぬべきだった。井波がいなかったら、オレは死んでいたであろう、とあらためて悔やんだ。

気乗りのしない心にムチうって、宿営の準備をさせた。食事を終えて、はやばやと寝につく。遠くで砲撃の音がする。軽機の連続射音も聞こえた。

12　のこる最後の一門

翌二十日、私は木下少佐の命令をうけて、ほかの場所へ陣地構築にとりかかる。十二時ごろ、十三連隊より連絡があった。

「すみやかに原隊に復帰すべし」

やれうれしや、私はさっそく兵隊をまとめて、十三連隊長に申告をすますと、いそぎ原隊へとむかった。

五中隊はモビアイ川後方の四十五号橋ふきんに、連隊本部はミオ後方の四十二号橋道路より約一キロのジャングル内にいるらしい。

敵の砲撃は、わが後方の交通を遮断するためか、さらに熾烈をきわめてきた。この付近にもすでに敵の待ち伏せがときどき出没して、安心して後退できる状態ではなかった。

旧野戦病院跡より本道に出て、早駆けですすんだ。ときどき、道路付近に砲弾が落下する。そのたびに、両側の穴のなかへ身をひそめる。後退するときの、付近に落下する弾ほどこわいものはない。いまや死にもの狂いの原隊さがしとなった。

モビアイ川の徒渉点は、もとより間断なき砲撃をうけ、河岸は荒れほうだいである。発散しきれない煙が、もうもうと立ちこめている。

ようやく徒渉が終わって、敵砲弾の効力圏外に出た。これで、まずはひと安心だ。すでにあたりは真っ暗闇になって、なおのこと不気味である。

ここで私は兵隊一名をつれて、まずは師団司令部の捜索を行なった。ほかの者には食事の準備をさせておく。兵隊がよろこぶのは、「今晩は飯盒いっぱいたけ」といわれたときだけである。

けんめいにさがしまわったものの、師団司令部の居場所はついにわからずじまいだった。やむなくこの夜はまったく見当もつかない、わけのわからない所に寝るよりしかたがなかった。

六月二十一日、四十五号橋の中隊陣地にようやくのことたどりつくことができた。さっそく兵隊をやすませ、私は一名の兵をともなって、師団司令部まで連絡にいった。神田参謀に会って、師団長に申告する。秋永勉師団長は〝のんきな父さん〟のようなかっこうで出てきて、

「おお、よくやった」

と大よろこびした。

さらに細部の攻撃状況を報告する。そのあと、中隊に帰って中隊長に申告し、やっとひと休みできた。

中隊最後の火砲は、柳沢准尉以下七名で編成された小隊をもって、四十八号橋の特攻陣地に設置されていた。これはまた、さきの私たちとおなじような作戦に使用されるのであろう。

小隊長は柳沢准尉、分隊長は滝沢伍長である。私は経験者として直接指導のため、陣地変換に立ち会った。兵隊は私のときよりさらに選りすぐりのものをあてているようであった。

最後の一門まで特攻用として犠牲にしなければならないほど、戦局は逼迫していたのだ。弾丸は欠乏し、後方輸送はますます困難になっていた。敵の前進に押しこまれるように、陣

地を後方に変換して、そのたびに陣地構築をしてきたわけだが、砲爆撃により、ジャングルの大部分が焼きはらわれて、もはや選定すべき陣地がなくなっていた。

また、牽引車も消耗しきって、とうてい使用にたえられる状態ではなくなっていた。ようするに、これ以上、砲兵の任務を遂行することができないほど、追いつめられていたのである。

この陣地変換のあと、私以下八名は、四十二号橋の後方集積地にむけて、やすむヒマなく出発することになる。

ミオ川の近辺も敵の砲撃のため、モビアイ川以上に散乱していた。敵の爆撃は、まず徒渉点に集中される。かつてこの島に上陸したての昭和十八年ごろは、どの河川にもりっぱな橋がかかっていた。それがいまはみな破壊されて、たんなる徒渉場となっている。河岸一帯もすべて焼きはらわれて、対岸についても、遮蔽するものがなにもなくなっている。

もはやこれまでである。私の砲兵としての大任はまったく、文字どおり完全に終止符がうたれたのである。すぐる昭和十七年に、市川市国府台にある野戦重砲兵第十七連隊に入隊していらい三年半、十五榴と切ってもきれない関係にあった私は、ついに火砲を破壊しさり、同時に砲兵としての任務を、すべて終えたのである。

かくなるうえは歩兵として、最後まで敵に食いさがり、しかしてのちに玉砕、という段どりでことはすすむのであろう。

13　全員歩兵と化して

四十三号橋には、河合軍曹以下の五名がたむろしていた。そこで彼らは陸稲を鉄帽に入れてつき、玄米にしあげている。まったく、のんびりした風景だった。

六月二十二日、連隊本部へいくと、副官の大野三郎大尉、先輩の笠原徳一郎大尉がいた。みなは口をそろえて、

「よくやった、さすが横林」

といってくれた。連隊長に申告すると、

「野重の名誉をよく守ってくれて、ありがとう。ご苦労であった。いまの兵隊をしっかり守って掌握し、いかなるときでも手ばなさぬようにするんだな」

とはげまされた。

午後一時ごろになって矢吹中隊長以下、五中隊全員が後退してきた。ついに部隊の主力は、ミオ以東に後退してしまった。かつて連隊長はタイタイにおいて、

「野重はタイタイの前線を死守し、ミオ以西にて玉砕する覚悟である」

といっていたが、その言葉とはうらはらに、ついにミオ川以東に後退したことになる。師団長も、

「オレはミオ以東へは行かない。かならず死守するつもりである」とい

と言明していたし、また軍司令部でも、「秋永部隊はマイカ決戦には用がない」といってっていた。ようするに、各地区ごとに玉砕して、他地区まで後退するな、ということであった。

しかし、戦局の推移はそんな理屈どおりにはいかず、ついに大部分がミオ以東の線に後退してきてしまったのだ。そして、おそらくはこのまま押されて、やがて八月か九月には、全島が玉砕ということになるのであろう。

四十二号橋に集結した中隊は、これより歩兵第二十三中隊と名称をかえ、なれない歩兵戦闘を余儀なくされることになる。そして、同時に不慣れな連隊本部の作戦は、ネコの目のように絶えず変わった。

まず、四十号橋に陣地を構築する。つぎに、「横林少尉以下、若干がのこって、中隊主力は四十三号橋に陣地を構築せよ」それがまた変更になって、こんどは「四十号橋に陣地を構築……」といったぐあいである。

さらには、「横林少尉以下五名はポレブル間道に小哨位置を占拠せよ」また一転して、「四十号橋に特攻陣地を構築……」となり、くわえて「四十一年式山砲をもらって、特攻用に使用すべし」などと、ころころ変わる。しかしながら、けっきょくのところ特攻陣地は中止となった。

六月二十八日。とつぜん、私は連隊本部へよばれた。「山田部隊捜索のため、中洲へ行くべし」という命令である。さっそく、兵隊四名をつれ、山田隊の下士官一名をともなって、

敵中を捜索に出発した。

しかし、山田隊の消息は容易につかめなかった。

そこで私は山田隊の兵は帰して、自分の隊の兵だけをつれて本道にむかって南下したが、その途中、滝沢登助上等兵が負傷してしまった。

これでは任務達成はむずかしいと判断した私は、その夜は、ちかくの壕内にこもって滝沢を介護した。

そして翌日、安全な場所までもどり、滝沢を後退させてから、ふたたび任務についたが、敵地に潜入するや、たちまち敵の発砲をうけた。けんめいに捜索をつづけたが、山田部隊の消息はいぜんとして不明で、やむなくミオ川左岸の「中村観測所」までひきあげたのだった。

そこには中村少尉が観測斥候として出ていた。彼らは遮蔽物もなにひとつない川辺のきわのところに、壕を掘って任務についていた。

手段に窮した私が、そのむねを連隊本部へ報告するために帰ったところ、すでにわが矢吹中隊は中洲の守備のため出発したとのことだった。

そこで私は中洲の後方にいて、中洲の第一線について部隊との連絡に任じたあと中隊に復帰したが、その後にも斥候にはたびたび出た。

その一つに十三連隊の所在捜索があった。すでに師団でも、第一線部隊がどこにいるのかわからなくなってきていたのだ。また、十三連隊の壮途を祝する命令伝達のため、タイタイ方面に敵の後方撹乱に行ったこともあった。このときは、夕刻に命令を受領したが、危急だったので、翌朝を待たずに、灯火をつけて出発したものである。あるときは戦車三叉路ふきんの捜索にも、敵尖兵の待ち伏せ攻撃にも出たことがあった。

とにかく、このころになると食糧がまったく底をつき、体力は極度に消耗していた。連隊本部から支給される食糧も、一日一包み半の乾パンと、ときどき給与係の千葉曹長がイモなどをはこんでくれる程度であった。

したがって、空腹をみたすため、ジャングル野菜、木の芽、草の根など、味もなにもないものを手あたりしだいに腹におさめた。

歩くのもふらふらしていた。着るものもなくなり、濡れると、体温で乾かすよりしかたがなかった。余分なものは何ひとつなかった。食事も真っ暗闇になってから、灯火のもれるのを気にしながら炊事し、手さぐりで食べた。

このときのことは、いま思い出しても、何がなんだかわからないことばかりだ。

さらにあの特攻いらい、十日に一回はかならず熱発するようになっていた。体力は極端におとろえ、あるのはただ気力と精神力だけであった。熱発をおして斥候にいくときなどは、まったくのところ精神力のみで、行動をおこす以外にない。

七月十七日、戦車三叉路への斥候についた。このときは、棚軍曹と吉田平兵長の二人をつれていったが、その留守中、中隊は敵に襲撃され、そうとうな激戦を展開したらしい。戦死者一名、それは板垣軍曹であった。ほかにも多数の負傷者がでたようである。交戦が終わってまもなく陣地一帯は砲撃にみまわれた。

斥候から帰ると、私は連隊命令で猿渡大隊に配属になっていた。

そこで翌日、棚軍曹と吉田兵長をつれて猿渡隊へいった。ほかの兵隊は先発していた。私は四十三号橋に陣地を占拠して、もっぱら敵情捜索と連隊本部との連絡に任じていた。以後、八月四日まで、この四十三号の陣地で起居した。給与が前よりよくなったこともあって、私の体はすこしずつよくなっていった。しかし、皮膚病は相変わらずひどかった。

猿渡大隊長は私をかわいがってくれ、内田泰三大尉もいたし、細島恭軍医、旧一中隊の伊藤金蔵少尉もいた。みな、明朗な人たちばかりであった。

ここでも、何回となく斥候や待ち伏せなどに出たが、あるときは間道をつたって食糧調達にもいった。

このころ中村少尉が中洲で戦死したことを聞いた。また、井波少尉がタイタイで戦死したことも耳に入ってきた。彼はタイタイに潜入中、原住民と格闘したのだという。あとで柳沢准尉の特攻陣地を通った兵隊の報告により、たしかな情報をえたのだった。

その柳沢特攻隊はどうやら攻撃に成功して、ふじマイカに後退したものの、分隊長の滝沢伍長は戦死したという。

七月二十八日ごろ、藤森大三郎上等兵が脚気で死亡した。彼は時計屋である。またおなじころ、青柳曹長以下が食糧さがしにいって敵の待ち伏せにあい、全滅してしまったとか。戦死者はしだいに数をましていった。将校の戦死は、幹部候補生出身者ばかりである。

八月四日、私たち猿渡大隊は、敵の後方に潜入しての後方攪乱の任務をおびて行動をおこすことになり、現守備位置を草野大隊へ申しおくり、四十五号橋に後退した。一ヵ月以上もミオ川の線で停頓したかにみえた敵の進撃も、ようやく活発になっていき、待ち伏せの潜入がはげしく、後方迂回がはじまった。準備中の四十号橋にも、砲弾が落下するようになった。

このころ、「広島に原子爆弾が投下された」という情報がはいった。

八月十日、いよいよ出発の日である。小銃一つの軽装による決死行だ。と、後方ではげしい自動小銃の音がする。はやくもだれか待ち伏せにあったのだろうか。

A道を南下して、A道と海岸の中間あたりの道なきヤブのなかを、蛮刀をふるって切りひらきながらすすむ。先導者の苦労は、並み大抵ではない。

さいわいに、目的地までいちども敵に遭遇しなかった。オヒコロタ川でワニを一頭射とめて、思わぬご馳走にありついた。三メートルぐらいの大きさのワニだった。

ようやく、むかし住みなれたママガタに到着する。ここで、かつてわが五中隊がひらいた農園の南側に占拠して、米軍に一矢をむくいようというわけである。

14　悲しき陸軍中尉

まず、敵情をさぐるため、偵察や斥候がひんぱんにだされた。

ある日のこと、偵察に出た帰路、私が旧一号陣地ふきんを通ったところ、そこにはニンジンの缶詰などが散乱しており、敵兵によって占拠された跡が歴然と見られた。

どうやらこの地点は、すでに敵の最前線をこえて、その後方へまわったらしく、私たちの神経をさかなでするような砲撃も爆音もなく、まったく静かなものである。私は安心して、そのあたりをうろつくことができた。

このときの偵察により、ママガタ三叉路の西方に敵の根拠地があるようだった。そして、その前を通る幅のひろい道はA道と思われるが、さらにもっと南の方に、あらたに切り開いたようにも思われた。

八月十五日、斥候の報告により、島の上空を飛ぶあやしげな敵機を見つけた。なんと翼の下に「日本降伏」の文字が描かれており、それもはっきり読みとることができた。

またおなじころ、本部からも報告があり、敵の落とした伝単には「日本降伏す云々」と書かれてあったという。もちろん、私たちは本気にしなかった。

たしかに、当時の私たちは心のなかでは、〈この戦争は敗ける〉と思っていた。しかし、私たちは最後まで戦うつもりであった。また、祖国日本も最後まで戦って玉砕するであろうとかたく信じていたのである。

翌十六日朝、「いっさいの攻撃を中止して、偵察のみおこなえ」という内容の無線連絡を師団司令部よりうけた。このときもまだ、私たちは戦争の終結を知らず、あらたな師団の作戦のためであろうと信じて疑わなかった。

だが、十七日夕刻になって、私たちは決定的な事実を知らされた。それは、「いっさいの行動を中止して、すみやかに兵力をまとめて原隊に復帰せよ」という命令でつたえられた。戦争は終わった——ついに終わったのだ。私は呆然となり、一時失心状態におちいってしまった。

大隊長より戦争終結にかんする説明をひととおり聞いたが、その間、私は心のなかで独白するばかりであった。

——ついに日本は敗けた。再起不能だ。降伏したのだ。四ヵ年にわたる抗米戦も、ついに敵の膝下に降るのか……。

戦争が終わったので、これまでのように敵の目をぬすんで夜間に炊事をしなくともよくなった。ジャングルのなかを、小さくなって歩く必要もない。銃をかまえ、いつ敵弾が飛んでくるかと、びくびく、きょろきょろして歩くこともないのだ。とにかく、戦いは終わったのだ。

斥候にでていた者も引き揚げ、大隊に集結しおえると、私たちはもときた道をひき返していった。そんなとき、モビアイ川の手前において、工兵隊が武装解除されたという情報を聞いた。

このような情報や憶測が流れるなか、私たちはモビアイ川を渡り、二十一日、ぶじに四十三号橋に到着した。

このとき、軍参謀の藤江義一参謀がわが部隊をおとずれた。参謀は、ミオ河岸で連合軍と会見のため、軍使として出張する途路であるという。その夜、私たち大隊将校は藤江少佐をまねいて会食した。しかし、それはいつもとはまったく雰囲気のちがった会食であった。戦いが終わってホッとしたものの、明日の不安が重くたちこめていた。

はたして事態はどうなっているのか、また、どうなっていくのか、本当にわかっているのは、この会食の席につらなる者のうちでは、参謀ただ一人であったかも知れない。

その夜、草野少佐の指揮のもと、われわれは夜行軍でマイカへとひきあげた。かつてこの道を進撃したころの戦意は、みごとなほど消え去り、消沈していた。どの将兵も長い戦いに疲れきり、歩く足もおそく、足なみもばらばらな行軍だった。

二十八日、ようやく部隊はマイカに到着した。わが中隊の宿営予定地では、柳沢准尉以下の先着隊が幕舎を急造して、われわれの到着を待っていてくれた。こうして中隊の全員がふたたび集結して原所属にもどり、ママガタいらいの大編成となった。かつては百五十名いた第五中隊も、戦いによってつぎつぎと傷つき倒れ、七、八十名ばかりにへっていた。

同地で約二週間ほどすごした九月十日ごろ、幕舎を高砂農園ちかくにうつすことになった。ここで農作業をおこないながら、本土帰還を待つというのであろう。

この幕舎移転と、構築資材をあつめるため、私は五、六名の部下をつれてヤシの葉の収集にもいったが、このころ私はひどい下痢をして、まったく体力がなく、力仕事はとうていむりな状態にあった。私の胃腸障害は九月いっぱいつづき、帰国するまで回復しなかった。

これより前の八月二十日、私たち同期は陸軍中尉に進級していた。昭和十八年、希望に燃えて南海にわたった同期生は二十四名だったが、戦争が終わった現在、その数は十名にへっていた。はげしい戦闘により、一人二人とクシの歯が欠けるように、戦場の露と消えていったのである。

また、おなじ日をもって荒川曹長は准尉になり、部下の下士官兵多数が、それぞれ一階級ずつ進級した。

マイカに集結してからも一ヵ月間は武器の手入れをおこたらず、武人として恥ずかしからざる状態で武装解除の日を待った。そして当日、私たちは長年なれ親しんできた武器をもち、農園の奥から海岸まで行軍して整列し、待ちうけていた豪軍にすべて引き渡した。

刃物という刃物はすべてとり上げられ、文字どおりの丸腰となったのである。そして、その後は円匙と鍬をつかって農園の開墾に専念することとなった。

しかし、私たちの「農園生活」もわずか二週間ほどでピリオドがうたれた。せっかく移動して、新生活にはいったばかりの幕舎を去らねばならなくなったからだ。

豪軍の命令により、全軍は本島の東方の小島ファウロ島へ転進することになったのである。敗けたわれわれは、豪軍のいうがままであった。

九月二十五日に第一陣が出発、十月二日の最終便まで、約二万名の日本軍が無人島のファウロ島へうつされた。帰国までの収容所生活がはじまったのである。

（昭和五十五年「丸」五月号収載。筆者は野戦重砲兵第四連隊小隊長）

特命第一遊撃隊出陣始末

ジャングル戦に投入された奇襲部隊の決死行——宇多田正純

1　死神の海をゆく

一年中でいちばん寒い二月の上旬に、夏物の軍服と薄物の襦袢、袴下で、一週間を佐賀の連隊ですごした。あまりの寒さに、日露戦争当時のすその長い外套が貸与されたが、そんなもの一枚で二月の寒さがふせげるはずもない。

それにしても、寒中に夏物の軍衣袴を着せられたからには、行く先はいずれ南方の戦線だろう。もうどこでもいいから早くつれて行ってくれ、とだれもが半ばすてバチでふるえていた。

やっと出発命令が出た昭和十九年二月十七日か十八日の朝は、夜来の雪がつもって、営庭はくるぶしを没するほどだった。晴れ上がった青空の下でまぶしい一面の銀世界のなかを、分隊長の私は曾祖父遺愛の日本刀をぬいて腰にあて、新雪をふみしめながら隊伍を組んで営門を出ていった。そのときふと、私は大石良雄の義士討ち入りの情景や佐賀葉隠武士の〝武士道とは死ぬことと見つけたり〟という言葉を脳裏に思いうかべていた。

一行は正式な部隊名も、目的地も任務もまだ聞かされず、通称 "丸甲部隊" と呼称されていた。三中隊編成要員佐藤少尉以下約五十名、四中隊編成要員小野見習士官以下約四十余名、計九十四名の小人数だが、同僚たちは西部軍の広範囲の各部隊から転属してきていた。

したがって、歩兵もいれば砲兵、騎兵、あるいは私たちのような工兵から、落下傘兵や戦車兵のような特殊兵科の者もいた。そのうえ将校は前記の二名だけで、大部分は私とおなじ下士官ばかりで、兵隊は十名たらずの衛生兵をふくめても、半数たらずの四十名くらいだったろう。

私たち工兵出身者以外の者は、下士官、兵を問わずだれもが通信か暗号の特業をもっており、また装備も、下士官以上は拳銃に軍刀で、それに生ゴムのような軟らかい長靴が全員に支給され、いろいろな点からみて、ちょっと異様な特殊部隊を思わせるものがあった。

列車で佐賀からふたたび広島まで行き、広島の駅前で市内電車を二台占領して宇品まで行き、その晩は宇品の廠舎で一泊した。そして翌日、杉山丸という五千トンぐらいの大きな貨物船に乗せられて、日本に別れを告げたのがたしか二月二十二日だったと思う。

船倉の四周には、角材でカイコのように何段にもがんじょうな棚がつくってあり、そこが私たちの居室兼寝室であった。棚が何段にもなっているので、一段の高さはちょうど現在の客車三段式のB寝台ほどで、アグラをかいても背筋をのばせば頭が天井につかえる。しかも一坪くらいのせまいところに六、七人ずつ押し込まれたのだからたまらない。

夜寝るときは、数人が頭をならべて川の字に横になり、その間に反対側から逆に足を突っ込んで、数人が間にわり込む。身動きもできなければ、うっかりすると隣りの足をなめることになる。トイレに起きたあとは、もう横にわり込む隙もなくなるありさまだった。

もともと小人数の船員しか必要としない貨物船に、おそらく六、七千人はつめ込んだであろうから、寝床のせまいのはもちろん、食事やトイレなどすべてが極度に不便だった。食事は甲板に仮設された蒸気ガマで何回かにわけて炊き出して、小量の粗食が支給されたが、ほとんど大部分の者が、運動不足と強度の船酔いのため、それで不足するようなこともなかった。

約一ヵ月あまりのちにマニラに上陸するまで、入浴は一度もできず、ときには飯盒一杯の水をもらって、身体をふくのが精一ぱいだった。便所がたりないうえに、ほとんど全員が下痢と船酔いのため、朝、甲板に出ると、いたるところ便と嘔吐物で、足のふみ場もないほどだった。

なかでももっとも閉口したのは、だれがもち込んだのか、シラミの大繁殖だった。股間に異様を感じて、最初に越中ふんどしのシワのなかでもぞもぞ動くのを見つけたときは、思わず寒気が背筋をはしったが、薬剤もなければ消毒もできない。とうとうそれから五月上旬にニューギニアに上陸するまでの約三ヵ月もの間、文字どおり一身同体の生活を余儀なくせざるをえなかった。

私たちが起居する数段の天井のひくい棚の前面には、ハッチの口から縄梯子がたらしてあった。縄梯子というより、太いロープでつくった大きな網といったほうがあたっているかもしれない。いざというときは、避難のため兵隊たちが一斉にこの網をよじ登って甲板に出るわけだ。

非常呼集の演習で、この縄梯子を登って避難する訓練が何回かあったが、演習とわかっているので、いつも数人が船底にとり残された。

ところが、船が九州を陸地ぞいに南下して、鹿児島県の南端から琉球列島ぞいに航路をとったころ、敵の潜水艦に追われたらしく、突然、非常呼集がかかると同時に、ドカーンドカーンと爆雷の音が船腹をつよくたたいた。さすがにこのときは、瞬時に全員が甲板に駆け上がっていた。

夜の何時ごろであったろうか、甲板にでてみると真夜中の黒々とした大きな波のうねりが眼下にあり、はるかかなたに開聞岳（かいもんだけ）が夜空にくっきり横たわっている。近づくにしたがってポッポッと小さな灯が見えてくるまでは、二月の冷たく蒼ぐろいうねりのなかに放り出されるかも知れない危険を感じて、心細いかぎりであった。

翌二月二十八日の朝、晴れた空に赤褐色にやけた桜島を眼前に見たとき、船団は鹿児島湾のなかほどに錨をおろして、なにごともなかったようにあたりは平穏だった。しかし、不測の道草のため上陸もゆるされず、数日を船内で缶詰だけ食べてすごし、ふたたび出港となった。

こんどは敵の潜水艦の危険をさけて、はじめの琉球列島ぞいを変更して、東シナ海をまっすぐ突っ切るとのことであった。

こうして一週間ほどは島影一つ見ることもなく、時化(しけ)もようの東シナ海を一路南下して、当時はまだ日本の領土だった台湾南部の高雄港に入った。

この高雄港に停泊していた数日のあいだに、陸軍記念日があったことを記憶しているから、昭和十九年三月十日前後のことであったろう。

内地を発つときは、二月の酷寒でふるえ上がっていたのに、さすがにこの台湾は真夏の暑さで、太陽がぎらぎらと照りつけていた。

私たちの輸送船の周囲には、小さな荷役用のハシケがむらがって行き来している。軍足か石けん一つで飯盒一杯の砂糖が物々交換で手に入り、たっぷり砂糖をなめることができた。

高雄港には三日間くらい仮泊してふたたび出港する。こんどの目的地はマニラだ。

杉山丸はバシー海峡をぶじ数日で突っ切ってマニラ港に入った。爆撃でやられたのであろうか、大型の貨物船が横倒しになって、赤サビた船腹を無残にさらしているほかは、湾口のコレヒドール島にもマニラの街にも、占領にいたるまでの激戦の爪痕はあまり感じられない。

まだ三月半ばというのに、ここも真夏の暑さだ。日本の兵隊と現地人が入りまじって、占領下の外国都市の実感がひしひしと感じられる。

ここではアメリカ軍のかつての兵舎が私たちの宿舎となった。建物の修理や雑役に徴用された現地人が、あちらこちらで物うげに働いていた。

上陸して三日目だった。今日はひさしぶりに外出が許可されるということで、早目の昼食をしているところへ、「丸甲部隊ただちに乗船!」という命令があって、昼食もそこそこに大急ぎで軍装をととのえて埠頭にかけつけた。

そこには、ここまで乗ってきた杉山丸とくらべると、親と子ほどもちがう小さな貨物船六隻がまちうけていた。これらが、これからの私たちの船団とのこと。だが、なにぶんにも船が小さいので、私の所属する四中隊の乗り込んだ弁加羅丸から、私の分隊だけがはみ出してしまい、やむなく三中隊の佐藤少尉らといっしょに、九百九十五トンという鞍馬山丸に乗船したのだった。

鞍馬山丸は船団六隻のなかではいちばん小さな貨物船だが、これから戦場に向かう私たちにとって、なんとなく忍者めいた強さを感じさせる船名で、おおいに気に入る。

船団の護衛は、小さな駆潜艇と船足のはやい捕鯨用のキャッチャーボート改造の特務艇が各一隻で、広い海原をかなりの間隔をとって船団が行くときは、ときおり護衛艦の姿が見えなくなったりして、ずいぶんと心細い思いをしたものだ。

船倉には、おそらくニューギニア戦線に補給するのであろう、いろいろな食糧をつめたドンゴロスがびっしり積み込まれていた。それら積み荷のわずかな空間を利用して、私たちはさっそく、しばらくのあいだ自分たちの寝所となる〝巣づくり〟にかかった。

しかし、ハッチのなかは換気もわるく、熱気ムンムンでとても安眠できるような環境ではないので、みなは夜になると、甲板のあちらこちらの物かげや救命ボートのなかにしのび込んだりして寝たものだ。

便所は甲板の外側に角材でつくった木枠をしばりつけただけのしろものだ。甲板をまたいで、その枠のなかで軍袴をおろして用をたすわけだが、海面までいくらもないので、すこし大きな波がくると尻が洗われたりする。

この船に乗って、はじめて私たちは目的地や任務を知らされたのであった。同時にいままでの丸甲部隊という覆面もとれて、西部軍ではじめて編成された「第一遊撃隊」という正式呼称がつけられていることを知らされた。その任務は「遊撃操典」に、〝遊撃隊ノ任務ハ、敵中深ク潜入シ、敵ノ高等司令部、飛行場、重要補給基地等ヲ奇襲攻撃スルニ在リ〟としめされているとおりで、昭和十八年のすえごろ、はじめて設定されたゲリラ部隊であった。十個中隊の編成のうちで、私たちは三中隊と四中隊の編成要員で、つまりそれぞれの中隊の骨幹となる要員だった。

部下となる兵隊は、ジャングルにつよくて勇敢な台湾の高砂族が、あとから追及してくるはずだったが、結果的には、私たちの輸送船を最後に海上の輸送は完全にたたれて、私たち編成要員は編成未完結のまま、けっきょく第一遊撃隊本部勤務となるのである。

目的地は、ニューギニア中央部の重要基地ホーランジアだった。昭和十九年の三月から四月にかかるころは、もうニューギニアの東部から中部のマダン、ウエワクがアメリカ軍に奪回されてしまい、東部ニューギニア最後の拠点ホーランジアを、かぎられた少数の兵力で死守するために、遊撃隊というゲリラ部隊がはじめて送りこまれたのだった。

つまり、私たち工兵の下士官が分隊長となって、高砂族の兵隊を指揮し、操典どおりの奇襲攻撃をくり返して敵の後方を攪乱し、戦線の維持をはかろうとするものであった。

その第一遊撃隊の編成はつぎのようであった。

第一遊撃隊長　内田　実大佐
　参謀　三好秀吉少佐
第一中隊長　神田泰雄少佐
第二中隊長　川島威伸少佐
第三中隊長（編成未完結）
第四中隊長（編成未完結）
第五中隊長　宮崎　敞大尉
第六中隊長　小泉文康大尉
第七中隊長　忠鉄之助大尉
第八中隊長　八幡政吉大尉
第九中隊長　新川　滋中尉
第十中隊長　真島義夫大尉

編成はしたものの、当時の戦況下で陸路も海路も輸送路をたたれて身動きができず、私たち三、四中隊の編成要員と五中隊だけが、部隊長のまつ西部ニューギニアのマノクワリに到着したにすぎず、ほかの中隊はそれぞれにたどり着いた各地で局地戦に投入されるに終わってしまった。

このうち、第三中隊と私たちとが合流するはずだった三、四中隊編成要員の高砂族とで、昭和十九年七月ごろ、第二遊撃隊が臨時編成された。川島少佐を隊長として全員で五百名たらず、しかもその大部分の三百七十一名が高砂族というこの第二遊撃隊は、その年の十二月に、米軍に占領されていたモロタイ島に逆上陸をこころみて遊撃戦を展開し、その大部分が戦死したという。何年か前にこの島のジャングルから、二十数年ぶりに救出された日本名中村さんは、このときの生き残りの高砂族の一人であったろう。

2 鞍馬山丸の奇蹟

マニラを出港して数日間、船団は南方の気だるいような静かな海をミンダナオ島にそって、目的地に急いでいた。船首から見おろしていると、ときおりカツオかマグロのような大きな魚が、へさきにならんで船ときそってみたり、トビウオが十メートルくらいも空中を飛んで行ったりする。敵の潜水艦や飛行機の脅威さえなかったら、まさに平穏そのものだ。

だが、惨劇はなんの予告もなく、瞬時に起こった。

三月二十四日の夜中の十一時すぎ、南進を急いでいる六隻の船団の僚船が二隻、ほとんど同時に敵の潜水艦の魚雷攻撃で轟沈したのだ。

ちょうど甲板で涼をとっていて、たまたま目撃した茅野軍曹の話では、巨大な水柱が沖天高く上がってまもなく、水煙りが消えたあとには、もう船はカゲも形もなかったとか。まさしく轟沈であった。

のこった四隻の船は、現場の始末を護衛艦にまかせて、エンジン全開で一目散に最寄りのダバオ湾めざして退避したが、なかでもいちばん小さくて船足のかるい鞍馬山丸は、非常の場合の救助船にあらかじめ指定されていたので、途中からUターンして、現場に遭難者の救助に向かった。

遭難現場に着いたころは、夜もすっかり明け、朝靄のたち込める見渡すかぎりの海面には、ハッチのふたやブイ、あるいは人影のない救命ボートやドラム缶などが散らばって波間に漂流しており、その間に点々と遭難者が板切れにつかまったり、はずれそうになった救命袋にしがみついたりして、救助をもとめていた。

このとき、鞍馬山丸がひろい上げたのが二十数人、それまでに護衛艦が二百人あまりを救助したとか。けっきょく二隻の輸送船がやられて、数百人の戦友が瞬時に水漬くかばねとなってしまったのだ。

私たち第一遊撃隊の小野見習士官以下三十三名も、みな海に放り出されたあげく、古賀軍曹、井上伍長など九名の同僚がついに救助されることなく海底のもくずと化したのであった。もともと小野見習士官の引率する四中隊編成要員の一員である私と部下の分隊員たちは、船がもうすこし大きかったなら、とうぜん、弁加羅丸で行をともにしていたであろう。

なにもかも失って丸はだかになった第一遊撃隊は、かろうじて最寄りのダバオ港に上陸するや、海難のさいに負傷した者をただちにこの地の野戦病院に入院させた。

そして、再度の出撃にそなえて装備をととのえているとき、敵の大機動部隊によるサイパン島来攻があり、同時に第一遊撃隊は、鞍馬山丸に搭載した兵器、糧秣の監視に茅野軍曹以下三名を船にのこして、三月三十一日、ダバオから数キロ内陸に入ったミンタルに移動することとなった。

しかし、宇品を出港してから、すでに四十日以上をせまい船内ですごしてきたためか、いざ行軍をはじめてみると、脚力のおとろえがめだった。行軍の隊列はどんどん間のびして、後方に落伍する者が続出する。それを一台の小型トラックがピストン輸送で運んで、一日がかりでようやくミンタルへの移動が終わった。

この地には戦前からの大きな日本人小学校があった。戦争のため、それらの日本人は内地へ引き揚げたのか、あるいはいずれかに収容されたのか、日本人たちの人影はひとりとして見当たらなかったが、学校の規模から見ても、数百人の学童は収容できるであろうし、それから推しても、かなり多数の日本人が入植していたであろう。

やがて、敵のサイパン攻撃も一段落したとかで、私たちはふたたびダバオにもどり、こんどは生き残った第一中隊全員八十五名が鞍馬山丸に乗船して出港、三日後の四月十日にハルマヘラ島ワシレに到着した。

そして、船は水ぎわまでただ緑一色のジャングルにおおわれた島の湾内に投錨して、私たちは二十日間をなすこともなくすごしたのであった。敵の機動部隊の動きや、私たちの船団を守る護衛艦のつごうなどもあったのだろう。

四月三十日、船はやっと錨を上げ、今回は文山丸という輸送船と二隻で出港したものの、エンジン部の故障とかで夜半ごろふたたびワシレに引き返してしまった。その翌朝、不運にもこの文山丸まで敵機の攻撃をうけて沈没してしまった。だが、さすがに鞍馬山丸だけは、忍者めいたその名のとおり、何度かの危険にあいながらも強運ぶりを発揮している。

ついに一隻になってしまった鞍馬山丸は五月二日、単船でワシレを出港した。広い海原を丸腰の輸送船がひとりで行くのはまことに心細いかぎりだったが、三日後の五月五日、西部ニューギニア西端のソロンの沖合にたどりついた。泳いでとどくわけでもないのに、手近に陸地が見えるということは、なんとなく心強いものだ。

船はこれからずっとニューギニアの陸地ぞいに航行して、五月七日、西部ニューギニアの最大基地マノクワリに着くことができた。宇品を出港していらい、三ヵ月ちかくをせまい船内ですごしたわけだ。

3　敵手におちた目的地

この鞍馬山丸には、船員のほかに数名の警備兵が乗っていた。非常の場合に爆雷を投下したりして、はかない応戦をするための兵隊だ。そのなかの一人に同郷の山口出身の兵隊がいたので、私は出発いらい克明につけてきた日記帳を、ぶじ内地にもどれたら郷里の家にとどけてくれるようにとたのんで彼に託した。

話はずっとあとの後日談になるが、昭和二十一年五月すえに私がぶじ復員して家に帰ったとき、両親は私の行き先はおろか、内地出発後の消息はなにも知らなかった。

さらにまた何ヵ月かあとに、日記をたくしたその兵隊がひょっこりたずねてきた。聞けば、その後数回、内地と南方戦線との間を航海したのち、強運の鞍馬山丸もとうとう潜水艦にやられて、彼も身一つで救助されたため、私の日記帳もそのさい失ってしまったとのことだった。日記帳はおしかったが、それより彼の義理がたい配慮に私は心から礼をのべたのだった。

第一遊撃隊の当初の目的地だったホーランジアは、船団が遭難したり、敵機動部隊の接近で湾内にクギづけにされているうちに、昭和十九年四月二十二日にアメリカ軍が先手を打って上陸占領してしまったので、ここマノクワリが日本軍のニューギニアにおける最前線になった。

第一遊撃隊の部隊幹部は、すでに先行してこの地に到着しており、私たちより一足先に着いた五中隊につづいて、私たちは編成未完結ながら第二陣として到着したのである。

みたところ内田部隊長や三好参謀のほかに秋田県出身の藤島大尉、長野県出身の太田大尉、副官の高橋中尉と若林少尉、あるいは中野学校で諜報・謀略の特殊教育をうけた石井大尉と松原少尉、そのほか木村中尉、小野寺少尉など多数の幹部将校の姿があった。

上陸後、さっそく私たちは軍装をととのえて、佐藤少尉の指揮で申告を行ない、部隊長の検閲をうけたあと、ただちにその指揮下に入った。

私たちが三ヵ月におよぶ困難な苦しい航海をしていたとき、僚友五中隊も、私たちのすこし前方をおなじマノクワリに向かって、海路を急いでいたわけである。

五中隊は中部軍で編成された中隊長宮崎敞大尉以下百八十四名で、大阪を中心として近畿地方の出身者が大部分だった。また、編成を完結して部隊長の指揮下に入ることができたのも、この五中隊だけだった。

その五中隊の島田兵長の日記で、上陸までの足跡をたどってみよう。

『昭和十九年二月十二日、宇品港で玉津丸に乗船する。一万トン級の貨物船で、高射砲を前後に四門と、高射機関銃が八門装備されている。

十三日、門司港に停泊。船中猛暑なり。

十六日、門司港出港。

十九日、沖縄沖を航行中、天気晴。

二十一日、台湾をすぎてマニラに向け航行中。未明、敵の潜水艦の攻撃をうけて高雄港にもどる。正午ごろ飛行艇の護衛でふたたび出港。船倉内は焦熱地獄なり。

二十三日、天気晴。十六時マニラ埠頭に投錨。十九時上陸。夜は街の灯もこうこうとして、どこに戦争があるのかうたがいたくなるほどだ。防波堤ちかくに数隻の貨物船の残骸が横たわり、激戦のあとがわずかにしのばれる。内地を出てはじめてマンデー（水浴）をする。

二十六日からふたたび乗船するまで、マリキナというマニラ近郊の小さな町に駐留して、飛行場整備の労役に従事する。

三月十一日、六甲丸（八百トン）に乗船。

十四日、十二時ごろセブ島着。給水のうえ十四時出港。

十七日、四時ごろ敵の飛行機および潜水艦の攻撃をうけ、セブ島にもどる。

十八日、十六時ふたたび出港。駆逐艦の掩護下ミンダナオ島西岸を通過する。

四月十六日、曇のち雨。マノクワリ到着。上陸用舟艇で上陸する』

以上であるが、いずれもおなじなかなかの難航だったようだ。

さて、戦前この地まで進出していた南洋興発という開拓会社の人たちや、そのほか少数の非戦闘員たちは、私たちが降りたばかりの鞍馬山丸で、そうそうに引き揚げて行ったが、はたして内地まで帰りつけたかどうか……。

4　集結した雑居部隊

内田部隊長の指揮下に入った私たちは、遊撃兵としての教育を、しばらくジャングル内の空地などでうけたりしたが、それよりももっと緊急を要したことは、食糧の確保であった。もとより海上輸送による補給はとっくに不可能となっている。

携行した食糧は、二十キロずつアンペラの袋につめた外米が六、七十個のほか缶詰、調味料などが若干あるだけで、これでは百名からの兵員を一ヵ月もささえることはできないだろう。

上陸したその日から、主食には馬か牛のえさにする大つぶのかたいトウモロコシが米つぶよりもたくさん入っているしろものとなった。しかも、量もぐーんと少なくなっている。

南洋興発の人がおき去りにしたのであろうか、野性化した犬やニワトリ、あるいはパパイヤや椰子の実をあさり、またあるときには、原住民であるマネキヨン族との物々交換でえた魚や獣肉の燻製（くんせい）などで飢えをしのぎ、食糧の補給に翻弄されることとなった。

まもなくイモの自給自足が本格的にはじまるようになったが、とにかく私たちはアメリカ軍との戦争のほかに、空腹をしのぐための食糧戦争という二正面の敵との戦いに突入せざるをえなかったのである。

一方、アメリカ軍の反攻は急ピッチですすみ、私たちがマノクワリに上陸してまもない五月二十七日には、北方の至近距離にあるビアク島に上陸してきて、はやくもビアク島の飛行場からは敵機が飛び立ってくるしまつである。その敵機は、発進してわずか数十分で私たちの頭上にくるという近さである。

その二十七日から翌二十八日にかけて、第一遊撃隊は本部および五中隊全員をあげて、西方約百キロのムミ地区に大発艇で移動した。ムミは基地マノクワリの前衛地点で、すでにそのころには日本軍の飛行場もできており、各種の部隊が駐留していた。
第一遊撃隊長内田大佐は、それらの各部隊を統合してムミ支隊を編成し、ムミ支隊長をかねることになった。それにともなって、私たち三、四中隊の編成要員も第一遊撃隊本部勤務にかねて、ムミ支隊本部勤務となった。ムミ支隊の編成部隊はつぎの諸隊であった。

第一遊撃隊（部隊長以下本部、第三、四中隊編成要員および第五中隊）
第二軍野戦飛行場設定司令部
第十五野戦飛行場設定隊（独立第七大隊、折小野部隊）
第一〇二野戦飛行場設定隊（伊藤部隊のち八木部隊）
歩兵第二二〇連隊第一大隊（長富部隊）
野戦高射砲独立第四十九大隊（三島部隊）
第二軍野戦貨物廠（平山部隊）
第二軍野戦航空修理廠（永野部隊）
独立自動車第二四八中隊（加瀬沢隊）
電信第二十四連隊の一個小隊（岡田隊）
第二軍の通信隊の一個分隊（折戸分隊）

こうして総員二千数百名の兵員が、ムミおよび隣接のランシキ地区に駐留することになった。

ムミに移駐してすぐは、急造のおそまつながら丸木小屋ができるまで、私たちは連日のはげしい空襲をさけて、ジャングルのかたすみに八錐形の天幕を張って、幕舎生活をしていた。この昭和十九年六月から七、八月にかけてのころ、アメリカ軍の反攻はちょうど私たちのいたムミ・マノクワリ地区の前面を通過中だった。アメリカ軍はこの地区の日本軍の兵力を過大評価したのか、あるいは無視したのか、五月二十七日にビアク島に上陸占領後、マノクワリのすぐ沖合、指呼の間にあるヌンフォル島を七月二日に陥して、そのままムミ、マノクワリをまたいで、九月にはモロタイ島、十月にはフィリピンのレイテ島へと、反撃の矛先を向けて行った。

したがって、私たちが五月二十八日にムミに移駐してから、十九年末ごろまでの約半年間が、いちばん緊張した時期だった。空襲は間断なくつづき、それまでは夕闇時を利用して、ときおり友軍の戦闘機が数機飛来していた飛行場は、数日間つづいて無数の五百キロあるいは一トン爆弾を見舞われて、完全な廃墟になってしまった。

中隊長佐藤少尉のメモから、当時の状況を抜粋してみよう。

『七月一日、米輸送船十四隻、上陸用舟艇数十隻、ムミ方面に航行中との入電あり。第二戦備発令、邀撃体制に入る。

七月二日、米機動部隊ムミ眼前のヌンフォル島に上陸、このためムミ、ランシキにたいする空海よりの砲撃激化す。

七月六日、米軍攻撃熾烈、上陸気配あり、第二戦備発令。

七月十一日、右におなじ。

七月十五日、ムミ東方ヤマカニ付近に米軍小部隊上陸のもよう。

十月五日、オランスバリ、モアリ小哨、米軍の奇襲攻撃をうけ、小哨長第五中隊菅野力造少尉以下十三名戦死。

十月二十一日〜二十三日、宿営地、米軍機の反復銃爆撃をうく。

十一月十三日、ワーレン農場に米軍大編隊来襲。

十一月三十日、ワーレン農場ふたたび米軍大編隊の銃爆撃をうく』

こうして数回にわたって発令された〝第二戦備〟には、そのつど私たち全員は装備をととのえて、あらかじめ構築しておいた鹿鳴台の陣地につく体制をとったが、けっきょく敵は上陸してこず、私たちは死闘と玉砕をまぬがれたのだ。

しかし、空襲だけは毎日のように、はげしくくり返された。頭上のB17の大編隊にたいして、友軍の高射砲陣地も一斉に撃ち上げるのだが、中空高くひらく弾幕を見ていると、どうも敵機よりだいぶ下方で炸裂しているようだ。敵機はあわてるようすもなく、編隊をととのえたままゆうゆうと飛び去って行く。

遠くからかすかに敵爆撃機のそれらしい爆音が聞こえてくると、宿舎の周囲はにわかに緊張する。一目散に防空壕に飛び込む者、それすら間に合わなくて、手近な凹地にへばりついてようすをうかがっている者、あるいはフンドシ姿のままで、「そらきたぞ、きたぞ」といいながら、悠然と空を見上げている兵隊など、各人の一挙手一投足にはもはや階級も見栄もなく、人間性丸出しのていであった。

このころは制空権も制海権も完全にアメリカ軍の手中にあり、また最寄りの地区も占領されて、私たちは文字どおりの孤立状態にあり、連日、敵機の機銃掃射や爆撃の洗礼を、ただ一方的にうけるだけという情けないハメになってしまった。

ときには至近弾の爆風で、就寝中のカヤが吹き飛ぶこともあったが、そんなときでも、私はふしぎと爆撃のおそろしさをまだ実感していなかった。――ちかくに落ちる爆弾は不発弾、はねるのはずっと遠くに落ちるなどと、根拠もない理由を一人きめこんで、敵機の跳梁を見ていたのだ。

そのうち敵機の爆撃はますます熾烈になって、野戦病院――といっても丸木小屋にニッパ椰子の葉で屋根をふいただけで、医療設備もなにもないそまつな、ただ傷病兵の収容所というだけのもの――が直撃弾をうけて、重傷患者が吹き飛ばされたり、高射砲陣地が攻撃されて、部隊長の三島大佐が戦死するなど、いよいよ血なまぐささがましてくるようになると、へんなカラ意地をはったあげく、犬死のそしりをうけることにもなりかねないので、頭上に敵機のいるあいだは防空壕に入ることにした。

5　現出した死の活劇

私たち遊撃兵は、その任務を遂行するためには、どうしても隠密裡に敵中ふかく潜行しなければならない。途中でとうぜん遭遇するであろう原住民は、そのつど宣撫(せんぶ)工作しながら行動しなければならないので、いろいろな宣撫用品を携行していた。

たとえば、ブリキ製の小さなハーモニカ、手鏡、虫眼鏡、ガラス玉の首かざり、人絹の安物の反物などなど、いずれも文明からとり残された原住民たちの喜びそうな品物ばかりだ。

このほか敵中にばらまく色刷りのビラも幾種類かあった。B5判くらいの大きさのこのビラはまた考えたもので、紙面いっぱいに白人の女性が素っ裸で立って、思わせぶりにバナナの皮をむいている画があって、彼女のかんじんな部分が切手くらいの大きさで切りぬいてある。うらに絵入りで英文のかんたんな説明が書いてある。——貴方の人差指をコの字におり曲げて、うらから当ててごらんなさい——と。そのようにして見ると、なるほどよく似ていて、いまではなんでもないばかばかしいことかも知れないが、三十数年前の戦時中で、しかも女人禁制の戦地では、けっこうショッキングなビラだった。

また、ニューヨークかどこかの都市で、黒人の暴動が起こって、白人の女性が片っぱしから凌辱されているというようなビラもいくつかあった。アメリカ兵の心理的な攪乱をねらったものだろうが、ムミにクギづけされたまま、当初の作戦を遂行できなくなったため、これらのビラはいずれも日の目を見ることなく終わったのである。

船から降りて上陸したさい、さっそく炊事場で一斗樽いっぱいの湯をわかしてもらい、着用していた衣類はぜんぶ熱湯消毒して、船中ずっと起居をともにしてきたシラミを退治したが、しかし、そのシラミと交替して、こんどは上陸そうそうマラリアと深い縁ができてしまった。

それには多少の個人差はあったが、マラリアにかからぬ者はいなかったし、マラリアと食糧不足による栄養失調は、見方によれば、米軍以上に頑強な敵だったともいえる。

私も一番手でそのマラリアにかかってしまった。

まずひどい悪寒（おかん）がして、戦友たちの毛布を手当たりしだいに頭からかぶって、一、二時間がたがたふるえながらうずくまっている。しばらくして悪寒がおさまってくると、つぎに熱がぐんぐん上がって、かなりの高熱がつづき、身体が燃えてくる。

体温計もないので、はたしてどのくらいの熱があったのかわからないが、たぶん四十度ちかくはあったろう。予防薬のキニーネを一缶ずつ支給されていたが、あまり効果もなく、一ヵ月に一度くらいの周期でくり返し発熱して、数日は高熱にあえぐ生活が、内地に引き揚げるまでの二年間ほどつづいた。

八錐形の天幕のなかで、マラリアの高熱で渇（かわ）きをうったえていたとき、四中隊の引率者小野見習士官が、どこからか椰子の実を一つとってきてくれた。その尖端をけずり、穴をあけて飲んだ汁のうまかったこと。熱帯産のくだものはどれも特有の強いにおいがあって、なかなかなじみにくいものだが、そのときの椰子の果汁はサイダーよりもうまく、一度で大好物になってしまった。

やはり、このころのある日のことだった。たぶん、いつものように飛行場が爆撃されているのであろう、ドカーンドカーンと大きな地ひびきがひとしきりつづいたあと、しばらくして大沢曹長が血相をかえてとんできた。

「オーイ、だれかおらんか、三名集合！　三名ただちに集合！　敵機が墜ちたぞ。やつらを捕らえに行くんだ。三名集合！」

大沢曹長はあちらこちら駆けまわりながら叫んでいる。まだ敵機が上空にいるので、みな防空壕にもぐり込んだまま、なかなか応ずる者がいない。

たまたまマラリアの発熱のあと小康状態になって、天幕のなかでやすんでいた私は、この声を聞いてとび起きた。一瞬、危険とか怖いとかいう気持はぜんぜんなかった。ただ、捕物の活劇ができるかも知れないという野次馬めいた期待感があったのはたしかである。

大沢曹長と私ともう一人、それにトラックの運転手と計四名が、トラックで飛行場に急いだ。すでに海岸の監視哨はすべて電話連絡をとり合い、米人パイロットの脱出にそなえてきびしく警戒をしている。

まだ敵の戦闘機が数機、墜ちた僚機の上空をぐるぐる旋回しているので、なかなか近寄ることはできない。しかし、まもなく彼らは、その墜ちた飛行機にみずから機銃掃射を浴びせ、火をつけて飛び去った。

やっと私たちがかけつけたとき、墜落した敵の戦闘機は、飛行場の片すみで真っ赤な火の手を上げていた。ガソリンに引火しているため火勢が強く、そのうえ搭載している機銃弾が大きな音をたててはじけるため、あぶなくてなかなか近寄れない。

ころ合いをみて恐る恐る近寄ってみたが、操縦席は白熱した火の海だ。鉄の棒でそれらしい物をかき出してみるが、冷えてみるとみな金属片ばかりだ。とうとう人骨らしいものは確認できず、したがって操縦士のゆくえも、ついに確認できなかった。

6　巨大な〝飢餓〟の敵

アメリカ軍とマラリアのほかに、私たちは食糧の自給自足という、もう一つの大きな敵をもった。はたしてこの地で、これから何年戦いをつづけるのだろうか、後方からの補給は絶望的だし、手持ちの食糧は皆無にひとしい。それに戦争はいつ終わるとも見込みもたたない。

上陸して、トウモロコシまじりとはいえ、米の飯を食べられたのは果たして何日あったろう。携行したわずかな米から、非常用の一、二食分を各人の靴下につめて背負袋にしまうと、残りはいくばくもない。さっそく全員でイモづくりがはじまった。

マノクワリの周辺には戦前、南洋興発という開拓会社が、ジャングルを伐採して広い開墾だ。

地をつくっていた。しかし、彼らが引き揚げたあとのわずかの間に、草はもう背たけ以上に生い茂っていた。それを人海作戦で草をぬき、数日かわかしたのち焼きはらって畑にするのだ。

赤土のようなゴロタ土を一人がクワを打ち込んで掘り起こす。ほかの一人がその土の隙間に苗のイモづるを一本ずつさし込んで、足でふみつけていくだけだ。

収穫までの間に途中で一、二回草とりをするが、ただそれだけでイモ畑は茂って、三、四ヵ月もすると子供の頭くらいもある大きなイモがたくさんとれた。

しかし、肥料のない悲しさで、二作目はイモも小さくなり、量も半減してしまう。さらにつくっても労のみ多く、収穫はますます減ってゆくばかりなので、また新しい畑の開墾をくり返さなければならない。

このさつまイモのほかに、もう一つ私たちの重要な主食となったのがタピオカという、いわゆる原住民の食するイモだった。ステッキくらいの太さの幹が一本、背丈よりすこし高いくらいにまっすぐにのびて、ヤツデのように葉をつけている。その根元に腕ほどもある太さの赤茶けたイモを、放射状に数本つけている。厚い表皮を一枚はぐと、澱粉質のひじょうに多い真っ白なイモがあらわれる。

栽培もきわめて簡単で、ステッキのような幹を長さ三、四十センチくらいに斜めに切断して、土にさし込んでおくだけでよいのだ。こうして三、四ヵ月もするとさつまイモよりたくさんの収穫があった。

また、このイモは調理法によって、いろいろと趣向のかわった食糧になった。そのままふかせばむしイモとそっくりおなじで、細く千切りにスライスしてからむすと、ちょっとごはんもどきになるし、また大根おろしのようにおろしてむしたうえ、これをモチのようにつき上げると、本物そっくりのモチになる。

これらにつかう調理器具はぜんぶ手製だった。おろしガネなどはブリキ板にクギで穴をあけてかんたんにできるし、モチつきのウスは、ドラム缶の底をたたいてほどよくへこませてつくった。

毎日イモばかり食べていると、米とちがって食傷するので、ときおりはこのように趣向をかえて、栄養の摂取につとめた。

このようなイモ類をふくめて、食糧はすべて各部隊ごとに自給自足体制をとった。畑で収穫したときは一山くらいあっても、これを部隊全員にくばると、一人ひとりに渡る量はきわめてすくなくなる。煙を上げると敵機の目標になりやすいので、夜明けごろに朝昼二食分のイモをむして、炊事係から支給される。

二食分といっても、小さなイモがいくつかと、塩気もほとんどないすまし汁がコップに一杯だけだ。別名〝鷹のツメ〟ともいった野生の、とてつもなくからいロンボ（唐辛子）をすりつぶして汁に味をつける。朝昼二食分のイモをぜんぶ一度に食べても、まだものたらないくらいだった。

昼食は各人それぞれの才覚で工面しなければならない。ジャングルのなかを探しまわって、パンの実をひろったり、倒木に生えている木くらげを採ったり、あるいは雑草をゆでたり、およそ食べて毒にならないものは、ほとんどなんでも口に入れて空腹をいやし、栄養の補給につとめた。

私がじっさいに食べたものだけでも、ずいぶんたくさん記憶にのこっている。

南洋興発が飼育していた水牛、体長一メートルもある大トカゲ、ニワトリよりすこし大きくておなじように地上を走るヒクイドリ、とがった口で畑を荒らすアリクイ、原住民との物々交換で手に入れた海ガメ、イノシシのような真っ黒でキバを生やした野ブタなどなど、これらは最高の食糧だが、いつでもとれるものではなく、なかなか得がたい珍味であり、また貴重なたんぱく質の補給源だった。

二年間のうち、ワナでとった野豚以外はいずれも、一、二回か、せいぜい数回しか口にすることはできなかった。

たった一度とったフカは、撃墜した敵機に使用されていた手ごろな太さのワイヤーの先に、建築現場でつかう鉄筋ほどもある太い鉄棒でつくったハリをつけ、ブタかなにかの肉のかたまりをエサとして、それを長いロープの先につけて、ドラム缶をウキにして沖合に出してとったものだ。かなり大きなやつで、油も相当とれたはずだ。肉は白身でわりと淡白だった。

野ブタはその習性として、原野のなかに一定のケモノ道をつくって通るので、逆にその足跡の新しいのを探してワナをしかけてとった。ちょうどよい高さに細い糸を張り、そのはしに三八式の歩兵銃をしかけておく。払暁、野ブタがエサをさがしに出てきてこの糸にふれると、引き金が落ちて弾丸がとび出すしかけになっていた。

しとめたブタは、まずその皮をはぎ、内臓をとり出して解体する。皮といえども捨てるようなことはしない。タキ火をしてたくさんのオキをつくってひろげた上に、毛を下にしてこの皮をかぶせると、毛根だけをのこしてこわい毛は焼けてしまう。あとは適当な大きさに切って、汁のだしにしたり、根気よくかんで食べてしまう。太い毛根が数ミリのこっているが、そんなものにかまっていられない。靴の底革をかじるようなものだ。

内臓は胃袋と腸だけを川にもち込んで、たてに割きながらフンを洗い流して、くさみ取りのためロンボでいためて食べた。目玉もしゃぶり、脳味噌も食べてしまう。結局、すてるところは骨とヒヅメだけだった。

野ブタはしょっちゅうその通路を変えるし、ワナをしかけたからといって、かならずかかるわけでもない。またしかける側にもかなりの危険をともなうため、各隊とも特定の兵隊がそれぞれ一定の区域をきめて行なった。しかし、それでも自分のしかけたワナの位置がわからなくなって探しまわるうちに、あやまって自分でふれて、ひざを打ち抜かれた犠牲者もでた。

野ネズミやヘビ、あるいは木綿針をまげただけのハリでかんたんに釣れるコーラびんくらいもある太いウナギやドジョウも一級品の食糧だった。白い大きなオウムもたくさんいたが、歩兵銃で撃ち落とすと、肉がほとんどふっとんでしまって食べるところはあまりなかった。

田舎のあぜ道で見かけるのとおなじ雨蛙が、夜になるとそこここの水辺でないている。これは手製のヤスで刺してとった。口の部分から皮をはぐと、水かきの先まできれいにむけて、白身の魚のような肉を、これも火であぶって味もつけずに食べてしまった。

夏になると、縁先などでちょろちょろする小さなトカゲがいるが、おなじようなのがニューギニアにもいた。柳の枝のようによくしなる小枝をもって、むち打つようにたたいてとって、おなじように皮をむいて火であぶって食べてしまった。

軽量級のものにもいろいろある。農耕にでるときは、いつも越中褌ひっとの裸だったが、その褌のひもに、みじかい針金を一本ぶら下げて行った。草とり中にバッタやイナゴを見つけると、捕らえて針金にさし通しておく。帰途につくまでには二、三十匹はとれたろう。味もつけずに食べてしまった。

セミは捕らえられることを知らないので、棒切れ一本でたたいてかんたんにとれた。これもおなじようにして食べたが、バッタとおなじくガラばかりで身がなく、けっしてうまいものではなかった。

7 〝超自然食〟に生きる

海岸からあまり遠くないところに布陣していたとはいえ、身をかくすものもない海岸は危険なため、魚とりはほとんどできなかった。

私たち遊撃兵は、その任務を遂行するため、かなりの爆薬や電気雷管などをもっていたので、終戦後はそれらを活用して魚をとった。爆薬に電気雷管を装着して導電線につなぎ、泳ぎの達者な者がそれをもって、魚群をさがして沖に泳いで行く。室戸岬の三津出身の戎井(えびすい)伍長はよくこの任にあたった。

珊瑚礁には色とりどりの熱帯魚がむらがっている。ここぞと思うあたりに爆薬を沈めて、電気点火器のひもをひくと、多いときはリュックサック一杯くらいの魚が一度にとれた。しかし、その魚は観賞魚然としてカラフルで美しかったが、食用としては骨っぽくて身がすくなかった。

この電気点火器による漁は、導電線の長さにかぎりがあるため、爆薬をおろす位置が海岸から遠くなると、点火者までが海中に入って行かねばならない。腰まで海中に入って点火すると、爆発の衝撃で急所を水がつよくたたく。一人が点火器をもち、一人がひもを持って、一、二の三でとび上がりながら点火したこともあるが、どうしても不便が多いので、やがては電気雷管の電線をとりはらって、マッチで点火する導火雷管に改造してつかうようになった。しかし、作業の途中で雷管がはねてしまう。そのため手首を失った兵隊も何人かいた。

こうしてつくった爆薬は、マッチで点火して海に投げるのだが、海中に落ちた爆薬をエサと思って、魚群が四方から集まったときに炸裂すると漁が多いが、せっかく魚が集まっても、シューシューとぶきみな音をたてていると魚群はおどろいて逃げてしまう。したがって、電気雷管のような不都合のないかわりに点火後、海にほうり込むタイミングが大切だ。

私といっしょにワーレン農場に勤務していた藤川上等兵は、せっかく戦争中を生きのびたのに、終戦後の十月五日、英印軍のネパール人の捕虜二人をつれて海に魚とりに行き、爆薬を投げ込むタイミングがわるく、手もとで爆発して不慮の死をとげてしまった。

夜、月明かりの海岸を歩くと、硬貨大ほどの小さな灰白色のカニが、潮のひいた砂浜の波打ちぎわに無数にいた。小さなからだのくせに走るのがめっぽうはやくて、私たちがけんめいに走っても、手で捕らえるひまもないくらいだ。結局、見当をつけて足でふみつけ、海水ですすいでそのまま食べたが、ほどよく塩気がついてこれはイケた。

このほかにもいろいろなものを口にしたと思うが、こうした動物性たんぱく質はうまい、まずいには関係なく空腹感をすこしでもいやし、とぼしい栄養をいくらかでもおぎなうためには貴重なものだったと思う。

一方、野菜類はまったく皆無だった。イモの栽培すら間に合わないのだから、とても野菜までは手がとどかない。ニューギニアでの二年あまりのあいだ、野菜に類するものは、幾種類かの雑草以外にはなにも口にすることはできなかった。

湿地に好んで生えるカンコンと名づけた雑草、葉の形も風味も春菊によく似ている南方春菊、内地でも陽当たりのよい畑などでときおり見かける赤みがかったクキに厚手の小さな葉のついた雑草など——この草は内地に帰還してまだにわか農夫をしているころ、畑でたくさん見つけたので、一にぎり採って帰り、ゆでておひたしにしてみたが、醤油をつけてもだれも食べてくれなかった。

このほかイモのツル、あくのつよい野性のタケノコなどを、塩もろくにもたない私たちは、ロンボで味をごまかして食べたものだ。

が、くだものだけは、不自由したとはいえないだろう。ただしそれも椰子の実とパパイア、バナナくらいで、ごくたまに原住民の栽培したパイナップルを見つけたこともある。総じて熱帯産の果実は、どれも特有の強いにおいがあって、なれないうちはなかなか食べられたものでないが、前にのべたように、上陸まもないころマラリアを病み、水をもとめていたときに飲んだ椰子の汁で、一度に熱帯性のにおいの強い果物になれてしまっていた。

この椰子の実のカラの周囲についているコプラという白い果肉は、火であぶるとちょうど生乾しのイカの感じで、これも結構うまいしろものだった。

パパイアやバナナは、たぶん原住民が栽培しているものであろう。彼らの集落跡の近くにたくさん残っていたので、あまり不自由せずに食べることができた。しかし、日本軍に追われて、せっかくの食糧をうばわれた彼ら原住民の迷惑は大きかったろう。ときには彼らの襲撃をうけたり、小ぜり合いがあったのも無理からぬこととといえよう。

調味料としては、醤油も味噌も砂糖もない。塩だけは海岸の椰子の木かげに、ドラム缶をたてに二つに割ってつくったカマをならべて、これで海水をにつめて細ぼそと生産した。

それもハデに煙をたてると敵機のかっこうの目標になるので、海水を補充しながら気長にたくしかない。一日か二日につめて、一つのカマで飯盒一、二杯の塩がとれたと思う。これをムミ支隊のぜんぶの部隊に配給するのだから、一人当たり果たしてどのくらいになったろう。

だれが考えついたのか、航空機用潤滑油の甲か乙かいずれかが植物性の油だったのだろう、これを天ぷら用としてつかうことができた。ジャングルのなかからそのドラム缶をさがしてきて、ドラム缶でつくった大ナベでイモなどを天ぷらにしてみた。たねを入れると、ナベからあふれるばかりに泡が盛り上がった。一度にあまりたくさん食べるとかならず下痢をするので、ほどほどでやめておかねばならない。それでも翌日の大便は、油でぎらぎら光っていた。

8 ぶきみな〝死のリスト〟

しばらく本部勤務をしたあと、ワーレン農場に勤務する前のことだから、昭和十九年の後半かあるいは二十年のはじめころと思う。

だれいうとなく、いつのまにか戦友たちの間にできていた〝デス・リスト〟の二、三十番目くらいにランクされていた私は、マラリアと栄養失調ですっかり健康をそこねていた。そんなことから軍医の配慮でもあったのか、おなじような体調の宮崎一等兵と二人でジャングルの奥、友軍の一番後方にある物資弾薬集積所の監視を命ぜられた。

物資弾薬といっても、上陸時に携行しただけで、その後、補給のない第一遊撃隊の弾薬類は、一張りの八錘形をした天幕にすっかりおさまるくらいのわずかしかなかった。敵が上陸して戦闘になったときにそなえて、あらかじめずっと後方に運んでおいたのだ。

したがって、ここから後方には、友軍は一人もいない。敵なのか味方なのか去就のわからない原住民のマネキヨン族だけだ。彼らの姿はめったに見かけることもなかったが、それでも護身のため小銃と拳銃と刀はつねに身近においていた。

三度の食事は、一番ちかい五中隊の炊事から支給されたが、当然のことながら、ここでも二人の栄養はおろか、空腹をみたすことはできなかった。私と宮崎一等兵は、交替で毎週一回、それも金曜日をえらんでジャングルのなかをかなりの道のりを歩いて、支隊本部のワーレン農場まで食糧さがしに行った。

キリスト受難の十三日の金曜日には、米軍もあまり手荒なことはしないだろうと思ったが、しかし、十三日の金曜日というのはめったにないので、せめて金曜日でもと選んでみたが、そんなことには関係なく、そのたびにはげしい空襲に見舞われて、隠れるところもないままにイモ畑の真ん中にはいつくばって、キモをひやしたことも何回かあった。

イモといっても、当然のこととはいえ、新しい畑に手をつけることはできない。収穫のすんだ畑の取り残しをさがすのだ。イモだか根だかわからないネズミのしっぽのようなものばかり、一日じゅう畑のなかをはいずりまわって、それでもドンゴロスに半分くらいはひろい集めたろう。

そのほかカンコン、南方春菊、イモづるなどの食用にたえられる雑草をさがして帰る。これを二人で一週間の補助食にするのだ。

将棋の駒をつくって、彼に手ほどきをしてもらったくらいで、金曜日以外はなにもすることがない。とぼしい食糧にもかかわらず、体力を消耗せずにいたのが、鬼籍入りをせずにすんだ大きな原因かも知れない。

食事をうける五中隊の炊事場は、小川にそった小さな二階づくりの小屋で、下が食糧の倉庫、上は炊事係の兵隊数名の宿舎になっていた。炊事場は川べりの青天井で、カマが二つならんでいるだけだ。

食事に行くたびに目に入るのだが、非常用である二十キロずつアンペラ袋につめた外米が、倉庫のなかに三、四十俵くらい積んである。私たちはなんとかしてその米を、いささかなりとも盗む方法はないものかと相談して、まず細い竹の小口を斜めに鋭く切って、米の抜き取り検査のさいに俵にさす〝サシ〟という小道具をつくった。そして、受け皿には頭からすっぽりかぶる防蚊覆面を用意した。

まず、最初の実行者として私が深夜、宿舎を出て炊事場の近くまで行った。小川の手前で息をひそめてうかがうが、上の宿舎でガサゴソ音がする。見つかれば撃たれても文句はいえない。そのくらい食糧は何物にもまさる貴重品だった。

しばらく待つが、寝返りでもするのか、またゴソゴソ音がする。そのうちだれかが小便に起きてくる。とうとうチャンスをつかめぬうちに、未遂で引き揚げざるをえなかった。

つぎは宮崎一等兵がそっと起き出してでかけた。しばらくしたころ、彼は防蚊覆面に半分ほどの収穫をあげて帰ってきた。しめしめとばかり、私たちはさっそく積み上げてある弾薬箱の一番下にかくして寝た。

まったくの偶然だったが、その晩、宮崎一等兵が首尾よく成功して帰ったたぶんその直後に、そこに積んであった米三、四十俵ぜんぶが消えてしまうという事件が発生した。

翌朝になってそれを発見した五中隊の週番下士官が、血相を変えて私たちのところへやってきた。「昨夜のうちに非常用の米をぜんぶ盗まれたが、なにか異常に気がつかなかったか」というわけである。もちろん私たちの行動以外には、異常らしいものには気づかなかったし、スネに傷もつ私たちはつとめて平静をとりつくろったことはいうまでもない。

五中隊ではさっそく全員を非常呼集して、ジャングルのなかに一列横隊に散開し、川ぞいにのぼって足跡をさがした。やがて小川をかなりさかのぼった地点で、多数の足跡をみつけた。

察するところ、かなり多数の原住民マネキヨン族が米袋をかついでまず川の中をさかのぼり、さらに急な斜面を登りつめて、その山陰に小屋をつくって隠していたのだ。

この事件のおかげで、私たちの悪事はかすんで消えてしまった。すきを見てはその米をたいて二人で腹ごしらえしたが、たっぷり黒ゴマをふりかけたように、穀ぞう虫がたくさんわいたぼろぼろの外米だった。

この一事は私と宮崎一等兵の二人だけの秘密だが、あれから数十年も経過しているから、もう時効にされてもよいだろう。

9　暗殺団は真夜中にくる

私たちはマラリアと栄養失調、さらに南方潰瘍と三つの病気になやまされたが、それでもなんとか自力で食糧の収集、補給のできる者はよいが、病に倒れ、あるいは戦傷で伏す者は、炊事場から支給されるわずかなイモと汁では、栄養の摂取はぜんぜんたりない。周囲のいくらか元気な戦友がさしのべる友情にも限度がある。気の毒だが、彼らは日ましに痩せおとろえていく。

もともとあまり丈夫でなかった私も、肋骨がむき出しになったように痩せて、仲間からは洗濯板というアダ名をつけられ、伊吹軍医からも健康診断のときなど聴診器を当てられながら、

「きみも今年はあぶないなあ」

などと、なかば冗談まじりにいわれたりしていた。

こういう状況なので、私たち戦友たちの間では、いつとはなく、〝デス・リスト〟ができ上がっていた。本気とも冗談ともなく、それぞれ順番をつけて、私も二、三十番目くらいにランクされていた。

しかし、痩せているうちはまだよかった。その後、むくみが出てきたら、まず助からなか

った。二年あまりこういう悲惨な生活をしながら、私は人間の生命力とか寿命というものは、ただ体力の問題ではなく、デス・リストの順番などもぜんぜん当てにならず、むしろ気の持ち方と〝運〟の問題ではないか、と思った。いや、極限にちかい状態のなかで、生死をわけた最大の要因はやはり〝運〟だったのかも知れない。

入隊するとき贈られた千人針の腹巻も、何回も洗濯をしているうちにだんだんすり切れてあちらこちらほころびてきた。あるとき洗濯のあとふと見ると、いままでついていた五銭硬貨がない。ぬいつけてあった糸がほころびてとれてしまったのだ。

死線（四銭）をこえなければならない大切な五銭銅貨だ。〈ああ、オレも死線をこえることができないのか〉――と一瞬、血のひく悲壮な思いにかられたが、腹巻のなかをけんめいにさがしてみると、〈あった！〉布のほころびの小さな隙間をくぐって、二重になった腹巻の間にはさまっていたのだ。これなど、ただ単なる偶然だったかも知れないが、私は神の啓示とうけとって、ひそかに胸をなでおろして安心したものだった。

マノクワリ上陸後、最初の犠牲者は衛生兵の高野一等兵だった。彼は内地を出発するときから私の分隊に所属していたが、マニラからべつの輸送船にうつるさい、轟沈した弁加羅丸の方に衛生兵がすくなかったため、私の分隊をはなれてその方に乗船し、運わるくミンダナオ島沖の遭難に巻き込まれてしまった。

救助されたあとの彼の話では、沈んでいく船といっしょに、しばらく海中にひきずり込まれていったが、ふと母親の顔が脳裏をかすめて夢中でもがいたら、ぽっかり海面に浮かび出たそうだ。

しかし、そのあとがいけなかった。手近に漂流していた何物かにつかまって波間を浮き沈みしているうちに、沈んだ船のハッチの板などが船からはなれて勢いよく海面に浮かび上がってきたのに胸を強打されたのだ。それが原因で上陸後に胸膜炎を起こし、やがて腹膜炎を併発してしまった。妊婦のように腹がふくれて、ときどき洗面器一杯くらいの腹水をぬいてもらっていた。

栄養もとれず、治療薬もないので彼はしだいに衰弱していったが、いよいよ危篤状態となったとき、うわごとで私をよんでいると仲間の衛生兵がつたえてきたので、急いでかけつけてみたが、すでに息をひきとったあとだった。

空襲たけなわのころで、あまり煙を上げることもできない。伊吹軍医に片腕をとってもらい、ジャングルの片すみにマキをつみ上げて、かろうじて荼毘に付して骨をひろった。

この後もときおり犠牲者がつづいたが、空襲がますます激化していったので、手あついとむらいもできず、つぎは掌、そのつぎからはとうとう小指の骨をひろうのが精一ぱいになってしまった。

部隊幹部の藤島少佐は秋田県出身で、漢文の先生をしていたとかで根っからの職業軍人ではなかったらしいが、陸士卒よりも折り目ただしい武骨な将校だった。

その彼は、所要でムミ支隊の指揮下にあるランシキ地区に行った帰途、とつぜん姿をみせた敵機の機銃掃射を浴びてなぎたおされた。それでも支隊本部までたどりつき、担架の上から虫の息で部隊長に報告をすませて、そのまま息たえた。昭和二十年二月四日のことだった。

小八重軍曹は私より一期先輩のおなじ乙幹で、四国の出身、国士館大学の卒業だったように記憶している。年齢も私とあまりちがわない二十代のなかばすぎだったろうが、そのヒゲはみごとなもので、おそらく部隊で随一だったろう。あごには十センチは優にこす立派なヤギひげをつけていた。おだやかな目がとてもよくて、温厚そうな彼の風采はよくおぼえている。

その彼が、石井工作班で原住民たちをつかって、備蓄用のサゴ椰子の澱粉採取をしていたころのある夜——戦況がきわめて不利になって、周辺地区の原住民がどんどんアメリカ側に寝返っていたころの昭和二十年三月四日——就寝中に足音もなくしのびよった原住民の襲撃をうけて〝戦死〟した。彼は巻紙に達筆で遺書をしたためていたが、その冒頭のつぎの歌は忘れられない。

天さかるパプアを己が墓として
　御稜威かがやく春を祈らん

もうひとり浜田兵長は、私とおなじ広島の工兵隊から転属した四人の仲間の一人だった。山陰地方の出身で、彼だけが召集兵で二度目のご奉公だったと思う。したがって、年輩も私たちよりいくつか上で、すでに妻子もあったはずだ。

やはり戦況の悪化にともなって、周辺の原住民とのあいだに局地的なトラブルが頻発するようになり、部隊は昭和二十年はじめごろからしばらくの間、ときどき討伐隊を編成して原住民を駆逐していた。

彼もいちどその討伐隊に参加したが、たまたま敵の流れ弾が肩を貫通した。医療設備がとのっていれば、すぐにでも治るような負傷だったが、たちまち傷口が化膿して、それが原因でついに帰らぬ人となってしまった。

10　姿なき復員兵たち

第一遊撃隊の十個中隊が各地で編成され、集結地のマノクワリへの道をいそいだのだが、編成が完結して部隊長の指揮下に入ることができたのは、結局、この五中隊だけだった。

この中隊は、上陸そうそうから鹿鳴台の陣地構築や海岸線警戒の監視哨の勤務など、私たち本部勤務にくらべて、肉体的にも負担の大きな任務にあたっていたせいか、兵員の消耗もきわめてはげしかった。しかも、そのほとんどがマラリアと飢餓による栄養失調だったから悲惨だった。

以下、しばらく五中隊の島田兵長の手記をかりて、その艱難（かんなん）の足跡をたどってみよう。マノクワリ上陸のあと五月二十六日のムミ進駐までは私たちと同一行動をとっていたのだが……。

『昭和十九年六月十日、ジャングルの中をさらに奥地に移動する。海岸まで出るのに三時間はかかるだろう。

六月二十八日、米軍の上陸にそなえて、川越中尉の指揮で鹿鳴台の陣地構築をする。作業の途中でたびたび敵機の空襲あり。超低空からの機銃掃射や爆撃を反復してうける。

この作業はじつに苦しかった。陣地構築というのに、戦闘訓練をかねて、完全武装で鹿鳴台の山上まで駆け登らされたり、軍刀で小突かれたり、鉄拳で殴られたりもした。

山のふもとに原住民の小さな集落あとがあって、とり残されたニワトリが野性化して数十メートルも飛ぶので、今晩の食膳にとみなで追いまわしたが、とうとう捕らえることができなかった。

十月のはじめごろ、中隊の糧秣集積所の米を夜間、兵隊たちが南京錠をこじ開けて盗み出し、ジャングル内にかくれて食べた者がある。

これはまもなく幹部の知るところとなり、中隊の全員が私物検査をうけて、首謀者は重営倉、またこれに加担した何名かの者は第三農場送りとなった。

十月五日　海岸監視哨に出ていた菅野小隊が深夜、原住民に案内されたアメリカ軍の奇襲攻撃をうけて、火炎放射器で焼き討ちされ、立哨中の二名をのぞいて全員十三名が戦死してしまった。

十月二十日から十一月十三日まで、中隊から五、六キロほどはなれた奥地に開墾した第三農場勤務となって、毎日ジャングルを切り拓いては畑をつくり、イモを植える毎日をくり返した。体長一メートル以上もある大トカゲを捕らえて食ったこともある。

上陸後まだ半年にもならないのに、ほとんど全員が程度の差こそあれ栄養失調になり、そのうえマラリアのくり返しで、みな半病人状態で元気な者は一人もいない。

しかし、幹部の一部には、われわれ兵隊の目のとどかぬところでうまいことをやっているのがいる。

それならばと勝手な理屈をつけて、ある日、意を決して決行におよんだ。

中隊の炊事班まで、真夜中のジャングルの小径をたどり、それこそ命がけで米を盗みに行った。すきをみはからっていくらかの米を盗んだが、その間ほんのわずかな時間、心臓もこおる思いだった。

首尾よく盗んだわずかばかりの戦利品をかかえて、暗い夜道を宿舎にいそぐときの胸のうちは不安とよろこびが複雑に交錯していた。

さっそく五、六名の戦友たちをたたき起こして、ジャングルのなかで夜中に炊飯し、ほかになにもないので、ただそれだけを腹にかき込んでしまった。

十二月三十一日——、昭和十九年もきょうで終わり。昼間はタピオカをおろして、正月用の餅をついたりしたが、夜に入ってマラリアで発熱。今度はいつもよりかなり高熱で、意識がもうろうとなる。

頭の中で混乱して錯乱状態のようになり、自分の意識のどこかにもう一人の自分がいるようだ。そんな二重三重にだぶついた意識のなかで、助かりたいという気持で一心に神仏に祈っている私自身の姿があった。

戦友のうちでもとくに親しい渡辺上等兵が、けんめいに介抱してくれているのに、その横面を張りとばしたり、暴れまわったりしてとうとう何人かの戦友に押さえつけられて、軍医に注射を打たれたらしい。

そのあとしばらく眠ったのであろう、だいぶたってからすこしずつ意識がもどって、頭のなかもはっきりしてきた。

昭和二十年一月一日、正月だ。どうやら二十四歳の正月を迎えることができた。

十二月二十八日、昨年の年末からきょうまでのわずか一ヵ月の間に、身近な戦友が何人、異国の土と化したことだろう。本来はなやかなるべき青春を、こんな地獄絵図のなかで、肉親の顔を思い浮かべながらすごすとは、ああ戦争とは悲惨なものだ。われわれの中隊だけでも、上陸いらい半年あまりで、もう六十人もの戦友が帰らぬ人となった。

傷病患者の収容棟には、寝たきりで大小便もたれ流しの者や、ガイコツそっくりに痩せ細って脳までおかされた者もいて、ほとんど毎日のようにだれかが息を引き取っていく。

二月十九日、またマラリアの発熱だ。中隊の兵隊も、いくつかの農場にわかれて出て行ったので、残った者は病人ばかりになってしまった。勤務や使役にたえられる兵隊もなく、死んだ戦友の埋葬にさえことかく始末だ。

うわさによると、関東、中部地方など内地もかなりB29の空襲をうけているらしい。硫黄島や沖縄にも敵が上陸したとか——。

この日まで戦友の野辺の送りをする者、日に七十五人になった。

四月二十四日、死亡者九十三名なり！　ああ、あと何人ぞ！

きょうから石井工作班勤務を命ぜられてうつる。

五月二十六日、ムミに上陸してこの日でちょうど一年になる。中隊はすでにその半数以上の者を失った。あまりに犠牲者の多いのに責任を感じたのか、中隊長の宮崎大尉が自室で拳銃自殺をとげた。

ここ石井工作班にきてから、食事もいくぶんよくなり、果実の王様ともいうシャシャップやドリアンなども野性のものをはじめて食べてみたが、じつにうまい。

隊長の石井大尉や幹部の将校あるいは同宿の井沢軍曹などがたいへん親切で、思いやりがあり、なにかと面倒をみてくれるおかげで、元気になったような気がする。

五月三十一日、戦病死者百十一名となった。生存者七十三名。

やがて終戦となったが、環境が改善されないため、犠牲者はいぜんとしてつづいた。

九月十五日、死亡者百二十五名。生存者五十八名。

十月一日、伊藤、朝倉、林の三名死亡。現在員五十五名。桑原曹長、波多野軍曹もあぶないとのこと』

こうして遊撃第五中隊は、マノクワリ上陸時の百八十四名から、急速に犠牲者をふやしていき、昭和二十年の暮れごろには、将校、下士官、兵隊の全員合わせて四十名くらいに、さらに翌二十一年三月すえには二十九名までに消耗しつくしてしまった。しかもその大半が、栄養失調による衰弱のための戦病死だったから悲惨きわまりない。

　私たちの所属する遊撃三、四中隊は、兵隊となるはずの高砂族が追及できないままに、ムミ支隊本部勤務となったためか、それほど高率の犠牲者は出さずにすんだが、それでも復員するまでには、三分の一の二十八名の戦友を失ってしまった。

　翌二十一年五月、復員船の第一便に乗船するときは、各部隊ともぶじ生還できる者より、戦死あるいは戦病死で無言の帰国をした者の方が、ずっと多かったはずだ。

11　密林の大転進の果て

　西部ニューギニアを守備していた第二軍（勢集団）司令部のあったマノクワリ地区には、私たちが上陸した昭和十九年なかばころは、おそらく四、五万におよぶ兵員が駐留していたと思う。

　ニューギニア東部からはじまったアメリカ軍の反撃は、四月にホーランジア、五月にビアク島、七月にヌンフォル島とつづき、そのつど日本軍は玉砕をくり返しながら後退していった。ほぼ一ヵ月くらいの間隔でつぎの地点に猛反撃をしてくるアメリカ軍のつぎの目標は、当然、マノクワリと判断されたであろう。このように予想されるアメリカ軍の攻撃にたいしって、日本軍のマノクワリにおける食糧はきわめてとぼしく、私たちと同様、イモの自給によってかろうじてささえられていた。

第二軍司令部はこれらの状況から、マノクワリ地区の食糧に見合って、兵員の疎開を計画した。といっても海路は完全に封鎖されているし、ニューギニアの北岸はアリの通るすきもない。まだオーストラリア側の南岸のほうが警戒もうすいし、ジャワ、スマトラへの道も考えられる。サゴ椰子などの食糧確保も北岸よりは期待できそうだ。

昭和十九年六月すえごろから、約一万五千人におよぶ兵員がマノクワリを出発して、私たちのいるムミを通過し、地峡部を横断して南岸のイドレまで五百キロをこえる、いわゆる〝死の転進〟がはじまったのである。

先頭をゆくのは、わが軍の進攻作戦時に捕虜となったインド兵やインドネシア兵で編成した荷役部隊で、ついで台湾人の兵補部隊だ。ともに道もないニューギニアのジャングルで、兵器・資材を人力で運搬するために編成した苦力（クーリー）部隊とでもいうべきものだった。いうまでもなく、後につづく日本軍各部隊のために、イドレへの道をさがし、先導する役目だった。

このインド兵のうち十数名の者がムミで落伍して、私たちといっしょにワーレン農場で農耕に従事したのだが、結果的にはこの落伍が彼らにさいわいしたようだ。

このあとを追って、兵器・通信・経理・軍医などの各部のほか、いろいろな部隊がつぎつぎに出発した。将兵の携行品は、最小限の衣類と約十日分の米に若干の塩と砂糖、それに小銃と鉄帽だけであった。しかし、マノクワリを出発すれば、途中、どこにも補給するところがない。できるだけ身軽にと思っても、つい捨てるにしのびなく、どうしても荷が重くなりがちだ。

　第一日をすぎると、はやくも携行品がたえきれぬ重荷になってきた。部隊は体力に見合って、数名ごとのグループにちりぢりになって行く。ジャングルをさけて海岸寄りに行くと、マングローブの林があちこちにある。タコの足のように曲がりくねっていりまじった太い根の上を、わたり歩いて行く困難は、泥濘にも急峻にもおとらないものだった。

　マノクワリから百キロにみたない第一目標のムミまでに、はやい者でも一週間は要したであろう。ここまでくる間に、すでに落伍者が多数でたようだ。

　ムミまでたどり着いた者は、どこから工面したのか、脱穀しただけでまだモミ殻をかぶったままの米を、飯盒一杯たらずほど支給された。それを一升びんなどに入れて棒でくり返して突いていると、だんだんモミ殻がとれてくる。こうして自分で準備した米を一にぎり補給して、つぎの目的地シンヨリに向かって、いつたどりつくあてもなく、重い足をひきずって出発して行った。

　比較的に元気な者でも、ムミからシンヨリまで一ヵ月以上はかかったろう。つぎは河にそってヤカチまで南下して、最後の目的地イドレまでたどり着いた者は、出発時の一万五千の兵員のうち、はたして一割もあったろうか。

　ムミにたどりつき、あるいはムミを出発したが、まもなく落伍してむなしくムミに引き返してきた兵隊たちの話では、みちみちいたるところに被服、小銃、鉄帽などがうちすてられ、小川の周辺には、水を飲もうとして半身を乗り出したまま息たえた者など、悲惨というか凄惨といおうか、文字どおり死の転進になってしまったようだ。

この死の転進の全行程における惨憺たる状況は、まさに鬼気せまるものがあり、将兵たちはイドレまでの長い途のいたるところで力つき、無念の思いで虚空をにらんで南溟の土となったのである。

12 発明家たちの〝傑作〟

兵器も弾丸もすくなく、そのうえ食糧は皆無にちかい状態で上陸して、しかも不測の籠城のような形になってしまったので、私たちは否応なしに現地で自活の途をとらねばならなかった。

食糧の自活は戦争の片手間のため、質量ともに最後まで思うにまかせず、困難のうちに終わったが、それ以外のものでは自活のために工夫したり、創作したもののなかに、なかなかの傑作もあった。そのいくつかを思い出してみよう。

まず火であるが、なんといっても生活の基本であり、これだけは欠かせない。原住民たちはまだ木を摩擦して火を起こしていた。湿度も高いし、携行したマッチなどはとっくに使いはたしてしまった。

しかし、ムミ地区には飛行場があったおかげで、航空燃料の入ったドラム缶がジャングルのなかにたくさん野積みしてあった。敵機の集中爆撃で飛行場は廃墟と化し、使いみちのなくなったそのガソリンを、あり合わせのいろいろなびんにつめて、紙やぼろ布をよってつくった太い芯をさし込んでランプをつくった。

また、爆撃で破壊されたトラックなどから、発電機をとりはずしてきて点火器をつくった。発電機の両極につないだ銅線の先を近づけて、発電機の車をまわすと、パチパチと小さな火花が散る。そこにガソリン・ランプをさし出すとかんたんに火がつく。夜間はこのランプをならべて照明とした。

つぎに煙草についてであるが、上陸後いくつかの煙草が配給されたと思うが、そんな物はたちまちなくなってしまった。タピオカの葉がよいというので、乾燥してすってみたが、ただ煙くさいだけだ。せっかくのこんな機会に煙草などやめてしまえばよいのに、それでも、ないとなると無性にほしくなって、あれこれ苦心したものだ。

将校には私たちよりすこしは余分に配給があったのか、そんなときでも事務室では本物をすっている。私はそれとなく注意していて、将校がすてたみじかいモクがまだ細い煙を上げているのを、そしらぬふりで通りがかりにそっとふみつけて消しておき、人目のないときにそれをひろってすったりしたこともある。

レンペンという原住民のつくった辛いきざみ煙草が手に入ったこともあるが、それもつかのまになくなってしまった。

そのうちだれかが物々交換で、原住民から煙草のタネを手に入れた。ケシつぶより小さなこのタネを、苗床にていねいにまいて、発芽した苗を定植して育てた。その大きな葉を下から順にむしりとって、日かげ乾しにしたのち、こまかく刻んで、あり合わせの紙で器用に手巻きしてすった。風味のない辛いばかりの煙草だったが、やっぱりこれが一番うまかった。

部隊長印――いろいろな命令もあれば、進級などの辞令もある。〝第一遊撃隊長の印〟という角印は、廃車になったトラックのタイヤの厚い部分を四角に切り取って、器用な寺井戸曹長が小刀でたんねんに彫ってつくった。

最後に復員船から名古屋港に上陸して、私たち数名の者が徹夜で作成して各人にわたした〝従軍証明書〟と〝事実証明書〟にこの印をつかって、〝第一遊撃隊長の印〟の役目は終わった。

水中眼鏡――海岸での魚とりのさい、爆薬を魚群の多いところにしかけるための海中探索用の水中眼鏡は、後述の酒製造装置とならんで、まさに発明協会長賞ともいうべき傑作だった。

ゴム長靴の胴の部分を十センチくらいの幅で輪切りにして、これに廃車の窓ガラスをはめ込む。これを乾麺包の包装缶のうすいブリキ板を細く切ってつくったバンドでしめる。一方、顔に当てる方は、顔によくなじむように切って、けっこう実用的な水中眼鏡ができた。

落下傘のひもは貴重品だった。墜落した敵機から押収してくるのだから、落下傘そのものはいくつもはなかった。それでもうまく手に入れた兵隊たちは、その布でシーツやふんどしをつくった者もいたが、これはごく一部にかぎられた。

しかし、そのひもは長くてたくさんついている。その小口をさがしてうまくほどくと、蜿蜒と連続して細い糸がとれる。この糸は丈夫で、衣料の補修用にもなったし、また釣糸としても充分につかえた。

さて、いよいよ酒である。世界中どの民族も、その民族特有の酒をもっているが、ニューギニアの原住民も椰子の澱粉から椰子酒をつくっていた。私は椰子酒そのものは試飲する機会はなかったので、どんなものか知らないが、終戦後に彼ら原住民から、何物かとの交換で酒コウジを手に入れることができた。

原料は食用にもならないようなくずイモで、むしたそれをドラム缶のタルのなかでつぶし、このコウジをまぜて発酵させる。気温が高いので、数日もすれば発酵は完全に終わり、それらしい香りをするようになる。

この蒸溜装置がなかなか苦心の作だった。まず蒸溜ガマには、衛生器具などの消毒用の二重ガマを利用した。内ガマの一番上部にある小指くらいの蒸気ぬきの穴から乾麵包(かんめんぽう)の空き缶でたんねんにつくった細いパイプをジグザグ状につなぐ。このジグザグ状のパイプを水をみたしたドラム缶に通して、その下部からパイプの先端を出しておく。

発酵したイモに温湯をくわえてドロドロにしたうえで、この蒸溜がまの内がまに入れて、下から弱火でたくと、まずアルコール分が蒸発してパイプのなかを通り、周囲の水で冷却されて液化し、末端からポタリポタリとしずくになって落ちる。

ちょっと火が強くなると、水分まで蒸発するので水っぽい酒になってしまう。ここでの火かげんが大切だ。ずいぶん気長に時間をかけて、一升か二升の酒をつくってみたが、大勢の人数では一人当たり盃に一杯ほどにしかならず、いろいろと工夫してやってみたがとても酔うほどにはいたらなかったし、日数と労力のわりには引き合う酒ではなかった。

このほか、すでにのべた野ブタとりのワナや、フカをとったしかけも、あり合わせの物をうまく利用した苦心の作で、私たちの命をつなぐうえに貴重な役割をはたしたものだった。

13 石井工作班の〝恐怖〟

補給路をたたれたムミ支隊は、戦闘状態になったさいの非常食を準備するため、石井大尉を長として工作班を編成した。それには名越中尉、松原少尉、小八重軍曹、井沢軍曹などの幹部のほか、少数の兵隊をふくめて総勢十名あまりのほかに、若干のインドネシア人や原住民が働いていた。

インドネシア人には、シキマンという一家五人の家族や、まだ少年のヤンブスのほかラボ、ランベル、マフランらがいた。また原住民たちは、私たちが携行した玩具のハーモニカや首かざり、あるいは布切れなどの宣撫(せんぶ)用品で、ちかくの集落から集めてきたマネキヨン族だった。

しかし、いつもおなじ布切れや首かざりでは、宣撫工作も長つづきせず、物量ではだんぜん優位に立つアメリカ軍の反攻が身近にせまってくるにしたがって、原住民たちもだんだんと逃亡して、アメリカ側に走るようになっていった。ムミ、マノクワリ地区にたいするはげしい空襲が、やや下火になってきたかと思われる昭和二十年三月四日の夜、同僚の小八重軍曹が就寝中に前出の辞世をふところにして殺害されてしまった。

その後はインドネシア人までが逃亡するようになり、数人の仲間とともに逃亡、八月にはラボ、マフランらも逃亡して、とうとう日本軍の兵隊以外には一人もいなくなってしまった。たぶん終戦よりすこし前で、原住民たちがすっかり逃げてしまったころだったと思う。彼ら原住民の代表者——おそらくは酋長格の連中だったろう——十名くらいの者が工作班にやってきて、反物、食糧、塩、そのほかいろいろな物量にわたって、相当量の要求をしてきた。まったく無理難題の要求で、当時の状況下では、明らかに日本軍にたいする挑戦と判断された。おそらく後方でアメリカ軍が糸をひいていたのだろう。

石井大尉はとっさに頭のなかで彼我の人数をかぞえた。さいわいわが方が二名多い。まず宿舎の中央の広場に、手もちのバナナ、パパイヤ、そのほかの食糧をぜんぶ持ち出して会食の準備をさせる。その間ひそかに一名を脱出させて、最寄りの部隊に救援をもとめに走らせる。もう一名は憲兵の中原伍長につげて宿舎内にかくれて待機させる。

さて、友好のしるしに中庭で、たがいに十名ずつが交互に隣り合い、円陣をつくって座り、会食をはじめた。ころ合いを見はからった石井大尉の合図で、あらかじめきめておいた隣席の原住民に一斉に組みついた。

しかし、彼らも非力ではない。そのうえ、わずかばかりのふんどし姿なので捕らえどころもない。けっきょく一人か二人をとり逃がし、宿舎内から中原伍長の撃った拳銃弾にも当たらずに逃げられてしまった。この格闘中に連絡で急を知った最寄りの部隊がかけつけて、のこる八、九名を捕らえることができた。

このうち首領格と見られた三名をのこして、かんたんな取り調べのうえ、その場で処刑してしまったが、首領格の三名は、椅子にくくりつけたうえで、ミコシのように腕木をつけてかつぎ、部隊本部に連行してきた。

南方潰瘍で身体のあちこちが化膿して、ハエがまとわりつく彼らを、私たち下士官宿舎の土間にくくりつけて、憲兵の中原伍長の取り調べが二、三日つづいた。

はたしてどの程度の取り調べができたのかわからないが、気配を察して泣きさけぶ彼ら三人は、きたときの椅子にふたたびくくりつけられ、近くのアメリカ軍の爆撃でできた巨大なスリバチ状の穴の底にはこばれて、処刑されてしまった。

終戦になってからまもなく、石井工作班も解散してそれぞれの原隊に復帰したが、昭和二十一年五月、復員船の第一便が入って、いよいよ帰国を目前にしたころ、石井工作班に在勤した者のあいだに一大パニックが起こった。工作班にしばらく勤務した五中隊の島田兵長（前出）の述懐をみてみよう。

『——石井工作班にいた者は、戦犯容疑で裁判にかけられるという噂が聞こえてきた。石井大尉や名越中尉も取り調べをうけている。いずれ自分にも呼び出しがくるだろう。内地には帰れぬかも知れんぞ、などと無責任な声も聞こえてくる。

　せっかくの内地帰還のよろこびもつかのまで、もう食事ものどを通らぬくらいの恐怖感が背筋を走って、心細くなったものだ。

　多くの戦友を南溟のはてに葬って、その冥福を祈ってきたのに、敵兵といえどもただの一人も殺さない自分の運命もこれまでかと、悲愴な恐怖感にとらわれたが、けっきょく自分には呼び出しもなく、取り調べをうけた者も乗船までにはぶじもどって、いっしょに帰国することができたのであった』

14　故郷去りし旅の子は

　各部隊ともそれぞれ原野を開墾して農場をつくり、主食とするイモの生産につとめていたが、私たちムミ支隊本部のワーレン農場は、海岸とジャングルの間にひろがる原野のなかにあった。

　農場の長は大沢曹長、中原准尉、千葉准尉らが順次交替してつとめ、その下に下士官、兵が合わせて二十名くらいとネパール人の捕虜が十名ほどいて、支隊本部百余名の主食のイモものである。

このネパール人の捕虜は、どこか南方の戦線で、ユニオンジャックの旗の下で戦っていたのが、武運つたなく日本軍の捕虜となり、部隊の移動とともにマノクワリに連れてこられたものである。

やがて戦況不利になって、マノクワリから相当数(数万人ともいわれた)の日本軍のいわゆる〝死の転進〟(食糧不足のための口べらし)を行なったとき、ムミ地区通過のさい、食糧の欠乏などのため落伍しておき去りにされたのを、当時の農場長の中原准尉が農耕の労働者としてつかっていたのだ。

こい褐色の膚で、ほりの深い均整のとれた風采をして、ナイク、ハルカバードル、サリクバードルなどなど、彼らのうちの半数ほどは、名前の末尾にバードルというのがついていた。

私はこの農場に終戦直後まで、農場長が中原准尉から千葉准尉にかわるころにかけて配属されていた。期間はたぶん三、四ヵ月ほどだったと思う。

宿舎といっても、丸木小屋の屋根にニッパ椰子の葉を一重だけふいたもので、ちょっと強い風が吹くとすぐにめくれて、青天井が見えるような粗末なものだったが、何本かの大木の木陰にあって、すぐ裏には炊事やマンデー(水浴)をした小川が流れていた。

ここでの生活は、毎日ふんどし一つで農耕の明け暮れだった。イモの植えつけ、草とり、収穫のくり返しで、もちろん農耕用の機械などはなにもなく、すこしばかりの鍬とスコップのほかはすべて手作業だ。彼らネパール人は捕虜というより、貴重な労働力であり、よき協力者だった。

農場長の中原准尉は、私たちとはべつに、やはり第一遊撃隊本部要員として、幹部三十五名とともにマノクワリに向かう途中、フィリピンのミンダナオ島沖で船が撃沈され、そのときの生存者は彼一名という強運の人だったが、鹿児島県出身できびしい反面、たいへん人情味の豊かな人だった。

捕虜たちにたいしても、宿舎や食事を差別することなく、おなじ仲間として農耕にいっしょに従事させていた。たまにとぼしい食糧を盛って、演芸会のマネごとのようなことをやったが、お国自慢の民謡などといっしょに、彼らもネパールの歌などを聞かせてくれた。

ワーレン農場にきてから、食事もやや改善され、環境もだいぶよくなったせいか、私の痩せおとろえた身体もいくらか回復してきたようだが、それでもまだトラックの後輪に足をかけて、自力で荷台に上がるだけの気力も体力もなかった。

マラリアも定期便のようにくり返し発熱するし、指のまたやひざの裏など、皮膚の弱いところに好んででる南方潰瘍も、いっこうによくならない。それでも明日の食事準備のため、イモづくりは一時もやすめない。

そのうち農場の長は千葉准尉に交替した。彼は山形県尾花沢市の出身で、東北なまり丸出しの人だった。さすがに民謡がとくいで、いろいろな東北地方の民謡を聞かせてくれたが、自分でも作詞し、曲は米山節の曲をかりて、夜になるとランプをかこんでみなで唄ったものだ。

〽男見るなら　ワーレン村の
支隊本部の農場においで
色は黒いが　男前
サアサおいでよ　ワーレン村に
来れば　長居がしたくなる

とにかく原野の一隅なので、ジャングルのなかとくらべて空もずっと広い。夜、灯火ひとつ見えない畑のすみで、きらめく星空をあおいで私もときおりは家郷を思い、また学友をしのんだ。朴歯(ほうば)のゲタをひきずりながら山口の亀山公園の広場や後(うしろ)河原の川ぞいの道などで学友たちと唄った高等学校の逍遥歌は、なんとなく雰囲気が合って、南の中天にかがやく南十字星を見上げながら、思い切り大きな声で唄ったものだ。

〽真理(まこと)の啓示(さとし)憧(あこが)れて
故郷(ふるさと)去りし旅の子は
丘(おか)の草葉(くさば)の休息(やすらい)に
孤独の星を喚(よ)ぶなべに
深き思いの胸せまる

南の国よ若き日よ

歌詞はまだ数番つづくので、ところどころわすれた部分もあったが、そんなところは
ハミングでつないで、しばしのあいだ戦争をわすれて、学生時代にもどって感傷にひたった。
しばらくつづいたはげしい敵の空襲も、いつのまにか途絶えがちになって、比較的平穏な
日々がつづくようになった。

夜になると私たちはランプをかこんで雑談にふけった。

「いったい戦争はどうなっているんだ?」

「海軍はどこに行ったんだろう? いままでの二倍以上もあるものすごく大きな戦艦ができ
たらしいぞ」

「もうやられてしまったんじゃないのか」

「いや、瀬戸内海かどこかで出撃準備中だろう。そのうちきっとやるだろうよ」

「すごい特殊爆弾も研究中らしいぞ。マッチ箱一つくらいのやつで戦艦が吹っ飛ぶそうだ」

「……おい、日本は負けるんじゃないのか?」

「なにをバカな! いまに神風が吹くさ」

「それにしても銀飯が食いたいなあ!」

「銀飯にトウフのミソ汁、それに白菜のツケモノで食えたらなあ!」

こうして私たちがとりとめもない雑談にふけっているとき、アメリカ軍の反攻は、私たち

のいるムミ、マノクワリ地区を横目に見ながら素通りして、昭和十九年九月にモロタイ島、十月にフィリピンのレイテ島、さらに二十年になると二月に硫黄島、四月に沖縄へと反撃上陸して、日本軍は急速に追いつめられて行ったのである。

15 おかしな戦勝国軍

いま考えてみれば、あのときが昭和二十年八月十五日か、あるいはその翌日だったのだろう。

私たちがネパール人の捕虜たちといっしょに、その日もいつもおなじようにイモ畑のなかに散って草とりをしていると、ひさしく見なかった敵の戦闘機が一、二機、上空に飛んできた。しかも、これまでのような攻撃姿勢ではなく、銃撃もせず、かなりの低空をゆっくり旋回しながら、ときどきビラをまいている。

あいにくと風に流されてひろうことはできなかったが、とにかく状況が一変したことだけはたしかのようだった。それでも、いっこうに攻撃してこない敵機にたいして、捕虜たちの手まえもあって、私たちはこれまでのようにイモ畑のなかに身をふせて、その場をとりつくろうよりほかなかった。

私たちが農場でこのようにしているとき、支隊本部では通信班の柘植(つげ)軍曹が無電で終戦の詔勅を傍受し、つづいて翌十六日、南方総軍から終戦関係の諸命令が入電して、事態はいっそうはっきりした。

八月十九日、私たちはひさしぶりに軍装をととのえて、全員が支隊本部に集合し、部隊長から正式に敗戦のむねをしらされた。

連戦連勝の勝ち誇っているときでなく、さんざん痛めつけられて多くの戦友をうしない、そのうえ飢餓のちまたをさまよっているような疲労困憊しているときなので、敗戦という予期さざる現実に直面しても、それほど大きな衝撃もなく、冷静というより、無感動にちかい気持でうけとめたのであった。

当時のニューギニアは経度にそって真っ二つに割られていて、私たちのいた西部ニューギニアはオランダ領、日本軍が死闘した東部ニューギニアはイギリス領だった。

第二次大戦では、オランダは本国をドイツ軍に蹂躪されて、一時は政府自体がロンドンに避難したくらいで、最後には戦勝国の一員として名をつらねたものの、当時のオランダ軍はまことにまずしかった。

終戦の日からだいぶおくれて、私たちのムミ地区にも、少数のオランダ軍が進駐してきた。しかし、オランダ人の軍人はそのうちの幹部だけで、兵隊はインドネシア人に軍服を着せ、銃をもたせただけで、素足の者もいるにわか仕立てのものだった。

「アメリカ、オランダ、ニッポン、どこ上等か？」

と彼らに聞くと、答えはいつもおなじだった。

「アメリカ一番上等。そのつぎはニッポン上等、オランダ上等ない」

その理由は、彼らの身に着けている軍装から兵器、携帯口糧にいたるまで、すべてアメリカ軍からの支給品で、日本軍からは靴下や石けんなどの若干の雑貨類が徴発できる。また、私たちが武装解除された小銃なども一部彼らが使用していたが、オランダはたった一つ、帽子の徽章以外はなにもくれない、ということだった。

敗戦の日から二ヵ月ほどたった十月十五日、連合軍のランドンとかいう中佐が巡洋艦で来航して、私たちは正式に武装解除をうけた。

といっても、この日までに私たちはすべての兵器、弾薬類を部隊ごとに、自主的に海岸の指定された場所に集積しており、そのまま彼らに引き渡した。曾祖父愛用の日本刀もとうとう一度もつかうことなく、このとき引き渡してしまった。

また、ネパール人の捕虜やずっと下士官宿舎の下僕をしていたインドネシア人など、一転していまや戦勝国人となった十数人の連中からも、このとき進駐軍は戦時中の彼らにたいする日本軍の扱い方などについて事情聴取して、戦犯容疑で多数の日本軍将校を連行し、一方的に裁判にかけたりしたが、私たちの部隊からは当然のこととはいえ、こうした不幸な者は一名も出さずにすんだ。

しかし、オランダ軍の指示によって、せっかく開墾したワーレン農場から、マノクワリとの中間にあるアンダイ地区に移駐させられたのは、迷惑しごくであった。

かくして十一月十九日、先発隊を出して、移駐先に農場の開墾をはじめ、イモを植えつけて、支隊本部の全員の移駐が完了したのは、その収穫のはじまる翌年の四月中旬だった。おそらくは、ほかの部隊も同様だったろう。

原野の開墾にうまく利用されたのかも知れないが、しかし、原住民たちのささやかな農作物を徹底的に食いつくした私たちにとって、むしろ軽すぎるくらいのペナルティだったかも知れない。このほか二抱えも三抱えもある大木を、二人びきの大ノコギリで伐採させられたり、それら大木の製材などにもずいぶんと狩り出された。

こうして私たち日本軍はなみ丸腰になって、連日、農耕やオランダ軍の使役に駆使されているとき、きのうまで私たちがもっていた銃で武装したインドネシア人の兵隊は、オランダ軍の徽章のついた帽子をかぶって、ときおり五、六人が一団となって巡視にやってきた。

しかし、巡視とは名ばかりで、彼らは私たちの宿舎前で、威嚇的にまず銃の安全装置をはずして入ってくる。はじめのうちは、石けんや靴下をやればよろこんで引き揚げて行った彼らも、回をかさねるにしたがってだんだんと相場が上がり、なけなしの毛布や軍衣袴をせびったりして、取られまいとする日本兵とのあいだで、あちらこちらで小ぜり合いが発生するようになった。

16　船倉にこもる将校

昭和二十一年にはいって、復員船が入港するすこし前、たぶん四月ごろであったろうか、私はマノクワリの復員司令部に、連絡係下士官として派遣されていた。地区で最先任という大佐が復員司令官で、鉄条網でかこまれたひろい一画に、第一便で復員する予定の部隊数千人を収容して、復員のための準備をすすめていた。

五月十日ごろにマノクワリの港に入った復員船は、太平洋全域に散在する生き残りの日本兵を引き揚げさせるために、アメリカから貸与された七千トンほどのリバティ型の揚陸船だった。

壁ひとつ隣りの事務室では、司令官や参謀たちが声高に打ち合わせをしている。どうやらさきに収容してくるはずだった、どこかの野戦病院が乗らなくなったため、そのかわりにどの部隊を乗せようか、という相談らしい。

ときおり私たちの内田部隊という声も聞こえてくる。私は耳をそばだてて注意していたが、まもなく事務室に呼び出された。

「内田部隊ただちに乗船準備、とつたえよ!」

司令官から命令をうけた私は、ただちに本隊にとんでかえり、命令をつたえた。

第一遊撃隊本部と五中隊は、夜を徹してアイダイからマノクワリまで大発艇で、さらに海岸から宿舎まで駆け足行軍でやってきた。すっかりおとろえた身体でも、いざ帰国となると思わぬ力が出てくるものだ。

突然の追加だったから、ほかの部隊とことなり、柵内での生活は一日か二日だったろう。

オランダ軍からの指示で、携行品はきびしく制限された。

軍衣袴と襦袢、袴下各一着、つまり着たきりスズメだ。それに将校は外被（雨コート）、下士官以下は天幕（大風呂敷大の一人分）。時計、万年筆は国産品にかぎる。外国製品はすべて没収。革製品は編上靴と帯革（バンド）だけ、ほかは財布類にいたるまでダメというきびしさだった。

いよいよ乗船当日は、それぞれに身辺を整理した携行品を天幕につつんで、海岸までの道を八列縦隊でゆく。

各部隊の先頭には、戦没した戦友の遺骨を部隊ごとにひとまとめにしておさめた大きな白木の箱が、戦友の胸に抱かれている。生きて乗船できる者の数より、無言の帰国をする遺骨のほうがかなり多かったはずだ。

沖の本船と桟橋とのあいだを何隻かの小さな敵前上陸用の大発艇で、ピストン輸送をするのだから、七千人からの長い列はなかなかすすまない。

そのうえ大発艇に乗り込むまえに、駅の改札口のようなゲートがあって、オランダ兵が一人ひとりの所持品の検査をする。許可品以外の物や、目ぼしい物を見つけるとたちまち没収だ。

全員の乗船が終わるまでには、ほとんど丸一日かかってしまった。その間には当然、小便などの用もたさねばならない。しかし、長い隊列の両側は、点々とにわか仕立てのインドネシア人のオランダ兵が、銃をもって監視していた。

文明人は立小便をしない――とばかり、にわかに戦勝国の仲間入りした彼らは、虎視眈々と目を光らせて監視している。うっかり見つかると、銃をさかさにふりかぶって追いかけてくる。こちらはみなおなじ服装だから、隊列のなかをぐるぐる逃げまわって彼らの目を逃れる。隊列のあちらこちらでこんな小ぜり合いがくり返された。

やっと海岸にたどりついて、所持品の検査をうけ、大発艇に乗り込んで沖の本船に向かう。七千トンもあるリバティ船の船腹は見上げるばかり高い。タラップでは間に合わないので、傷病兵以外は、甲板からぶら下げられた多数の縄梯子を登らされた。

装具を背にして、おとろえた力をふりしぼって、必死によじ登って甲板に立ったときは、〈ああこれでやっと帰れる〉と、もう内地の土を踏んだくらいにほっとしたものだ。昭和二十一年五月十四日のことであった。昭和十九年のおなじ五月に上陸してから、まる二年をここで過ごしたことになる。

往路は敵の飛行機や潜水艦に追いまわされながら、三ヵ月もかかった航海だったが、帰路は太平洋をまっすぐに北上して、名古屋港まで十日あまりで帰ることができた。

海路はずっと平穏だったが、船中での私たちの生活は、かならずしも平穏とはいえなかった。船員からは、わずか二年の歳月だが、戦後の内地の激変ぶりが断片的につたえられた。

――内地のおもな都市はほとんど空襲で焼かれてしまったとか、深刻な食糧不足だとか、アメリカ兵がたくさん進駐してきているとか、あるいは大根が一本三十円もするとか、などなど私たちが内地を出るときはまだ物価は〝銭〟単位だったのに、その百倍の〝円〟単位になっている。なにもかも聞くことの一つ一つがおどろきと不安のタネで、今浦島の感じだった。

乗船するまえ、襟の階級章をもぎとられた私たちは一応、形式的には階級がなくなったわけだが、それまでの上下のしきたりで秩序をたもち、行動していた。

しかし、戦中のニューギニアでの行動や生活で、階級の上にあぐらをかいていたり、階級を悪用して兵隊たちのうらみをかっていた幹部など、問題のあった一部の隊では、この船中で不穏な空気をただよわせていた。

夜のうちになけなしの装具を海に放り込まれたり、〝飯上げ〟に行って食事をつぎわけて配らされたり、あるいはうっかり甲板に出ると、いつ海に投げ込まれるか不安で、船倉にとじこもったままの将校がいるなど、さまざまである。

忍耐づよく、上官の命令には水火も辞さぬよう訓練された兵隊が、そこまでするのだから、戦地ではよほどのことがあったのだろう。

左手をすててでもはやく帰って学校にもどりたかった私は、四年あまりの軍隊生活、とりわけ後半二年の戦地での生活をへて、かつてのそんな切実な願いはすっかり色あせて、今後の進路さえほとんど見失ってしまっていた。

四年あまりの軍隊生活で戦争に翻弄されているうちに、学問とはすっかり疎遠になり、とくに戦地では新聞もラジオもなく、およそ文化とは縁のない生活に終始して、歳ももう二十五歳になっていた。そのうえ戦後の内地のようすも皆目わからない。

——もう学校にもどることもむりだろう。たとえもどったとしても、学力的にとてもついていけないだろう——あれだけ復学を熱望していた私は、いざ復員となると、こんどは今後の生活の方向についての不安が、胸いっぱいにひろがってきた。

17　焦土と奇蹟の戦士たち

沖合から見る故国の風景は美しかった。波打ち際からただ緑一色のニューギニアとちがって、白い砂浜、青い山脈、緑の山、赤茶けた崖、点在する都邑……あきることなく船べりにもたれて、息をのむようにして見つめていた。

しかし、船がだんだん埠頭に近づくにしたがって、ようすは急速に変わってきた。国破れて山河あり——埠頭の周辺の建物は荒廃して、戦火の跡が生なましい。銃を手にしたアメリカ兵がいたるところに立哨している。戦前には想像もできなかったことだ。こうして私は、あらためて敗戦という現実を直視させられたのであった。

翌二十七日、いよいよ下船してひさしぶりに故国の土をふみ、立哨しているアメリカ兵のあいだを通りぬけて廠舎に向かう。途中でアメリカ兵が、自転車の空気入れほどもある大きなポンプで、私たち一人ひとりの首すじからＤＤＴを勢いよく吹き込む。身体じゅう真っ白になって消毒された。

宿舎の壁にはいたるところにハリ紙が掲示してあった。全国ほとんどの都市について、空襲による被害の状況が、かなり克明にしめされていた。主要都市、なかでも軍需産業や軍事施設をもった都市は、とくに空襲による被害が大きいようだ。

私の原隊のある広島と長崎は、原子爆弾で全市が壊滅したようだ。しかし、郷里の山口市は歩兵連隊が一つだけあったが、軍需産業はもちろん、工場ひとつない古い静かな街だったためか、私が予期したとおり、なんの被害もないようで、まずは安心した。そのほか預貯金の封鎖のこと、新円発行のこと、物価のことなど、その日からの生活に必要ないろいろなことが掲示されていた。

戦友たちはみな厰舎内の郵便局で家郷に電報を打っていたが、山口市が戦火の被害をまぬがれていることもあって、私はちょっとイタズラ心をおこして、電報を打つことをやめにした。

——鞍馬山丸でたくしたあの手帳はとどいているだろうか？　どうせ二年あまりも音信不通だったのだから、ことのついでに予告なしに帰ってみよう。きっと驚くことだろうなあ——というコンタンである。

その晩、私たち数名の者は、徹夜で最後の復員業務を行なった。全員の〝従軍証明書〟とか〝事実証明書〟とかを作成したり、また各人の帰郷先を調べて名簿をつくったりした。二年間の戦地でのご奉公の精算は、各人一律五百円の現金と、五百円の封鎖預金の計千円ナリであった。

夜中、小用でトイレへ行くと、そこここの暗がりにひとかたまりの兵隊が集まって、なにやらただならぬ気配がする。ときおりバチッ、バチッと平手打ちの音もする。兵隊たちがかつての幹部のだれかをとりかこんで、戦地でのインネンの総決算をしているのだろう。生死をともにした戦友なのに、どんないきさつがあったのか知らないが、悲しいかぎりである。

第一遊撃隊は全国各地の部隊から集められていたため、その帰郷先は広範囲にわたっていた。

私たち三、四中隊の編成要員は西部軍編成なので、広島、山口など中国地方および四国、九州の全域。五中隊は中部軍編成だったので、大阪を中心として近畿一円。さらに本部勤務者は、秋田を中心として東北一円に十数名、東京周辺に若干名、そのほかに数名とほとんど全国各地に散って行った。

「お世話になりました」

「お元気で！」

「また会いましょう、さようなら！」

一市民にもどった私たちは、将校、下士官、兵隊のべつなく最後の挙手の敬礼でおたがいに別れを告げ合って、昭和二十一年五月二十八日、それぞれの家郷に向かった。

国力をつかい果たしたうえでの敗戦なので、国内のいたるところすべてが荒廃していた。私たちの乗った列車も、座席はこわれ、シートも破れ放題、窓ガラスも割れたままだったが、吹きぬけて行く五月の風はかえって心地よかった。

途中の町を通過するとき、車窓から見る人たちはいちようにくたびれた格好で、男たちはほとんど国防色といった軍服まがいのもの、女たちはモンペ姿で、だれもが肩から雑嚢を下げており、私たちの復員列車にはほとんど無関心だった。

広島は、原爆投下の日からもう十ヵ月ちかくもたつのに、市内を通過する列車の窓から見わたすかぎり、瓦礫の街で完全な廃墟だった。私の原隊である工兵隊は、以前なら建ちならぶビルにさえぎられて、列車の窓からはぜんぜん見えなかったのだが、廃墟のなかにかろうじて半分焼け残った一中隊の兵舎が、半身をもぎとられた格好で残っているのが、手にとるように間近に見ることができた。

戦友たちは途中の駅で一人、二人と順次おりて行く。私も小郡駅でみなとわかれて山口線に乗り替えた。宮野駅から家まではほんの数分の距離だ。

茶目心を起こして、突然の帰省で両親たちを驚かせてみようと考えていたはずの私だが、駅に着くころから急に胸がつまってきて、ようすが変になってきた。玄関を入るときに発した、

「ただいま！」

も、うわずって声にならなかった。

なにかつくろいものをしていた母が一瞬、キョトンとこちらを見て、あわてて駆け寄ってくる。妹がすぐ畑に走って、父や弟をよんでくる。

「おお、帰ったか！」

と、つとめて平静をよそおっているが、父も感動をおさえているようだった。

私のすぐ下の弟は軍属として、私より一足先に海南島に行き、やはりすこし先に帰っていた。これで家族全員五人が、ふたたび一つの屋根の下に、だれも欠けることなく、どうやらぶじ集まることができたのであった。

（昭和五十七年「丸」二月号、三月号収載。筆者は第一遊撃隊員）

解説

高野　弘〈雑誌「丸」編集長〉

峻嶮をきわめたオーエンスタンレー山系を越え、ポートモレスビーを眼下に見下ろす地点まで進出した南海支隊（堀井少将）が、昭和十七年九月二十五日、糧道つづかずブナ基地への後退を開始した。

暗たんたるニューギニアの死闘は、実にこのときにはじまったのであるが、それはマッカーサーおよびアイケルバーガーを首脳とする米豪軍と、わが安達中将のひきいる第十八軍との死闘であった。

昭和十八年一月二日、ブナ守備隊玉砕。

昭和十八年二月一日、ガダルカナル撤退開始。

昭和十八年二月七日、ガダルカナル撤退完了。

こうしてブナの要衝はガダルとともに、すでに日本海空軍の圏外となり、そして第二の要衝地点は、ダンピール海峡となった。そのためブナ失陥後は、全力をこの要衝確保に結集したのである。数次にわたる上陸作戦、第五十一師団のラエ、サラモア地区の敢闘、第二十師団のフィンシュハーヘンの攻防戦もみな、このダンピール海峡死守のためであった。

　これよりさき大本営は、のびきった手を東部ニューギニアからニューブリテン島、ソロモン諸島の線におさめ、北方ギルバート諸島、マーシャル諸島とともに、本土防衛上はもとより、とくに南方大東亜共栄圏防衛の第一線とすべく、新たに戦略態勢をたてようとした。ニューギニア島は、わが防衛線右翼の要域であって、一度これをすてれば、敵にフィリピンまたはわが南方共栄圏の中枢部のいずれにたいしても、自由に突進できる回廊をあたえることとなり、わが防衛組織の根本をおびやかされることになる。そこで新たに、ニューギニア北岸の要衝ラエ、サラモアふきん以西の要域を確保しつつ、わが戦略態勢を強化するため、第十八軍がニューギニア全作戦にあたることとなった。

　軍司令官安達二十三中将は、まずラエ、サラモア地域を確保して航空基地と港湾基地をおさえ、やむをえないときも北方ダンピール海峡沿岸を制して、敵の北上の道をふせごうとし、ラエ、サラモアには南支から転進してきた第五十一師団（長・中野英光中将）を主力とした部隊をもって、在ラエ海軍の第七根拠地隊と協同してこれにあたらせた。

　とうじ制海、制空権はほとんど敵の手にあったため、これらにたいする糧食や弾薬などの補給が、ラバウルまたは西方マダン方面からする大発動艇の沿岸機動や、潜水艦の隠密輸送によるほかないことは、ちょうどガダルカナル島にたいするやり方とおなじで、ラエ、サラモアにおける給養上の人員は、陸海軍合わせておのずから一万名以内にしぼられ、傷病者をのぞいた実働兵力はその六、七十パーセントにすぎなかった。

第五十一師団は昭和十八年四月中旬、サラモア南方地区に現われた豪軍と戦闘に入り、六月すえにはその右翼に米軍の新上陸軍をむかえ、雲集する敵にたいし師団長以下、最後の一兵までと敢闘中、九月四日の払暁、またまた米一コ師団がラエ北方地区に、翌五日には米豪軍約一千名がラエ東北マザブに落下傘降下してきた。たちまち師団は全面包囲の態勢におちいったが、将兵はすこしも屈せず、各方面において死闘をくり返していた。

ここにいたって軍はラエ、サラモア地区を撤去し、北方の山系によって今後の攻撃を準備するため、その重点をダンピール海峡西岸のフィンシュハーヘン地区におくよう作戦方針をきめた。そこで第五十一師団は九月十一日から十四日にかけて、ぶじサラモアの全部隊をラエに集結し、海軍部隊も陸軍師団長の指揮下に入り、全軍相たずさえて史上まれな大転進の途についたのだった。

ところが九月すえ、ダンピールの要衝フィンシュハーヘンに豪軍一コ師団が上陸をしてきた。おりしも、同海峡防備のため急行中であった第二十師団がこの豪軍と遭遇し、ここに大激戦を展開することとなったが、さらに十九年一月一日、わが軍の退路を遮断するかのように敵は、北岸グンビに上陸を開始してきたのである。

＊

そもそも連合軍のソロモン戦略は最終的に、ラバウル占領を目標にしてすすめられていたが、九万をこえる日本軍の構築した不沈要塞を攻略することは、必ずしも賢明でないと考えはじめた。

そしてブーゲンビル島の攻略がなり、同地の飛行場が使用できるようになれば、はるかに少ない損害でラバウルを無力化できるであろうということから、昭和十八年八月にラバウルは占領しないで素通りすることが決定された。

米軍のブーゲンビル島攻略戦は、昭和十八年十一月一日のタロキナ上陸戦からはじまった。守備する日本軍部隊は、第十七軍司令官の指揮する第六師団と第十七歩兵団の部隊であった。しかし、第六師団の歩兵部隊のうちその三分の一が、すでに中部ソロモンの作戦に参加しているので、少なからず損傷をうけていた。

タロキナ戦は十一月の第一次、翌十九年三月の第二次とにわかれるが、第六師団による第二次攻撃を中心に同岬周辺の攻防戦における彼我の数字をあげると次のとおりである。

作戦参加人員九千五百名、戦死二千四百名、戦傷三千六百名。このほかに第十七歩兵団関係、軍直属部隊関係が戦死約三千名、戦傷四千名という数字を記録しているので、タロキナ作戦は参加人員約二万名、そのうち消耗約一万二千五百名ということになる。

これにたいし、橋頭堡を防御した連合軍、主として米軍は二コ師団を基幹とし、総兵力六万二千名、第一線配備兵力二万七千名であった。このように、たんに兵数だけをみても、日本軍の攻撃がいかに大変なものであったかが想像できよう。

以上を前半戦とみるならば、以降の終戦にいたるまではその後半戦といってもよかろう。日本軍の相手は、米軍から豪州軍にとってかわり、豪軍の兵力は軍団長の指揮する一コ師団を基幹とするもので約三万名。これにたいして日本軍側は、第十七軍の指揮する第六師団と、第十七歩兵団を改編した独立混成第三十八旅団の部隊で、総兵力約五万名、そのうち死没者が約三万名であった。

ブーゲンビル島の海軍部隊も、陸軍部隊とおなじように激しい損耗をしめし、終戦時の生存者約一万一千名にたいして、ほぼ同数の人員が死没している。

こうして米第一海兵軍団は、激戦ののち日本軍守備隊を包囲し、昭和十八年すえまでに待望の飛行場を建設し、その威力圏はビスマルク諸島をカバーできるまでになった。

＊

昭和十九年に入ると、連合軍の南東太平洋方面における総反攻は、がぜんピッチを上げはじめた。二月すえラバウルの西北にあるアドミラルティ諸島が敵手に落ちて、ラバウルは完全に孤立した。

そこで今までラバウルの第八方面軍司令官（今村均大将）の指揮下にあって、東部ニューギニアの各所で戦っていた第十八軍（安達二十三中将・三コ師団基幹）は、十九年三月二十五日大本営命令により、豪北アンボンに司令部を開いたばかりの第二方面軍（阿南惟幾大将）の指揮下に入り、新しい任務をあたえられた。

「第十八軍はその主力をもって、なるべくはやくウエワク以西に移り、ホーランジア、アイタペ、ウエワクなど、とくに主要な航空基地の防備を強化して持久を策し、もって西部カロリン方面にたいする敵の進攻を制することにつとめよ」というものであった。

第二方面軍の企図するところもまた、すみやかにホーランジアを強化し、第二、第十八軍とも相提携してニューギニアを守備しようとするにあった。ホーランジアの確保は補給のうえからも、不可欠のことであったのである。

このような情況下に、第十八軍を主力とする在東部ニューギニアの全日本軍は、補給の面からみてもウエワクの周辺に後退せねばならなくなった。しかしながらウエワクにいたる間には、ニューギニア四大河川といわれるセピック、ラムの障害が横たわっていた。これらの大障害を越え、道なき密林にふみ入って、全軍は海空からの絶えざる敵襲を排除しながら、およそ八百キロ（東京〜尾道間の距離）の大転進をよぎなくされたのである。

ニューギニア北岸の例にみる、米軍の〝飛び石作戦〟というものは、およそ常識的に判断できる戦法なので、第十八軍としては当然つぎの上陸時期や、地点を予期していた。幸か不幸か予想は的中した。

各部隊がようやく魔の水郷地帯を苦心のすえ突破しようとしつつあった四月二十二日、三コ師団以上の米軍大兵団が一きょにアイタペとホーランジアに上陸し、たちまち付近の飛行場を占領し、橋頭堡をきずいてしまった。ここに東部ニューギニア六万の第十八軍は、空海の途をたたれ、文字通り日米の決戦場からしめ出されてしまったのである。

ここで、さきにふれた米軍の秘策〝飛び石作戦〟について、敵将マッカーサー自身の「懐旧談」があるので紹介してみよう。

——太平洋戦線での私の作戦のすすめ方は、いわゆる「蛙飛び作戦」というものであった。

それは奇襲と、艦隊によって支援された空と地上の攻撃力を利用し、主要目標にたいして大攻勢をとることである。

これは大きな損害をかくごの上で、目標の正面から圧力をくわえて、敵を一歩一歩後退させる「島づたい作戦」といわれるものとは、ひじょうにちがうものだ。もちろん、重要な地点は占領すべきものであるが、その地点を巧みに選ぶことによって、敵がたてこもっている多くの島を攻撃する必要がないことになる。島づたい作戦というものは、作戦をすすめる速度が遅いだけでなく、味方の損害も大きい。できるだけ早く、できるだけ小さな損害で、戦争を終わらせるというのが、私の作戦の根本であった。だから私は「島づたい」という、いままでの方式をとらず、「蛙飛び」という新しい作戦のやり方をとったのである。「蛙飛び作戦」は、兵力では敵より少ないが、機動力の大きい部隊によっては、理想的な作戦と思われた。

ところで、この方式をとるためには、適当な後方の基地を必要とする。オーストラリアはこの資格をそなえた基地であった。幸いにハルゼー提督の米海軍部隊が、私の作戦指揮下に入れられた。そこで陸と海と協同し、ブーゲンビルの西岸にそい、ガダルカナルの線を「蛙飛び」して、アドミラルティ諸島にたいし、上陸作戦を行なったというしだいだ。

＊

この方面のわが航空作戦はどうであったのか。陸軍航空の奮戦について概略してみよう。

輸送船団の掩護、第十八軍の作戦に協力するなど第一線航空部隊（第六飛行師団・板花義一中将）は、連日のように苦闘をつづけていたが、基地の不良や整備・修理能力が不充分だったり、補給の不足などのため戦力の発揮が思うようにいかず、敵の基地にたいする進攻も大きな戦果をおさめることはできなかった。

こうした不利な態勢を挽回するため昭和十八年七月、第八方面軍の下に第四航空軍司令部（寺本熊市中将）が編成されてラバウルに進出し、第六飛行師団のほかに第七飛行師団（須藤栄之助中将）も配属されることとなった。そして第四航空軍の諸隊がラバウル、マダン、ウエワク、ブーツ、ホーランジアに進出し、戦勢の転換をまさに実行しようとしていたそのやさき、敵の大空襲をうけてしまった。八月十七日の朝のことであった。ことにウエワク、ブーツ基地は惨たんたるものであった。

ここには第六、第七飛行師団の主力が配置されていたが、情報網の不備、基地の不良とわるい条件が重なり、この奇襲には手も足も出ず、約七十機を地上で撃破され、そして第四航空軍はここに事実上、その主戦力を失ってしまった。

さらにくわえて九月十五日、ウエワクは再度の空襲をうけ、わが方は三十機の損害をうけ、西部ニューギニアの制空権は完全に敵手にわたってしまった。しかし第四航空軍は、なすことなくして全滅するよりは、敵基地を攻撃するにしかずと残存する全戦力を結集してマーカム河谷、ラム河、ベナベナ地区の敵基地に進攻し、そうとうの戦果をあげることができた。

だが、第七飛行師団が十一月にいたり、豪北方面に転進するなどしてさらに弱体化し、苦闘の日々がつづくうち昭和十九年二月下旬、アドミラルティ諸島に敵が上陸するにいたって、ダンピール海峡はまったく遮断され、第四航空軍司令部はそのため三月ホーランジアに移動し、ついで四月、ニューギニア方面の航空作戦を第六飛行師団の力闘にまかせて、セレベス島に移ってゆくことになる。

三月三十日、ホーランジアは敵の大規模な空襲にさらされて、第六飛行師団の実戦力がいよいよ深刻化するうち、四月二十二日にはついに米上陸軍によりホーランジアは完全に占領されるにいたり、ニューギニアの航空作戦は、ここに悲しい終末をつげたのであった。

＊

四月二十二日、敵の大軍がホーランジア、アイタペに上陸したころ、第十八軍の主力はなおウエワク以西への大移動のさなかにあった。ハンサ、ウエワクの間には名にし負う幅百キロにある一大湿地帯がひろがり、いたるところラム、セピックの河水があふれて、陰湿なジャングルにはマラリア蚊が充満していた。

それでも軍はできる限りの舟艇やカヌーを利用し、水路を掘り多大の犠牲をはらって四月中旬には、一日約八百名の通過が可能になったが、全兵力の通過を完了するには今後さらに、約二ヵ月はかかると思われた。

この間にも、空海からする敵の妨害は昼夜をわかたなかった。このようななか、海路で出発した第二十師団長片桐中将らは、とちゅう敵の魚雷艇と交戦し乗艇が沈没、全員玉砕をとげた。

われにとって虎の子的存在のアイタペ、ホーランジアを手中にした敵は、つぎのステップにこの上ない足場をえたこととなり、第十八軍はできることならこの地を奪回し、それができないときは、せめてわが攻撃により、西方に向かう敵の突進を牽制することが、第二方面軍の作戦に寄与するものと判断した。

そこでセピック以東の兵力を早急にウエワク周辺に集結し、第二十（九州出身）、第四十一師団（北関東出身）合わせて三万五千をもってアイタペの敵を撃破すべく、第五十一師団（北関東出身）の主力など約二万によりウエワク地区の作戦根拠の確保に当たらせることにし、ウエワクからアイタペにいたる百三十キロの間に補給路線をすすめ、六月上旬に攻撃準備の完了を策した。

二十師団（中井増太郎少将）は、長距離移動のつかれをいやすひまもなくただちに西進を開始し、六月はじめドリニューモール河（坂東川）ふきんの敵前進基地に触接し、軍主力のための攻撃準備をととのえた。

だが不運にも五、六月はこの地方の雨季に当たり攻勢準備のための輸送路は、四苦八苦の地獄道とかわり、戦闘部隊の立役者である四十一師団主力まで人力担送に死力をつくすというありさまで、かつての飛行隊長までも自ら三十キロの重荷を背負った。そして輸送に任ずること実に延々二ヵ月にもおよんだのである。

こうした努力をつづけているさなかにも、彼我の決戦はさらに西方に移り、もはや豪北の第二方面軍との連絡もおぼつかなくなった。そのため六月二十日、第十八軍はふたたびその指揮系統を、在シンガポールの南方総軍司令官の直接指揮下に変更され、その任務も「第十八軍は東部ニューギニアの要域において持久を策し、全般の作戦遂行を用意ならしめよ」――ということは、どこかで健在しておればよろしい、ともとれる内容で、第十八軍司令官に自由裁量の余地をあたえるものと判断された。

一瞬思いなやんだ軍司令官だったが、ひろく戦況を見渡せば、六月十五日には連合軍はサイパンに上陸し、十六日には北九州にB29が来襲するなど、まさに皇国興亡の瀬戸際でもある。一方、将兵の二ヵ月にわたる必死の攻撃準備も、ようやく完了にちかづきつつあった。そこで六月三十日、熟慮ののち軍司令官は心を鬼にして予定の攻撃を断行することに決心した。アイタペの敵は一コ師団と、強力な工兵部隊であった。

この四月いらい、全軍一体となり準備された「坂東川」の決戦は、七月十日夜十時、壮烈なるわが渡河戦闘をもって開始された。敵は猛烈な集中火力にてこれを迎え撃ったが、わが第一線部隊の決死の攻撃を止めることはできず、河岸陣地ははやくもわが軍の奪取するところとなった。

しかし、その後の敵の攻勢はすさまじかった。物量にモノをいわせたつるべ落としの猛砲爆撃は地軸をゆるがせ、なかでも敵の自動火器は威勢よく鳴りひびいた。一方、わが軍の自動火器は久しく手入れ脂油もなく、泥と雨にたたられた機関のきしりもはげしく、射撃もともすれば途切れがちであった。敵前五十メートルに突出した山砲は弾丸も、また薬室もサビだらけで、一発射つのに三十分もかかるありさまだった。しかも砲弾は、一発ずつ人力によって担送したものであるから、その数もたちまちにして品切れとなる始末であった。

かくて七月十日からはじまった凄絶な激戦は、千古のジャングルにこだまして数日間つづいたが、日を追うにつれて敵砲兵や迫撃砲が急増して、われの損害はしだいに増大し、八月三日ごろには各歩兵連隊の残存兵力は、約百名から少ないのはわずか三十名となり、大隊長の大部分、中隊長の全部が戦死して、小隊長も四名をあますばかり、あるいはわずか十九梃の小銃を数えるだけという部隊まであった。

補給についていえば、担送能力が急激に低下したためすでに底をついていた。敵の遺棄糧食や投下糧食を利用したのはもちろんであるが、現地の野草類もすでに利用できるものは利用しつくし、さしもの敢闘精神にもえた将兵も、いまや精魂つき果てるばかりとなり、しかもアイタペ方面の敵兵力はしだいに強化され、約二コ師団を数えるほどになっていた。

一時は敵の右側背を席巻し、いま一息というところまで攻めあげたが、この体力、この糧食と弾丸、機能しなくなった火器では、わが密林中の敢闘ももはやこれまでとみとめられた。そこで軍司令官は涙をのんで自らホコをおさめ、ウエワク地区を核心とする遊撃態勢にうつることに決した。

攻撃は八月四日正午にうち切られ、各部隊はその夜からふたたび「坂東川」をわたり、東方に向かって移動を開始した。ひにくなことに連日の雨はカラリとあがり、ジャングルの落葉さえ足の下でかわいた音をたてていた。

それでも将兵の足どりは重かった。人智の限りをつくして戦いぬいた満足感はあったにしても、ジャングルの底に眠るあの張り切ったきのうまでの戦友たちを思うと、後ろ髪をひかれる思いであった。

諸隊はとちゅう、ヤカムルとマルジップに集結し、第十八軍最後の糧食十五日分をうけとったが、その数は約二万三千たらず、それは約一万三千名の損耗のあったことを語っていた。昭和十九年八月下旬、生き残った軍主力はウエワク、ブーツおよびその南方山系に、海軍部隊はウエワク沖の小島カイリルおよびムシュ両島を確保し、自活態勢をとりつつ『持久を策す』配置についたのであった。そして、残り少ない銃弾をもって、終戦の日まで安らぐ日とてない、最後の力をふりしぼって攻防をつづけたのである。

＊

東部ニューギニアを主戦場とする第十八軍が苦戦をつづけている一方で、西部ニューギニア＝「豪北方面」における第二方面軍（阿南惟幾大将）もまた苦戦を強いられていた。

その中核ともなる第二軍（豊島房太郎中将）がマノクワリにおいて統帥を発動したのは、十八年十二月一日のことであった。あたえられた主任務は航空戦力発揮の準備、なかでも飛行場の整備は最大の使命であった。そのため軍は「航空軍になったつもり」で各部隊の努力と、十七、八隊におよぶ飛行場設定隊の配備によって、昭和十九年四月ごろには、西部ニューギニアの作戦地域内には多数の飛行場が完成、またはほぼ完成という成果をあげることができた。

なかでも北岸ビアク島周辺に造成した集団飛行場は、南太平洋および豪北ずい一と称されるものであった。それだけに連合軍の攻撃がビアク、ヌンホル両島、ついでマノクワリに指向されることは必至と思われた。連合軍の立場からすれば両島の飛行場をできるだけ早く手に入れ、比島作戦に活用するのがなによりも好都合と思われたからである。

ビアク島には支隊長葛目大佐（第三十六師団）統率の部隊があり、さらに海軍の特別根拠地隊（千田貞敏少将）約二千名が守備についていたが、予期したごとくホーランジア攻略後の連合軍は五月二十七日早朝、艦船五十隻の機動部隊をもって、爆撃機約四十機の掩護のもと来攻、上陸を開始してきた。激闘四十日、七月二日未明、支隊長葛目大佐は自刃、連合軍の占領するところとなり、ヌンホル島、サンサポールもまた同様の運命にあった。

その後、これら守備隊の多くは一部をもって遊撃戦を続行し、また山中深くに入って現地自活態勢をとりつつ、持久作戦に入っていったのである。

これらの諸部隊が象徴するように、昭和二十年に入るや第二軍もまた、全面的に持久戦へと移行してゆくのであるが、これよりさき昭和十九年八月、きたるべき新展開を見こしてベラウ地峡西端のイドレへ、軍司令部の移動を完了していた。

こうしてサルミ、ビアク、ヌンホル、サンサポールの日本軍を制圧した連合軍は、ついでモロタイ島へと躍進し、ここに全力をあげて一気に北上する足場をしっかりときずき上げてしまった。

制空・制海権をにぎった敵は、もはや陸上の部隊を相手にせず、ひたすら飛行場の獲得を目標にしたようである。

結局のところ、第二軍が死力をつくして開設した飛行場群を、ノシをつけて敵に進上する形となったことになる。取り残されたわが地上部隊は、拱手傍観するのみで、なんらなすところを知らなかった。

昭和十九年十二月、豪州のメルボルン放送は「ニューギニアにおける作戦は終わりをつげた」ことを早々に世界に流したのであった。

単行本　平成三年十二月「まぼろしの精鋭 南十字星の下に死す」改題　光人社刊